窦占龙憋宝

七杆八金刚

天下霸唱

著

北京联合出版公司
Beijing United Publishing Co.,Ltd.

图书在版编目（CIP）数据

窦占龙憋宝：七杆八金刚 / 天下霸唱著． -- 北京：
北京联合出版公司，2021.9（2023.2重印）
ISBN 978-7-5596-5504-2

Ⅰ．①窦… Ⅱ．①天… Ⅲ．①长篇小说－中国－当代
Ⅳ．① I247.5

中国版本图书馆 CIP 数据核字 (2021) 第 171321 号

窦占龙憋宝 ： 七杆八金刚

作　　者：天下霸唱
出 品 人：赵红仕
责任编辑：李　伟
封面设计：吴黛君

北京联合出版公司出版
（北京市西城区德外大街83号楼9层 100088）
北京新华先锋出版科技有限公司发行
大厂回族自治县德诚印务有限公司印刷　新华书店经销
字数209千字　620毫米×889毫米　1/16　18印张
2021年9月第1版　2023年2月第3次印刷
ISBN 978-7-5596-5504-2

定价：59.50元

目录

第一章　崔老道听书

1

　　说起民国年间，天津卫什样杂耍集中的地段，首屈一指的是南市三不管，河北鸟市位于其次，还有一个不能不提的是河东地道外——泛指老龙头火车站的后身，过了铁道那一大片。东到大、小唐家口，西至朱家坟，南靠海河沿，北到祥发坑。

　　早年间只有铁道没有地道，遍地水坑沼泽、乱葬岗子，还有大片大片的芦苇荡子，零零散散分布着几个小村子，人口也不多，村民们土里刨食，农闲时去车站、码头、仓库干些零碎活儿，挣几个外快。由于天灾人祸不断，河北、山东等地的灾民吃不上饭，听人说九河下梢五方杂处，能养活穷人，便拖家带口逃奔至此。盖不起正经房子的穷人，只能结草为屋，打苇开荒，平泽挖渠，垫土培基，逐渐形成了铁道环绕下的一大片村落。当时的铁道疏于管理，外来的灾民也没见过火车，过铁道不懂避让，开火车的想刹车也刹不住，经常闹出事故，多次聚众索赔，引发了不小的冲突。最后由官府出钱，在铁道下挖了一条半露天的地下通道，上边过火车，下边走行人，这才有了"地道外"的别名。

有懂风水的人说过，自打开通了地道，若干村落形同一个大灶，地道相当于灶口。一阵阵大风灌入灶口，吹得灶膛里烈焰熊熊，将来必定百业皆兴，干什么什么火。到后来果应其言，随着四面八方的难民不断涌入，地道外人口骤增，一天比一天热闹。初来乍到的穷人，往往以卖苦力为生，比如拉胶皮、扯小套、打八岔、扛大包之类的力气活儿，早出晚归挣一天吃一天，勉勉强强饿不死人。渐渐混熟了人头地面儿，便有人勾结势力、拉帮结派，做起了行会生意，盘剥劳工，豢养打手，欺行霸市，大发横财。随着有钱人越来越多，供他们花钱的地方也多了。到得民国时期，地道外大街小巷、九衢三市，从早到晚人头攒动、络绎不绝，饭铺酒馆、曲艺园子、茶楼妓院一家挨着一家，有的是吃喝玩乐的去处。

在九河下梢为数众多的玩乐场子中，总也少不了"说书"这一项。地道外三教九流齐聚，大大小小的书场子随处可见。说书的先生分成三六九等，按照各自的能耐高低，到不同的场子上经营业务。老百姓则根据自己的喜好，以及腰包是鼓是瘪，选择去哪个场子听书，这就叫"粮船十八帮，各有各主顾"。

整个地道外，最早也是最大的一个书场子，非蔡记书场莫属。地点位于义利斜街路南，一溜儿三间的门面房，内里也挺深，架设一尺二高的木台，上摆书案，围着大红的绒布，正当中绣着"蔡记"

二字，周围饰有云纹，顶上悬着一盏明灯。头三排一水儿红油漆的硬木桌子，各设三面圈椅，赶上冬景天儿，都铺着厚棉垫子，后边十几排全是桐油的条凳，茶房里的黑瓜子、白瓜子、沙窝萝卜、大碗儿酽茶一应俱全。老板蔡九爷是这行里的虫儿，从小在这间书馆里长起来的，尽管没上过学房，却是张嘴一段纲鉴，闭嘴一个典故，能赶十三道大辙，说梦话都往外冒定场诗，后来接了他爹的买卖，干得如鱼得水。他这个场子向来只请最厉害的说书先生，腕儿大名响，能耐也压人。天天坐着洋车过来，掐着点儿到书场子，甭管台底下坐了多少听书的，等得如何心急火燎，先生也是不慌不忙，下了后台，由托茶壶捧大褂的小徒弟伺候着，不紧不慢穿上大褂，身上连道褶儿都不能有，扣子系到嗓轴子，内衬的小褂必须露出一道白边，再端上茶壶饮透了嗓子，才肯迈着四方步登台，到书案后正襟危坐，摆好了扇子手帕一应之物，还得把怀表掏出来放在书案上，明着是为了掌控时长，实则要显摆显摆——镀金表壳上嵌珍珠画珐琅，镂雕盘肠纹饰件，明晃晃亮闪闪，懂行的一看便知，准是从宫里倒腾出来的，市长他爸爸都未必有这么一块！再往先生脸上看，那叫一个不苟言笑，瞅见虾仁儿都不带乐的。台底下满坑满谷坐了两三百位，有一位不看他的，他手里的小木头也不往下摔，要的就是这个派头。说的都是才子书，讲究"关门落锁、滴水不漏"，不敢说高台教化，最起码劝人向善，言不在多，贵在画龙点睛。听书的要求也高，一边听一边摇头晃脑咂摸滋味，那都是拿尺子一寸一寸量着听，差一丁点儿也不成。

随着地道外一天比一天繁荣，各类书场、书社、书棚、茶楼、明地与日俱增，竞争越来越激烈，各个书场子抢人拉客的情况比比皆是，登报纸、上电台、发传单、贴广告，明的不行来暗的，文的不行来武的，只差找几个"大摩登"站在门口扭屁股了。也有的书场子另辟蹊径，专聘遭了难、沉泥儿里的江湖艺人，此等人演出时往往更卖力气，这也是经营之道。说书的之间更是艺人相轻，真有那嘴头子厉害的，端个大碗挑你几句要命的毛病，后半辈子也没人听你说书了。还有仗着势力独霸一方的"寸地王"，同行当中称为"书霸"，勾结地痞流氓，还不乏专靠滋搅艺人为生的"戈挢"，流里流气，趿拉着鞋，敞胸露怀，讲打讲闹，最会欺负老实人，占住了一处"火穴"，再通过拜把子、认干爹之类的手段形成垄断，那叫一个沉稳准、蔫坏损，不是本门本户的，谁也甭想吃这碗饭。

咱再把话说回来，不管同行之间怎么竞争，老百姓是谁家的书好去听谁家，哪个先生有抓魂儿的东西，钩住了听众的腮帮子，书场子的生意才好做。蔡老板为此绞尽了脑汁，恨不能找些个前五百年、后八百载、没人说、没人会、断了香烟、额勒金德[1] 的玩意儿。最近这半年，他隔三岔五就去南门口溜达一趟，皆因那边有个摆摊儿算卦外带着说野书的崔老道，最擅长讲一套《四神斗三妖》，想到哪儿说到哪儿，东一榔头西一棒子，正理讲得少，歪理讲得多，听得人晕头转向，唯有一点降人，他这套书天底下再没二一个会说，那绝对是蝎子拉屎独一份的玩意儿！

崔老道本名崔道成，自称铁嘴霸王活子牙，曾在龙虎山五雷殿上看过两行半的天书，无奈没有成仙了道之命，能耐再大也不敢用，仅凭着江湖伎俩算卦卖卜，勉强养家糊口。自打入了民国，迷信算卦的一天比一天少，崔老道西北风都快喝不上了。挤对急了想出这

---

[1]　额勒金德：英语 elegant 的音译，意为"优雅的、拔尖的"，亦可理解为"讲究的"。

么一招，仗着嘴皮子利索，连算卦带说书，别的他还不会，单会一套《岳飞传》，又没正经学过，纯粹的海青腿[1]，说书先生那些基本功，比如横嗓、气力、刀枪架儿、使挂子……他一概不懂，更不讲究什么书梁子、书道子，十之八九靠他自己胡编，加入了很多神魔斗法、佛道因果的内容，编不圆了也不怕让人问住，"铁嘴霸王活子牙"的名号不是白叫的，凭他"两行伶俐齿、三寸不烂舌"，跟人家连穷嚼带臭倒，没有对付不过去的。起初生意还算不错，说书讲究"书道子"，同一部书有不同的说法，由于他是自创的另一道蔓儿，闲七杂八加得也多，嘴头子又跟劲，让大伙儿听了觉得新鲜，对付个温饱不难。可架不住颠过来倒过去只会说一部《岳飞传》，好书说三遍，鸡狗不耐烦，到后来也没人再买他的账了。又因机缘巧合，偶遇一位外来的高人，仅凭半张捡来的旧报纸，便说得天花乱坠，杵头子嗨置。看得崔老道好不眼馋，在二荤铺里虚心求教了一番，算是脑袋上钻窟窿——开窍了！高人怎么指点的呢？正所谓"十个江湖九个侃，一个不侃他没胆"，"侃"是指大胆编说离奇的情节。崔老道虚心求教了一番，从此茅塞顿开，将自己平生所历添油加醋、胡编乱造，凑成一部《四神斗三妖》，结果还真是一炮打响，每天来听他说书的人围得里外三层。但是一来二去的，崔老道也惜墨藏奸了，舍不得露肚子里的真货，因为"说书不攒底，攒底没人理"，一旦把这部书说全了，过了口，他就没有拿人的东西了，还有可能被别的说书先生"抠"了去！所以崔老道平时仍以说《岳飞传》为主，非得等听书的打够了钱，或者逮着一位来找他算卦的冤大头，让他

---

[1] 海青腿：在相声界，没有拜师的艺人便被行内人称为"海青腿"。

挣够了一天的嚼谷，外加明天早起能喝一碗老豆腐，他才三言五语饶上一小段《四神斗三妖》，但凡一句有用的，他也得让你听上三次"下回分解"。可把一众听书的气得够呛，背地里没有不骂的，怎奈崔老道的玩意儿太隔路，天底下再没有二一个会说的，腮帮子全让他钩住了，只得耐着性子去听崔老道那套《岳飞传》，他是从头说到尾、从尾说到头，当中掐一骨碌择一段，又拿出来对付三个月。搁在往常，街里街坊的还有个担待，眼瞅着快过年了，谁家还不置办点儿新东西？您光拿旧玩意儿糊弄我们还行？听书的一生气，跟商量好了似的，全走了。崔老道口沫横飞白话了半天，一个大子儿没挣着。

赶在这个节骨眼儿上，地道外蔡记书场的蔡老板走上前来，抱拳拱手称了一声："崔道爷！"崔老道口中应承着，偷眼打量蔡老板，此人四十多岁，浓眉大眼，体壮腰硕，满肚子油水，长得挺富态，是个经常过来听书的半熟脸儿，只是没打过交道。再看来人的打扮，身穿绛紫色棉袍，外罩深蓝色对门襟马褂，上绣团花，头戴毛边呢子帽，脚底下是一双崭新的骆驼鞍棉鞋，这身打扮尽管称不上华贵，脱下来也足够换几袋子白面的。崔老道心知来了带馅儿的干粮，赶紧回了一个礼。蔡老板自报家门说明来意，肯请崔道爷屈尊，到蔡记书场说一阵子。

搁在当时来说，天津卫的河东地道外、南市三不管、谦德庄、东北角、西门外三角地、六合市场、北开、北车站小营市场等处，遍地的书场子，净是高人。在书场子里说书的先生，风吹不着，雨淋不着，不仅按场分账，到月还有包银，真可以说是旱涝保收，铁打的饭门，而且受人尊重，被称为"评书大将"，走到哪儿都得让人高看一眼。崔老道自是求之不得，却还得二分钱的水萝卜——拿人家一把，一开口轻描淡写："无量天尊，贫道自下龙虎山以来，在南门口说书讲古，无非是劝人向善，替佛道传名，换个地方有何不可？"蔡老板抱拳赔笑："崔道爷，有您这句话，那就一言为定了。但是书场子有书场子的规矩，我还得提前跟您交代交代。不如这么着，今天晚上由我做个东道，在我的书场子里请您吃个饭，咱顺便谈谈买卖。"崔老道满心欢喜，送走了蔡老板，卦摊儿也不摆了，回到家里晌午饭都没舍得吃，就等着晚上这顿了。好容易熬到钟点儿，拖着他那条瘸腿，一步三摇直奔地道外蔡记书场。

掌灯时分，蔡老板在书场子摆设了酒菜，酒是烫好的直沽高粱，菜是四凉四热的炒菜捞面，卤酱齐全，外加各色菜码儿，够不上多讲究，可也挺实惠，四个凉菜：腊豆、酥鱼、炸河虾、南味什锦，四个热菜：摊黄菜、扒肘子、熘鱼片儿、蒸扣肉，一盆三鲜卤、一大碗肉丁炸酱，连带着糖醋面筋丝儿、五香青豆、红白粉皮儿，当中大盆里是过完水的手擀面，一桌子摆得满满登登，有红似白煞是好看。崔老道和蔡老板寒暄了几句，咽着口水落了座，正要动筷子，却被蔡老板拦下了："崔道爷且慢，还有两位先生，说话就到。"

崔老道嘴馋心急，脸上虽没挂相儿，脑子里可一直没闲着，琢磨着一会儿是先夹肘子还是先夹扣肉。菜码儿甭着急，反正捞面得少吃，那玩意儿占肚子，但是炸酱里的肥肉丁太馋人了，三鲜卤也是那意思……

果不其然，喝不到一盏茶，又打门口进来二位，其中一位五十多岁，身后跟着个十七八岁的小伙子。蔡老板请二人落座，给崔老道逐一引荐。他们二位是师徒俩，师父姓周，名叫周成瑞，也是个说书的，而且是门里出身的高人，最早在东北角立竿儿占地、扯绳为界，在撂明地的众多艺人中，周先生算是前辈，能文能武能温能爆，他这一枝的门户里，有把竿儿的十三套大书，人称"十三宝"，周先生肚囊宽绰，一个人能说八套，没有一套说不响的，天津卫各大书场子抢着邀他。蔡记书场以往是一天两场书，晌午饭过后开书，头场上的叫"说早儿"，通常是能耐不济的，或者是师父为了抻练徒弟，让他登台练练胆子。会听书的不听这场，来早了也不进屋，非得等头场说完了才进来，单听正场书，行话叫"正地"。说这个场口的先生，大多要说一个时辰左右，有卖力气的能说到一个半时辰。眼下呛行市的越来越多，蔡老板为了抢生意，重金搬请周先生给他说正场书，此外还决定加开晚场，也就是晚饭后到睡觉前这段时间，按说书的行话叫"灯晚儿"。书场子空着也是空着，晚上加开一场书，当老板的必然可以多挣钱。而正经有能耐的先生不说这个时间，学徒又怕压不住场子，这才想让崔老道过来，说几段出奇的玩意儿！

2

蔡老板在酒桌上托付他们三位：按照书场子里的规矩，三个月为一"转儿"，先生说全了一套大书，可以转战下个场子了，蔡记书场是业内翘楚，在此说过一转儿，等同于开过光了，走到哪儿都有书座儿跟着，价码儿也得水涨船高，咱这是两好换一好的买卖。

几个人推杯换盏边吃边聊，崔老道给他们一个耳朵，低着头只顾填肚子，大肘子、扣肉吃得顺嘴流油，溜鱼片儿、炸河虾只剩盘子底儿了，这才开始奔着捞面下手，三碗打卤面、三碗炸酱面扔进了肚子，又灌了几杯水酒下去，再抬起头来，已然不知道自己能吃几碗干饭了，人家蔡老板的话还没说完，他就拍着胸脯来了个大包大揽："您了尽管放心，南门口就我一个人说书，多少年没挪过窝儿，照样得吃得喝，别人有这么大的本事吗？有贫道的《四神斗三妖》给您压阵，谁跟咱比得了？这可是咱独有的顶门杠子，试问九河下梢，除了贫道之外，还有人能说这部书吗？咱都不提正文，光说书帽子，像什么《夜盗董妃坟》《大闹太原城》《火炼人皮纸》《枪毙傻少爷》《金刀李四海》，再到后文书入了正活儿的《王宝儿发财》《斗法定乾坤》《窝囊废当官》《三探无底洞》《收尸白骨塔》《误走阴阳路》《金鼻子截会》《韦陀斗僵尸》《夜审李子龙》《三妖化天魔》……这么跟您说吧，我紧着点儿，七八年说不完！"

蔡老板连连点头，又给崔老道斟满了杯中酒："不瞒崔道爷说，我就是看上您这块活儿了，打心眼儿里喜欢，'智、打、多、险、歧、突、纹'七个字的要诀，您这套书基本上占全了，又是自己纂的蔓子，讲的还是咱九河下梢的奇人异士，这得下多大功夫，实在太难得了。让您说灯晚儿可不是您能耐不济，因为您这套神怪书，太适合搁在晚上说了，吓得听书的夜里不敢上茅房，越害怕越想听，明天他还准得来。再有一个，咱们场子的书座儿，五行八作干什么的都有，您用不着引经据典、出口成章，单则一件——玩意儿必须新鲜，您刚才说的那几段，不知在明地上翻过几遍头了，再使怕是没人听了。甫看咱头一次打交道，我是真把您当朋友，也作兴您这一身的能耐，您可不能跟我藏奸啊。据我所知，《四神斗三妖》还有一个大坨子您没露过，常言道'听书听段儿，吃包子吃馅儿'，您到我的书场子打头炮，一定得使《窦占龙憋宝》！"

他又告诉在座的三个人："眼下已是腊月，年关将至，年前怎么着咱不说了，打从年后开始，蔡记书场子一天开三场书，周成瑞先生的小徒弟说早儿，讲几部紧凑热闹的短打评书，说说什么绿林盗、侠义营、四霸天大闹北京城；白狗坟、画石岭、康熙爷私访收五龙，其中穿插着偷论、窑论、穷论、富论、天时论、地理论、英雄论、混混儿论，多加一些包袱笑料，按说书的行话'理不歪，笑不来'，学徒岁数小，也豁得出脸去，好入好出好拧蔓儿，不怕说塌了，正好借机磨炼磨炼；周成瑞周先生说正场，专讲金刀铁马的长篇大书，全凭真本事服众，一准儿错不了；崔道爷拿《四神斗三妖》说灯晚儿，打赏按场分成，还有包月的例银，但是之前说过的一概不能用，单说《窦占龙憋宝》！"蔡老板不仅是开书场子的，本身也是听书的行家，他在南门口听崔老道念叨过："窦占龙是天津卫四大奇人之一，走南闯北到处憋宝发财，一辈子要躲九死十三灾。此人虽在《四神斗三妖》一整部书中多次出场，可他崔老道也曾跟听书的夸下海口，说到以窦占龙为书胆的一道蔓儿，至少该分上下两部，上部《七杆八金刚》，下部《九死十三灾》，真格的一个字没漏过。"蔡老板也把话挑明了，你崔老道想来书场子挣钱，必须得说《窦占龙憋宝》，只要东西拿人，怎么分账怎么包银，万事好商量，提前还给一笔定金！

崔老道舍不得掏肚子里的真东西，更舍不得送到嘴边的肥肉，借着酒劲横打鼻梁应了下来。蔡老板也高兴了，定下年后正月初六开书，腊月二十八就写好了水牌子 [1] 立出去，"窦占龙憋宝"五个

---

[1] 水牌子：临时登记账目或记事用的漆成白色或黑色的木板或薄铁板，用水洗去旧字后可再写。

大字写在正中间。

天津卫的老百姓一年到头最看重过年，打从进腊月开始，娘娘庙前的宫南宫北大街、城里的南关老街，年货摊儿一家挨着一家，吊钱福字、暖窖盆花、写着吉言吉语的吉利灯、大花筒、小南鞭、懵葫芦以及瓜子、花生、松子、糖块、柿饼子、花糕、馒头山……想买什么有什么。崔老道拿上书场子老板给的定钱，大包小裹买了不少吃的喝的，精挑细选了两张杨柳青年画，一张《麒麟送子》，一张《福寿三多》，要的就是这份喜气。大年初一这天，崔老道腰板儿也挺起来了，口中嚷嚷着"见面发财"，东走西串给各位邻居拜年，到初五放炮崩小人、包饺子剁小人，活了那么大岁数，头一次踏踏实实过了个肥年。

赶等正月初六，上地的头一天，崔老道傍黑儿时分来至蔡记书场，到后台收拾收拾，扒着台帘儿往下一看，心里那叫一个痛快，台底下挤挤插插挤了三四百位，全是冲着"窦占龙"三个字来的。也难怪，《四神斗三妖》说的是奇人异士，穿插着神怪鬼狐，这路东西最抓魂儿，何况九河下梢的老百姓多多少少有过耳闻，谁不知道有个骑着黑驴憨宝的窦占龙，长着一对夜猫子眼，身边有的是奇珍异宝，纵然没见过和氏璧隋侯珠，听一听也觉得过瘾。

最高兴的还得说是蔡老板，一个脑袋就是一份钱啊，眼瞅着快开书了，亲自给崔老道斟了一碗雀舌，让他润透了嗓子，到台上多卖卖力气。

崔老道也是个人来疯的脾气，撩台帘儿迈方步，咂着茶叶沫子，大摇大摆走到书案后边，当场一坐是气定神闲。还没等崔老道张嘴，就有人带头叫好，为什么呢？台底下有一多半是书虫子，听书年头儿多了，知道再穷的先生，也得穿着大褂说书，行话叫"挑"，您再看崔道爷这身行头，乾三连、坤六断、离中虚、坎中满，全套的八卦仙衣，头插玄天簪，足蹬如意履，一派仙风道骨出尘之态，不知道的还以为请了哪位天师在台上画符念咒降妖捉怪呢，单冲这个与众不同的扮相，就值一片碰头好儿！

崔老道听得书座儿给他叫好，架势端得更足了，未曾开口先亮家底，摘下背后拂尘，抻出袖中法尺，解下腰间八卦镜，一件一件摆放在书案上，让在座的各位瞧瞧，别人说书离不开扇子、手帕、醒木，谁见过带着法宝说书的？趁一众听书的目瞪口呆之际，崔老道突然一拍法尺，开口念道："孔融让梨四岁整，刘晏七岁举神童，黄香九岁知孝道，甘罗十二拜上卿，周瑜十三统千军，十五的状元叫罗成，英雄年少不足奇，奇人当讲窦占龙！"

几句信口胡编的定场诗念下来，台底下兜着四个角"起尖儿"，听书的个个双挑大拇指——太好了，崔道爷是真舍得给书听，几句定场诗引出了窦占龙，接着往下听吧，准错不了！当天来听书的人们，一小半是蔡记书馆的常座儿，不乏腰里趁几个闲钱的老书痞，无论什么时节，永远是左手托着宜兴紫砂壶，右手捏着苏州折扇，一个手上四个金嘎子，大拇指上还得挑个翠玉扳指，听书从来不看水牌子，准知道蔡九爷请的先生错不了，甭管说什么，到点儿必来捧场，头三排的桌椅常年给他们留着。当天来的还有很多闲人，常年混迹于南门口，被崔老道的《四神斗三妖》钩住了腮帮子，以为这个牛鼻子老道摆摊儿说书掺汤兑水净是废话，到书场子登台献艺总该给书听了吧？咱倒要听听窦占龙是如何憋宝的。只不过南门口的野书随便听，有钱的您给扔两个，没钱的揣着手一仰脸儿，谁也不能强要，书场子可不一样，落座就得掏茶水钱。此辈大多是兜儿比脸干净的穷光蛋，无奈瘾太大了，哪怕晚上不吃饭，省下两个窝头钱，也得跑过来听书，解一解心头的刺挠，所以个顶个提起十二分的精神头儿，不错眼珠儿地盯着书案后的崔老道，唯恐错过一个字儿，那相当于少吃半拉窝头！

闲言少叙，只听崔老道书开正风："九河下梢有位憋宝的奇人名叫窦占龙，此人骑着一头黑驴，腰挂落宝金钱，盖天地之间、阃四海之内，无论什么天灵地宝，也逃不过他一对夜猫子眼，那是咱天津卫有名有号的财神爷。有人说他能思擅算、过目不忘，从没做过亏本的买卖，依贫道之见，那不过是小人之才，比贫道我这玄门正宗、五行大道，终究是天渊之别。所以他窦占龙的过去未来，贫道我是了然于胸，犄角旮旯我全得给各位说到了。比如说窦占龙目识百宝，不是天灵地宝入不了他的法眼，为人也是眼高于顶，他这么大的能耐，再加上财大气粗，行遍天下真得说是不可一世，什么人都不放在眼里，可是常言道得却好：'英雄敬好汉，好汉重英雄。'那么除了贫道之外，天底下还有没有能让他佩服的人呢？有人说了，想必是古书上有名的大财主，邓通、石崇、沈万三，一个比一个阔。但是我告诉您，他们仨哪一个也比不了窦占龙，财主爷能跟财神爷比吗？窦爷最佩服的人物……还得说是'胸中浩气凌霄汉，腰下青萍射牛斗'的岳飞岳元帅！窦爷不止佩服岳武穆精忠报国，这其中还有一层因果呢！您承想，窦占龙骑着黑驴憋宝，开山探海易如反掌，这么大的能耐，全凭他身上的三足金蟾，三足金蟾又是打哪儿来的呢？水有源树有根，此事咱还得从头说起：想当初，在我佛如来大雄宝殿金梁上倒挂着一只蝙蝠，偷听佛祖讲经说法，有一次听到妙处，一不留神放了一串嘟噜屁，佛祖没往心里去，头上的大鹏金翅明王可不干了，险些给这大鸟儿熏得背过气去，那还了得？飞下去一口啄死了蝙蝠。佛祖怪其鲁莽，责罚金翅大鹏转世为岳飞岳鹏举。蝙蝠也心有不甘，奉佛旨投胎为秦桧之妻王氏，以报前世之仇，半路上碰见个亲戚，也是一个修炼的灵物——三足金蟾。按着街坊辈儿论，金蟾得叫蝙蝠二姨，它就问了：'二姨您吃了吗？急头白脸地干吗去？'蝙蝠满脸愤恨，扬言下界去找金翅大鹏鸟报仇。三足金蟾羡慕尘世繁华，求蝙蝠带它下界见见世面。蝙蝠一念之仁，叼着金蟾离了灵山。古人有两句诗'鸟随鸾凤飞腾远，蝙蝠叼蛤蟆跑得快'，也是打这儿留下来的。金蟾落在龙虎山五雷殿，后来又下山借了窦占龙的形窍。搁下后话暂且不提，单说金翅大鹏明王……"崔道爷一上来还能狗戴嚼子——胡勒，勒了几句没新词儿了，索性又给续上一段《岳飞传》，直说到金翅大鹏鸟下界投胎，途中与铁背虬龙一场鏖战，啄死虾兵蟹将不计其数，这才又摔了一下法尺，来了句："欲知后事如何，且留下回分解！"

在场的书座儿全听傻了，一时间鸦雀无声。过了半天才有没琢磨过味儿来的，嘬着牙花子问旁边那位："二哥，这个老道说的是《窦占龙憋宝》吗？我怎么听着像《岳飞传》呢？"那位也直挠头："我也纳闷儿啊，一上来说的倒是窦占龙，怎么又拐到金翅大鹏鸟了？"还有不懂装懂的："你们知道什么？人家先生高就高在这儿了，这叫埋扣子，扣子埋得越深这书越好，三分让人听七分让人想，听不到最后且不让你明白呢！"

那么说崔老道真是埋扣子吗？他埋个蒜锤子！纯属蹭着走，应付一场是一场。如果说他肚子里没有《窦占龙憋宝》，那也是冤枉他了，按他心中所想的梁子，上下两本《窦占龙憋宝》，搁到书场子里说，一天一个时辰，最多可以说半年，往后吃谁去？况且崔老道没有说书的师承门户，他这部书又没过口，全是自己在肚子里编纂的，没经过锤炼，这样的内容非得拿到台上，当着听众使一遍，边说边用眼角余光观瞧书座儿的反应，什么时候眉头紧锁、什么时候扼腕叹息、什么时候咧嘴大笑、什么时候拍案叫绝……说书的心里头才有底，才知道什么节骨眼儿使什么活儿。书不过口，等于没有，过了口又怕让同行抠走。台底下那么多听书的，肯定有来偷艺的。按江湖上的说法"有相在场瞎胡侃，无相在场入正板"，所以他兜过来绕过去，先拿《岳飞传》对付了一天！

一众书座儿听了个满头雾水，各自回到家，辗转反侧琢磨了一宿，转天又是赶早来的，在台底下交头接耳议论纷纷，今天怎么着不得听出点眉目了？

今天来的人比昨天有增无减，屋里坐得满满当当，门外的人还在往里挤，伙计堵在门口作揖行礼："列位列位，实在对不住了，人太多进不来，您先去别的书场子听听，过会儿再来吧！"

未曾开书之先，崔老道扒着台帘儿看罢多时，扭头跟蔡老板吹嘘："看见了吗，咱这扣子勒得多瓷实？您瞧瞧今天这堂粘子，一个座儿没掉，我瞅着还比头天多了十来个！"蔡老板没说话，真要按照说书的规矩，就冲崔老道昨天那通胡吣，就够万剐凌迟的，可眼瞅着台底下全坐满了，且看他今天怎么说吧。

崔老道是一回生二回熟，俨然把书场子当成了南门口，大摇大摆来到台上，法尺一摔信口雌黄："各位，咱们昨天开的书，单说一部《窦占龙憋宝》，可有人问了，咱不是讲《窦占龙憋宝》吗，怎么又扯到金翅大鹏鸟转世投胎了？这段连街底儿卖药糖的都会说，还用得着你崔老道讲吗？好嘛，您是问到点子上了！并非贫道我不给书听，皆因在座的各位都是会听书的，什么样的书没听过呢？如若一上来就跑梁子，三天跑完了您还听个什么劲呢？何况咱说书的讲古比今，不拿窦占龙跟岳飞比对比对，怎么显得出他的能耐？行了，咱闲言少叙，不提岳飞了，单表窦占龙！众所周知，一个人一条命，窦爷一辈子却要躲九死十三灾，他得有多大的手段？又惹了多大的祸端？才引出这一番奇遇？"

3

崔老道二次登台说书，几句话又拢住了一众听书的耳音，台底下鸦雀无声，都觉得来着了，这可得好好听听。崔老道三言五语压住了场子，心中暗暗得意，不紧不慢地接着往下说："这么一位惊天动地的奇人，可也是娘生妈养的，能生下这么一个儿子，这位当娘的能是一般人吗？提起这位窦老夫人可了不得，首先来说长得太好了，画上的美人儿不过如此，且又知书达理、温文尔雅，天底下那么多当娘的，再难找出一位能跟她媲美的，哪位说真没有吗？依贫道看来也不尽然，还有一位岳母，那也是大大地有名，在儿子背上刺下四个大字叫'精……忠……报……国'！想当年，金翅大鹏鸟啄死了铁背虬龙外带虾兵蟹将龟丞相，投胎到岳员外家中……"就这么着又说上《岳飞传》了！

台底下的可不干了，大伙气不打一处来："你个牛鼻子老道也忒难点儿了，以为咱地道外的老少爷们儿是软面捏的吗？敬你一声'先生'，你倒把我们当傻子糊弄！"地道外的人又不同于别处，向来以民风彪悍出名，当时就有愣主儿，抓起桌子上的茶壶，权当翻天印，奔着崔老道的脑袋就扔。崔老道坐在书案后左躲右闪，躲过了茶，没闪开壶，正打在脑门子上，"哗啦"一声响，茶壶碎了，他的脑袋也开了，满脸血刺呼啦。还有嫌不解恨的，又冲上来三五位，在台上追着崔老道打。崔道爷坐不住了，屁股往起一弹，撒开腿围着书案绕圈，口中不住求告："哎哎哎，君子动口不动手啊，天津卫的老爷儿们不兴以多欺少！"台下众人却是幸灾乐祸，拍着巴掌起哄喝彩："今儿个咱可开眼了，书台上演全武行，开天辟地头一遭啊！"

后台的蔡老板看见前边乱作一团，止不住摇头叹气，暗骂："你个牛鼻子老道真是错翻眼皮子了，让你登台说书，你却挖点来了，也不出去扫听扫听，地道外听书的有善茬儿吗？甭看穿得人五人六的，其中可是藏污纳垢，什么叫粗胳膊老五，怎么是细胳膊老六，专在书场子里飞贴打网、讹钱闹事，重一重能把园子给'铆'了，你这不是自己找打吗？"

再看崔老道，他这肚子里常年装的是豆饼杂合面，肝肾两虚，气血不足，腿脚又不利索，跑着跑着就没力气了，脚底下一滑打了个趔趄，被众人顺势摁在台上，拳脚相加一顿臭揍。蔡老板也生着闷气，巴不得那几位狠狠收拾崔老道一通，冷眼瞧了半天，看见揍得差不多了，这才出来打圆场。蔡老板在地道外混迹多年，也是通着河连着海有头有脸的江湖人物，以往没人敢在他的场子闹事。只因崔老道今天犯了众怒，不打不足以平民愤，大伙实在忍不住了才动的手，说到底不过是来听玩意儿图个消遣，犯不上闹出人命，既然有蔡老板出面劝说，便借着这个台阶，就此作罢了。

崔老道让人揍了个鼻青脸肿，脑袋上还开了个大口子，也没脸再去见蔡老板了，垂头丧气地回到家，怪自己贪小便宜吃大亏，人家让他说《窦占龙憋宝》，他非得偷奸耍滑，拿说过三百多遍的《岳飞传》对付书座儿，刚端上的饭碗，没等焐热乎就砸了个稀碎。眼瞅着家里又揭不开锅了，只得顶风冒雪推着卦车去南门口做生意，怎知道说了半天没开张，却听来一桩出奇的怪事——蔡记书场又请了一位先生，每天夜里开书，说的仍是《窦占龙憋宝》！

原来崔老道在地道外蔡记书场子上买卖，偷奸耍滑挨了一顿胖揍，杵头子也没置下来。所幸只是皮外伤，在自家炕上躺了三天，头上的伤口渐渐恢复，胳膊腿也不那么疼了，可眼瞅着又瓢底了，过年之前蔡老板给他的定钱早花光了，说书头一天打赏的着实不少，但是按规矩初一十五才分账，没等混到分账那天，他就让人打了出来，有心回去讨要那一天的份儿钱，想想还是没敢去，真要算细账，也许还得倒找人家定钱。

如今囊中没钱、缸中无米，崔道爷只得重操旧业，推着卦车一瘸一拐来到南门口。此时还没出正月，他出来得又早，东一瞅西一瞧，小风儿嗖嗖的，街上冷得连条狗都没有，抱着肩膀蹲了一个多时辰，路上才逐渐有了行人。崔老道耷拉着脑袋，瞅见眼前一来一往的腿儿多了，当即搓了搓手，凑到嘴边呵了几口热气，这才缓缓站起身来，将算卦用的法尺擎在手中，瞅准了时机，猛然往小木头车上一拍，引得过来过往的行人纷纷侧目。崔老道趁机开书："没出正月都在年里，贫道先给各位拜年了，有福之人不用忙，无福之人跑断肠，要说各位都是有福的，为什么呢？今天您几位可赶上了，贫道我伺候老几位一段热闹的，且说有个骑黑驴的老客，名叫窦占龙，叼着个半长不短的烟袋锅子，不显山不露水的，他怎么会那么有钱呢？"崔老道这一通卖弄，还真围上来几位，可能也是实在没事干的闲人，抱着肩膀听他说书。怎知刚说了没两句，便有多嘴的问他："崔道爷，您头几天在地道外蔡记书场子说书，脑袋上不是挨了一茶壶吗？伤养好了？"在路边说野书没那么多规矩，听书的可以随时插嘴。崔老道乐得有人搭话，不仅能借此机会少说正文，还显得场子热闹，所以他说书的时候，向来是有问必答，忙冲对方打了一躬："承您惦记，贫道我有八九玄功护体，区区一个茶壶……"怎知多嘴的那位话锋一转，阴阳怪气地说道："嘿，您可真应了那句老话——好了伤疤忘了疼，居然还敢说《窦占龙憋宝》？忘了怎么挨的打了？"崔老道四两鸭子半斤的嘴，最会自己给自己找台阶下："不不不，您有所不知，所谓货卖识家，地道外都是扛大个儿的，那帮吃饱了不认大铁勺的主儿，有几个会听书？咱的真玩意儿能给他们听吗？您猜怎么着？我得留着整本的《窦占龙憋宝》伺候您老几位啊！"

纵然崔老道巧舌如簧，听书的可也不傻，他这一套早不灵了。众人心知肚明，不论这老小子说得如何天花乱坠、海马献图，接下来说的肯定还是《岳飞传》，当场又把他拦住了，告诉他省省唾沫，留着粘家雀儿去吧，你能说整本的窦占龙，除非烈女改嫁、铁树开花。还别不告诉你，蔡老板的书馆里又来了位先生，说的就是《窦占龙憋宝》！

崔老道心下疑惑，跟那位一打听才知道，前几天有人看见蔡记书场门口的水牌子没撤，上边仍写着斗大的"窦占龙憋宝"五个字，大伙以为崔老道还接着在书场子里说呢，那能不听吗？听不着窦占龙怎么憋宝不要紧，看看他崔老道怎么挨打也值啊。怎知到点开书的不是崔老道，另换了一位先生，单讲《窦占龙憋宝》，人家说的不仅是正书，还不收进门钱，听到一半才有伙计拿着笸箩打钱。崔老道越听越纳闷儿，《窦占龙憋宝》是他自己在肚子里编纂的，不仅没在外边使过，也没跟任何人念叨过，天底下除了他崔老道，还有谁能说这部书？他倒不担心有人刨他的活儿，因为他之前说过几个关于窦占龙的小段，民间也有不少憋宝客的传说，保不齐有哪个说书的自己捏咕出来一段，无非是得了点儿皮毛，只言片语、浮皮潦草，又能有什么出奇的？

崔老道怎么想不打紧，挡不住卦摊儿前听书的一哄而散，他口沫横飞卖了半天力气，一个听书的也没留住，在南门口戳了整整一天，灌了满满一肚子西北风，只赶上一位抽签的，让他连蒙带唬挣了几个大子儿。回到家打了一碗糨子，全家老小转着碗边吸溜下去，又挨个儿舔了一遍碗底，饱不饱的就这意思了。崔道爷收罢碗筷，躺在炕上闭目养神，自打说了书，别的没学会，行里的臭毛病可添了不少，只知有己不知有人，谁他也瞧不上。仗着《窦占龙憋宝》是他独一门的玩意儿，无论蔡老板又请了哪个说书先生，说得再好能比他厉害？跑江湖卖艺的都知道，"砍的不如镟的圆，听的不如学的全"，要论胡编乱造这一块，谁能编得比他还邪乎？

崔道爷心中气闷，越琢磨越不是滋味儿，一骨碌身子坐起来，脱去道袍，翻箱倒柜找了身旧衣裳，头上扣了顶破帽子，压低帽檐挡住脸，从家里出来直奔地道外，一边走一边寻思："甭问，如今在蔡记书场说灯晚儿的那位，肯定是能耐不济，所以他不敢收进门钱，说到一半才让听书的打钱，那不成了撂地说野书的？还不是因为'窦占龙憋宝'五个字拿人，才有上赶着给他捧臭脚的！朱砂没有红土为贵，听不着我崔老道的，大伙才退而求其次，将就着听别人的。说白了，你这碗饭是我赏的，可你也太不懂江湖规矩了，你师父师娘当初怎么教的你？说评书这一行，绝不准许私传本门的活儿，也不准擅自到其余门派的场子听书捋叶子！你居然拿起来就说，也不拎着点心匣子来拜访拜访我，给我道道乏，问问我让不让你说？哼哼，我崔道成说《窦占龙憋宝》挣不着钱，谁他妈也甭想挣！别的咱不会，搅和生意还不会吗？上了台你说别的书还则罢了，如若敢说《窦占龙憋宝》，抓个茬儿我就在台底下叫倒好、扔茶碗，非给你搅和黄了不可！"

崔老道也是记吃不记打，憋着坏要大闹蔡记书场，一瘸一拐来在地道外，到得义利斜街抬眼观瞧，果不其然，蔡记书场里灯火通明、喧嚷嘈杂，陆陆续续还有人在往里走，比白天还热闹。他往下压了压帽檐，偷偷摸摸蹚进书场子，只见台下挤挤插插座无虚席，两侧的过道上也站满了人，连个下脚的地方都找不着。仗着崔老道身子板单薄，晚饭也没怎么吃，肚子还是瘪的，挤入人丛勉强立住脚跟。此时先生还没到，台上虚位以待，书座儿们正自喝着茶，嗑着瓜子，眉飞色舞地聊闲天。崔老道闲着也是闲着，支棱着两只耳朵听贼话儿，就听有人议论："二哥，您说怪不怪，听了三天的书了，愣不知道这位先生姓字名谁！"他旁边那位说："嗨！你管那么多干什么？书好不就得了，人家头三天交代完了书帽子，单等今天开正书了，咱听着也过瘾啊，不说到扣儿上，有屎都舍不得撒，这才叫能耐呢，跟那个牛鼻子老道可不一样。"又有人搭话道："您说的太对了，说书虽然讲究个铺平垫稳，可也没听说过有谁敢拿整本《岳飞传》垫话儿的，活该他崔老道挨打！"刚才说话那二位齐声称是："对对对，就没见过这么可恨的，那条腿也该给他打折了！"

崔老道又羞又恼，气得直哆嗦，心中暗骂："呸！尔等市井小民凡夫俗子，吃着五谷杂粮，顶个死不开窍的榆木疙瘩脑袋，无非草木之人，怎知贫道胸中玄妙？不过来得早不如来得巧，我倒听听那个说书的，怎么说我肚子里的东西！"

恰在此时，台上来了一位先生，三十上下的年岁，走路晃晃荡荡，穿一身暗红色的大褂儿，油脂麻花看着挺旧，红灿灿一张脸膛，锃亮锃亮的，简直跟拿油打过一遍似的，再不然就是盘包了浆。说书先生一出场，台底下顿时掌声雷动，喝彩叫好儿的此起彼伏。

崔老道心里更不服了："说书的行当养老不养小，冲你这岁数，充其量是个徒弟辈儿的，吃过几碗干饭？能有什么了不起的本领？你可放仔细了，但凡有半句不像人话的，别怪贫道我往你脑袋上扔茶壶！"不承想红脸先生来在书案后头，一张嘴滔滔不绝，将头一本《窦占龙憋宝》的来龙去脉、始末缘由，说得头头是道、入筋入骨、入情入理，分寸拿捏得也好，该快的快，该慢的慢，真可谓是"急如竹筒倒豆，缓如守更待漏"，听得崔老道眼都直了！

第二章　窦占龙出世

1

书打哪儿开呢？得从关外说起，自清八旗入关以来，在白山黑水间打官围的猎户，均受打牲乌拉总管衙门节制，古书上说"普天之下，莫非王土；率土之滨，莫非王臣"，何况关外又是皇上的老家，什么好东西都是人家的，除了一年四季应时当令的供奉，还要年复一年地往京城交"腊月门"。皇贡中不仅有贵重的熊胆、熊掌、虎鞭、虎骨、虎皮、鹿茸、鹿鞭、麝香、山参、紫貂、鳇鱼、银狐、东珠，也有奶酪、奶饽饽、喇嘛药、马奶子酒以及祭祀必备的松子、年旗香，都用黄绫子包了，装在九九八十一辆花轱辘大车上，浩浩荡荡走一个多月才到北京城。

老家的人千里迢迢来送年货，皇上当然会有诸多赏赐，什么炒肝配包子、焦圈配豆汁、羊油麻豆腐、豆面驴打滚儿，砸点烂蒜拌肺头，大碗卤煮多加肠子，反正全是皇上爱吃的那些个东西，加上他们自己在京城置办的吃喝穿戴各类物品，回去时也得把大车装得冒尖儿。关内常见的油盐酱醋、布匹鞋袜、针头线脑、茶砖红糖、锅碗勺筷，在关外倒成了稀罕货品，带回去多少都不够。

相距北京城不远的乐亭县，素来有很多做小买卖的货郎，瞅准了其中的机会，推着小车挑着担子，带上货物跟着马队，去到关外贩卖。听着是条财路，干起来可不容易，关东山乃是大清龙兴之地，关内百姓一概不准出关，如果让人抓住，肯定得掉脑袋，何况关东山地广人稀，老林子里到处是虎豹豺狼，而且匪患猖獗，山高水远走这一趟，说不尽有多少艰难险阻。但是大清八旗得了天下，王公贵胄跑马圈地，近京几百里之内的顺天、保定、承德、永平、河间等府都成了官地，老百姓没庄稼可种，只能做些个买卖。

一人踏不倒地上草，众人踩得出阳关道。永平府乐亭县的小商小贩结为"杆子帮"，凑钱买通马队头领，一路走到满珲河[1]边上，在沿岸戳起长短不齐的圆木杆子，围成栅栏，圈出一块地，支上货架子，摆上从关内带来的货物贩卖，获利之后换购山中猎户的兽皮、獾油、关东烟，等到再交腊月门的时候，又跟着马队一同返乡，以此发了大财的商贩不在少数。乐亭行商讲的是货真价实，最重"诚信"二字，投该投之机，取当取之巧，从不缺斤短两、以次充好，赚钱得赚到明面上，把买卖越做越大。又经过上下打点，拿到了在关外经商的龙票，成了名正言顺的皇商。泥多佛大、水涨船高，经过一

---

[1] 满珲河：即黑龙江。

番苦心经营，杆子帮以前运货挑的担子、推的小车，也都换成铁瓦大车，并在各地开设分号，生意一直做到了蒙古。从商在乐亭当地蔚然成风，小孩冒话就背小九九，从三岁起打算盘，学的全是商规。搁到过去来说，士农工商为四民，商排在最末一等，可是乐亭当地的人们，无不对做买卖的高看一眼。

乾隆年间，杆子帮的首领姓窦，双名敬山，家住乐亭县以东的窦家庄，祖上世世代代跑关东，创立了杆子帮总号，传到他这一辈，已经置办了两百多辆铁瓦大车。所谓的铁瓦大车，无非是在木轮子和车轴上箍一圈铁皮，再抹上油，这样的大车可承千斤之重，日行七八十里。窦敬山还养着不少大牲口，马、骡、牛、驼，穿成把、列成队、结成帮，不仅可以给自家运货，还能赁给别的商号，额外又是一份进项。

他们一家老小几十口子，住着一个大院套，以八卦五行选定方位，造广亮大门，中间一条青砖甬道，两侧各有五进院落，山虎爬墙，藤萝绕树，百余间青砖瓦房，皆是雕梁画栋、堆金立粉。外围一圈院墙，厚七尺，高两丈，最下边以砖石砌成，缝隙里填灌砂浆，当中用砖垒，外挂白石灰，高处拿江石沫子做墙帽，上边扒不住人，也剜不透，尽可抵御盗贼。宅院四角还造了更楼、眺阁，各院房顶有走道相通，看家护院的武师不下十几位，持枪带棒，昼夜值守。

有道是"百船出港，一船领头"，窦敬山是大财东，雇了精明能干的"西家"打点生意，商号、车队、牲口把式，各司其职、各安其位。东家不必亲力亲为，但仍需遵守祖训，一年去一趟关外，一则盘点账目，二则应酬主顾。按照惯例，在一年之中，杆子帮一定要请大主顾下一次馆子。各帮各派的把头、猎户、渔户、军户、珠户，一概由分号的三掌柜出面，在二等酒楼，点一等席面，鸡鸭鱼肉，足吃足喝；款待有名有号的把头、衙门口的大小官吏，则由二掌柜出面，在头等酒楼，点二等席面，山珍野味，好酒好菜；宴请将军、都统、侯爷、旗主之类有权有势的达官显贵，必然是窦敬山亲自出面，在头等酒楼，摆设头等宴席，熊掌扒鱼翅、蟹黄爆鱼肚、清炖哈士蟆、人参凤凰鸡，什么贵上什么，额外再送一份"孝敬"，把这一干人等打点好了，杆子帮在关外的生意才能顺风顺水。

窦敬山一年出去一趟，入了秋动身，在关外一待三个月，再跟着送腊月门的车队返回老家，一来一往小半年的光景。杆子帮的大东家出行，真可以说是前呼后拥兴师动众。到了关外的总号，西家得跟伺候太上皇一样，远接高迎捧着唠嗑儿，给他住最好的铺最好的，吃最好的喝最好的，挑最好的娘儿们陪着。窦敬山在家里三妻四妾，去到关外也隔三岔五逛窑子。一来二去迷上了一个花名"赛妲己"的窑姐儿，听名字就错不了，如若叫"赛雷震子"，那完了，肯定是红头发蓝脸儿，长得跟妖怪似的，敢叫"赛妲己"，必然是又好看又会勾人，铁打的江山都能给你搅和没了。这个小娘儿们正是如此，丰臀长腿、酥胸柳腰，满面春风，浑身带俏，粉嘟嘟的鸭蛋脸上一双桃花眼，睁着是圆的，笑起来是弯的，盯上谁就能把魂儿勾走，又会唱十方小曲，称得上色艺双绝。窦敬山被她迷得神魂颠倒，不吝重金把赛妲己从窑子里赎出来，给她买了个小院，拿一顶二人抬的小轿偷偷抬进门，在关东养下这么一房外宅。

本以为金屋藏娇，从此有了暖被窝的，却忘了那句话叫"谗言误国，淫妇乱家"。窦敬山忙着打点生意应酬主顾，一年到头顶多在外宅住上十几二十天，赛妲己水性杨花耐不住寂寞，免不了撩猫逗狗、招蜂引蝶。她有个旧相好，是在刀枪丛中安身立命的剧盗。

此人不过二十来岁，细腰乍背扇子面身材，人长得眉清目秀，白白净净、文文绉绉，冷眼一看像个戏台上的小生，实则心黑手狠杀人如麻，匪号"白脸狼"，仗着手中的快刀亡命山林。他这口刀可不一般，刀身狭长，削铁如泥，杀人不见血，砍头似切瓜，相传是当年唐军东征高句丽留下的宝刀。因为唐刀太长，挂在腰上拖着地，只能背在身后，他刀不离人，人不离刀，坐下来摘刀在手，睡觉时把刀压在身子底下，即便搂着赛妲己，也得腾出一只手来攥着刀鞘。白脸狼落草为寇，带着手下几十号崽子，专门耍混钱，砸窑绑票追秧子，吃毛缰[1]赶小脚[2]，大到杀人放火，小到偷鸡摸狗，堪称无恶不作，扬言自己这一辈子，至少要杀够一千个男人，玩够一万个女人。他这个色中的恶鬼，只要窦敬山一回老家，就往赛妲己屋里钻。

有道是"名大了招祸，财多了招贼"，关外土匪都知道杆子帮挣下老鼻子钱了，没有不眼馋的。白脸狼也没少劫掠杆子帮，但是零敲碎打不过瘾，有心绑了窦敬山换赎金，奈何杆子帮首领财大气粗、手眼通天，这边结交着官府，那边与绿林道上也有往来，身边的随从又多，哪次出关都是携枪带棒、耀武扬威，他苦于找不到下手的机会，如同眼前搁着块肥肉，却又无从下嘴，总觉着一股子无明之火憋在胸中不得抒发，便在枕头边缠着赛妲己问东问西，打听窦敬山在老家有多少口子人，住着多少房舍，家中存放了什么财货。

赛妲己床上床下被白脸狼收拾得服服帖帖，白脸狼让她往东，她绝不往西，让她打狗，她绝不撵鸡，别看出钱养着她的是窦敬山，可那句话怎么说的？人比人得死，货比货得扔。白脸狼二十来岁正

---

[1] 吃毛缰：盗出大牲口。

[2] 赶小脚：盗出一头猪。

当年，穿得潇洒，长得英俊，对付女人又有手段；再看窦敬山，尽管财大气粗，无奈岁数到了，脸上的褶子与日俱增，肚子也挺出来了，精气神也不足了，怎么看怎么不顺眼，因此在她心里，十个窦敬山也顶不上一个白脸狼。只不过一提到去抢窦家大院，赛姐己也得给白脸狼泼冷水，因为财主家的田产庄院，土匪去了也扛不动、搬不走，挣来的银子大多搁在钱庄票号，家里没几件值钱的东西，外人不知密印，抢了银票也没用。以往那个年头，地主大户莫不如此。从关外到关内，千里迢迢跑上一趟，劫掠些许浮财，还不够塞牙缝的，一旦惊动了捕盗的官军，如何还有命在？按大清律，杀三人者凌迟。白脸狼身上背了一百多条人命，剐上一千刀也不嫌多。边北辽东人烟稀少，往深山老林中一躲，谁也奈何他不得。关内则不然，所到之处人生地不熟，稍有闪失，插翅难飞。白脸狼让赛姐己说得几乎死心了，却怪窦敬山自己说走了嘴，天火烧冰窑——这叫该着！

2

有这么一次，杆子帮收了一批上等皮张，全是多少年难得一见的硬货，带到关内可以翻着跟头打着滚儿地赚钱。窦敬山到底是买卖人，心里头高兴多喝了几杯，一时酒后失言，捏着赛姐己白白嫩嫩的脸蛋儿说："我老窦家祖辈攒下的马蹄子金，足足装了六口大瓦缸，全在老家埋着。有这个底金，哪怕咱家的买卖赔光了，我照样可以翻身！只要你好好伺候我，保你这辈子穿金戴银、吃香喝辣！"赛姐己故作惊喜，追问金子埋在什么地方。窦敬山只说了"窦家大院"四个字，便歪在炕头上打起了呼噜。

窦敬山前脚刚一走，白脸狼就从赛妲己口中得知了此事，他信得过赛妲己，却信不过窦敬山，整整六缸马蹄子金，那得是多少啊？堆起来还不跟座金山相仿？该不是窦敬山喝多了信口胡吹？又或许赛妲己听差了？

白脸狼一时把不准脉了，刀头舔血的土匪疑心最重，不坐实了，绝不敢轻举妄动。当即吩咐手下的"插千柱"，带上专管刺探消息的"线头子"，混入杆子帮的大车队进京。杆子帮跟送皇贡的车队一路同行，几百辆大车一字排开，绵延数里，一眼望不到头，混进去个把外人不难。两个土匪一路上跟杆子帮的伙计旁敲侧击、打探虚实，窦敬山身为杆子帮的首领，又是乐亭行商的会首，一提起他来，伙计们可有得说了：鲁商挣了钱屯粮，晋商挣了钱盖房，徽商挣了钱立牌坊，乐亭的行商则惯于积攒本金。老窦家有钱归有钱，但是为商作贾的将本图利，不可能一门心思屯粮盖房，虽说也有个大院套子，米面成仓、骡马成群、鸡鸭成栅、彩缎成箱……最看重的却仍是本金，以此为担保，从各大钱庄票号中借贷，这叫借鸡下蛋，拿着别人的钱生钱，稳赚不赔。老窦家祖上取宝发财，后辈儿孙世代经商，究竟攒下多少金子，外人不得而知，总而言之一句话，人家家里是"寡妇生孩子——有老底儿"！又听一个从窦家庄出来的伙计说，他爷爷当年给老窦家翻盖房子，在地底下造了一间屋子，多半是用来埋金子的，不过四面围着帐子，蒙上眼进去干活儿，由东家引着，在大院中兜兜转转走上半天才到，谁也说不出那间屋子在哪儿，干完了活儿依旧蒙着眼睛出来，他们本地人大多听说过此事，真真假假传得挺邪乎。两个探子竖着耳朵东掫西问，一直跟着杆子帮走到乐亭，在窦家大院周围转悠，瞅见墙根儿底下零零散散地长着凤眼莲，因为天冷，也都荒了。民间俗传，长着这凤眼莲的地方，金气必然旺盛。两个土匪回来如实禀报，白脸狼将信将疑，命人抓来一只活公鸡，跪在香堂中捧刀问卦："待我一刀斩去鸡头，窦敬山家中埋了几缸金子，便让无头鸡蹦跶几下；如若金子不够一缸，一下也不必蹦了！"蓦地刮起一阵阴风，宝刀铮铮作响，白脸狼手起刀落斩断鸡头，无头鸡扑腾着两个翅膀子，在地上一连蹦了六下，这才倒地而死，鸡血哩哩啦啦溅出六个圆圈。白脸狼看得分明，心里头有底了！

转过年来，白脸狼又派去两个土匪踩盘子[1]，探明窦家庄远近周围的地形，庄子里有多少乡勇，各带什么家伙，最主要的是得摸透了窦敬山家院有几座、房有几间、墙有多厚、更楼多高，有几个看家护院的、几个巡更守夜的，手里多少大刀、多少哨棒、多少弓箭、多少火铳，几时生火、几时吃饭、几时吹灯、几时起床，不厌其详，全得探听明白了。除此之外，还要摸清附近有多少官军。白脸狼虽是亡命之徒，却不敢跟官军厮杀，因为他的宝刀再快，也抵不过火器，官兵来得少还行，如若大军云集，他只能是夹着尾巴望风而逃。

据回来的探子所说，乐亭县北傍滦河，东南两侧临海，窦家庄到渤海湾不过十余里，隆冬腊月沿海结冰，一条船也见不着。整个庄子住着两百多户人家，多为同宗同族，以做小买卖的商贩为主。由于是直隶重地，从没闹过匪患，庄子里有那么十几二十个乡勇，皆为种地的农户，手中无非刀矛棍棒，除了一两杆鸟铳，并无冒烟带响的火器，一是用不上，二是朝廷有令，禁绝民间火器，离开天子脚下

---

[1] 踩盘子：盗匪事先对被盗人家的情况进行摸索。

的四九城，官府对带刀的往往睁一只眼闭一只眼，但对民间火器管控甚严。庄子里那几杆老掉牙的鸟铳，多少年没用过，能不能响还得两说着。乡勇们平日里只是巡更守夜防备火患，逮个偷鸡摸狗的蟊贼什么的，断然不是关东响马的对手。窦家庄与县城鸡犬相闻，抬腿就到了，这边有什么风吹草动，县城那边不可能不知道，不过天亮之前，官兵肯定不敢出来。附近驻军最多的地方是海防大营，除非接到兵部调令，否则大营中的兵马不会轻动，因此不足为虑。

白脸狼这才打定主意，他暗中密谋了多时，决定乘船过海，绕过老龙头，停靠在冰面之外，趁夜砸开窦家大院，速战速决，挖出那六缸金子，然后从海路逃走。官兵不可能在夜里摸着黑出来，即便追上来，哪想得到山上的土匪走海路，再找船也来不及了！然而他手下仅有二三十个崽子，只怕势单力孤，砸不开铁桶一般的窦家大院，所以又找来许多刀匪，凑了一百来个亡命徒。

关外的刀匪不同于土匪，单指一伙讨荒的地户，其中有闯关东吃不上饭的穷光棍，有吃不住蒙古王爷鞭打跑出来的奴隶，有充军流放之后出逃的犯人，有来路不明的僧道喇嘛，也有朝廷遣散的军士，没钱归乡，结伙流落在此。松花江嫩江平原上的湿地沼泽一望无际，有大片大片的苇甸子，每年秋风一起，寒霜一下，苇甸子上冰封雪冻，人可以立住脚了，他们便去割苇子卖钱。关外人常说"人进苇塘，驴进磨坊"，再没有比割苇子更苦的活儿了，天不亮起来，一头扎进寒风刺骨的芦苇荡，也不敢多穿，怕走不动，又怕干起活儿来出汗，汗珠子凉了结成冰碴子。干活儿的人手一柄扇刀，又细又长，刀刃犹如扇子面，锋利无比，抡起来左劈右砍，苇子草哗啦哗啦地往下倒，长年累月干这个活儿，个个练得胳膊粗腿粗，腰硬屁股壮。可是一年之中，至多六七十天可以割苇子，卖苇子挣的钱，勒紧了裤腰带，啃窝头蘸大酱才够吃半年。正所谓饥寒起盗心，平日里吃不上饭，就去当刀匪，挥着手中的扇刀，杀人越货，见什么抢什么。

白脸狼纠结了一众刀匪，只说要做一桩大买卖，点正兰头海[1]，带着兄弟们发财去，到地方把人一杀，劫掠的财货一分，顶他们割上十年八年的苇子。至于去什么地方杀什么人，领头的白脸狼不说，谁也不兴打听，以免人多嘴杂走漏风声。因为白脸狼比谁都清楚，刀匪没有不贪酒的，保不齐哪一个喝多了嘴松口敞，一旦惊动了杆子帮，提前报了官，在当地设下伏兵，给他们来个关门打狗、瓮中捉鳖，岂不是飞蛾扑火引焰烧身——死得连渣儿都不剩？

赛姐己察言观色，发觉白脸狼凶相毕露，牙关咬得嘎嘣嘣响，准是要来真格的。她心里头直画魂儿，悔不该多嘴说了埋金之事，窦敬山吹灯拔蜡不打紧，失掉这个靠山，今后谁养着自己？反过来万一是白脸狼失了手丧了命，赛姐己更舍不得，只怕再也找不着这么贴心贴肉的小白脸了。这笔买卖不管谁赚，她自己是铁定要赔，便想方设法地阻拦。这天晌午，赛姐己从饭馆里叫了几个热菜，烫上一壶酒，盘腿坐在炕桌前，兜着圈子跟白脸狼掰扯，劝他别打窦家大院的主意。白脸狼起初还捺着性子胡乱敷衍几句，架不住老娘儿们嘴碎，蹬鼻子上脸，中听不中听的车轱辘话来回讲，叨叨得他脑瓜子直嗡嗡，便即斥道："你个老娘儿们裹啥乱？是皮痒了还是肉紧了？轮得到你髭毛撅腔吗？"赛姐己兀自喋喋不休："你这人咋不听劝呢？我就不该告诉你窦家大院埋着马蹄子金，你说你人生

---

[1]　点正兰头海：土匪黑话，目标好且钱多。

地不熟的，窦敬山家的青砖瓦房不下一百多间，你又不知道金子埋在哪间屋子底下，耽搁久了引来官兵，那不是人财两空吗？"白脸狼眉毛一拧："怪不得世人都说，婊子无情、戏子无义，枉咱俩这么恩爱，我看你还是舍不得窦敬山！"打人不打脸，骂人不揭短，赛姐己虽是窑姐儿出身，但对白脸狼真心实意，最听不得从他口中说出"婊子"二字，立时翻了脸，拍着桌子吵吵："你个没良心的，我啥地方对不住你了？不是我养着你，你能有今天吗？我是婊子，你就是婊子养的！"这话搁谁也咽不下去，更何况眼前这个杀人不眨眼的魔头。白脸狼额头上青筋直跳，强压住心头火，沉着脸说道："老子铁了心去抢窦敬山，谁也拦不住，惹急了连你一块宰！"赛姐己不干了，窑子里出来的姑娘，哪个不泼辣？既然话茬儿呛上了，索性来个鱼死网破，嘴里骂了一声，从炕头蹿下地，急赤白脸地穿上鞋就往外走："老娘报官去，看你去得成去不成！"

白脸狼心里头一翻个儿，此等大事怎能坏在一个泼烟花手里？端上酒盅一饮而尽，随即起身下地，背着长刀从屋里追了出去，三步并作两步撵上赛姐己，当场拦住去路。大街上人来人往，瞅见这俩人起了争执，纷纷驻足观瞧。白脸狼一言不发，右手在上，从肩膀上握住刀柄；左手在下，探到背后拽住鲨鱼皮软鞘，两下里一分，拔出一口寒光闪闪的长刀。赛姐己仗着围观的人多，泼劲儿发作，把胸脯子一挺，指着白脸狼的鼻尖叫道："光天化日你敢行凶杀人？大伙看看，这就是山上的草寇！"话音未落，忽觉眼前一花，似有罡风扑面，再看白脸狼已然收刀入鞘，转过身分开人丛走了。围观的老百姓众目睽睽，只瞧见白脸狼拿刀比画了一下，随后又把刀收了，那个小娘子也没咋地，哄闹声中各自散去。

赛妲己怔了一怔，气哼哼地骂道："谅你也没这么大的狗胆，杀了我你跑得了吗？"她嘴上虽硬，却也担心白脸狼狗急跳墙，执意去衙门报官，匆匆忙忙走过三条街，刚来到官衙门口，忽觉脖子上一凉，肩膀上的人头突然掉落，骨碌碌滚出去一丈多远，紧接着喷出一腔子血，无头尸身立而不倒，惊得过往行人乱成一团！

3

没有了赛妲己这颗堵心丸，白脸狼的心思全放在如何劫掠窦家大院上了，闷着头猫在山上等待时机。这一年入了冬，白脸狼命几个行事稳妥的老土匪，跟着杆子帮去到乐亭，有人扮作挑挑担担的小贩，有人扮成要饭花子，有人扮成睡大街的醉鬼，不分昼夜盯着窦家大院，还专门有人去海边踩道，找准了什么地方水深，什么地方水浅，什么地方的冰面立得住人，什么地方是碎冰。他派出去的人手，个顶个是常年钻山入林的贼匪，再难绕的沟沟坎坎也敢走，踩个盘子不在话下。

八方消息传回关外，白脸狼又是一番谋划，怎么去怎么回，怎么进怎么出，皮子喘了怎么插，起跳子了怎么滑……事无巨细，逐一布置妥当。等到傍年根儿底下，腊月二十三这天，海面上寒气逼人，冷风卷着纷纷扬扬的大雪片子，刮得人睁不开眼。白脸狼点齐手下兄弟，搭上几十条捕捞海参的三帆船，皆以较大的"快马子船"改制而成，顶棚上并排立着三面布帆，从旅顺口过海。土匪们在船上足吃足喝，轮换着掌帆，赶在定更天前后摸黑下船，踩着冰面摸上岸，由接应的土匪点燃篝火指引方位，齐聚在海边一处破庙之中。

白脸狼早让几个踩道的土匪在海边破庙里提前备下了烧酒，破桌子上摆开几摞陶土泥碗，又点上几盏油灯照亮。他们这伙乌合之众，大多头戴狗皮、猞猁皮的帽子，一个个长毛邋遢，遮住了后脖颈子，脸上脏得不必抹锅底灰也看不出面目，身上裹着翻毛皮袄，腰扎牛皮板儿带，脚底下踩着毡子靴，鞋跟钉着钉子，踩冰踏雪不打滑。众刀匪各持利刃，满脸的凶相，庙里招不开，就在庙门外挤着，一人倒上一碗烧酒。白脸狼从靴勒子里拔出匕首，当众割破手指，将血滴入酒碗，带头焚香起誓："过往各路神灵在上，白脸狼及一众兄弟在下，我等今夜要干上一票大买卖，砸开杆子帮会首窦敬山的窦家大院，挖出他埋下的六缸马蹄子金！咱哥们儿福必同享，祸必同当，谁有二心，一枪扎死，一刀砍死，喝水呛死，吃饭噎死！"直至此刻，一众刀匪方才得知，领头的要带他们去抢杆子帮大财东，登时鼓噪起来，窦敬山是趁钱的大户，家里有的是油水，在关外名声赫赫！他们以往最恨的也是杆子帮，因为割下来的苇子，十之八九是卖入杆子帮的商号，做成簸箕、箩筐、苇席贩售，也整捆整车地卖，用于盖房时编苇墙、苫屋顶，杆子帮获利十倍不止。穷哥儿在苇甸子里流血流汗累死累活，出的牛马力，吃的猪狗食，大头儿全让杆子帮的东家赚了去，干活儿的净喝西北风了，许他不仁就许我们不义，许他吸干榨净就许我们杀富济贫！一百多个悍匪一人端了一碗烧刀子，纷纷割破手指饮了血酒，又一同摔碎酒碗，齐声大呼小叫，震得破庙四壁乱颤，泥沙俱下，借着血气冲出破庙，由踩盘子的土匪引路，恰似一群见了羔羊的恶狼，趁着月黑风高杀奔窦家庄！

腊月二十三过小年，正是窦家大院人口最少的时候。跑关东的伙计们，全跟着送完腊月门的车队出关去了。不去关外的那些人，掌柜的、账房先生、外来的伙计，忙完了一年的买卖，该归的归，该拢的拢，该交的账也交齐了，均已带着一年的辛苦钱辞别东家回去过年了。这一天老窦家的饭吃得也晚，因为是祭灶的日子，一早把小宝塔似的关东糖摆在伙房里灶王爷神位前，黏住他老人家的嘴，上了天赖话别提。入夜送灶，揭下贴了一年的"九天东厨司命灶君"画像，连同纸糊的灶马一并烧掉，祭完了灶又要祭祖，然后才开饭。按老窦家祖上定的规矩，他们家长工先吃，其次是短工，最后才轮到本家。吃饭之前，窦敬山这位一家之主，必须先背一段圣贤训："易曰，君子慎言节食，慎言以修德，节食以养身……"甭看他在外边手敞，在家可得以身作则，不改行商俭朴之风，吃的饭菜也十分简单，无非虾酱炒饽饽、白菜烩豆腐、醋溜土豆丝、萝卜炖粉条，外加几碟子小咸菜，拿筷子头儿蘸点香油淋上，一笸箩棒子面贴饼子，一人一碗大粒子山芋粥，过大年那几天才吃得上炖肉、熬鱼、饺子、年糕。

　　大户人家的饭菜可以简单，规矩绝不能省，一家老小在饭厅之内齐聚一堂，当家的免不了拍拍老腔，挨个儿敲打几句。窦敬山的大儿子和二儿子文不成武不就没一个争气的，他看着就来气："你们俩一个赛一个不着调，生意上的事一点不摸门，还不如杆子帮的小伙计懂得多！跟你们说多少回了，尽心尽力盯着生意，你们可倒好，一个耳朵听一个耳朵冒，串皮不入内啊！跑关东嫌冷，老家的商号又插不上手，连账本也不会看，买卖不懂行情、下水不知深浅、交友不分好坏，照这么下去，咱家非败在你们手里不可……"一家子人低着头听窦敬山训话，谁也不敢动筷子，粥都放凉了。窦敬山却没说够，骂完了儿子又数落一个小老婆："我今天看了看咱家的账本，你这钱花得也太快了，我平时怎么说的？挣钱有如针挑土，花钱恰似水推沙！咱生意人当用时万金不惜，不当用分文不舍，买那么多胭脂水粉顶什么用？我这忙忙叨叨的，你描眉打脸给谁看？"说着话瞥了一眼站在旁边伺候的管家，可把管家吓坏了，紧着劝老爷："您消消火，您消消火，先吃饭吧！"窦敬山这才拿起筷子，虽说菜不行，夹菜的规矩可不少：长辈夹一次，晚辈才能夹一次；得从盘子边上夹，不许扒拉来扒拉去；拿贴饼子不准拿最上头那个，得从中间慢慢掏一个，还不能让上边的贴饼子滑下来；不许大嚼大咬吧唧嘴，喝粥不许出声；不许说话谈笑，有屁也得憋回去……刚吃了没几口，忽听屋外的狗子狂吠不止，整个窦家庄乱成了一片。众人面面相觑，皆有大祸临头之感，却不知祸从何来！

原来一百多号刀匪，借着夜色摸到窦家庄边上，寒冬腊月，两丈多宽的护庄河也冻上了，众刀匪呼哨一声，点上火把冲了过去。当天过小年，二十几个提灯巡夜的乡勇喝多了一大半，骤然撞见一众关外来的刀匪，个个胡子拉碴，身穿兽皮，如同深山老林中的虎狼一般，全吓得呆了。白脸狼一马当先，唰地一下拔出背后的长刀，他这口快刀，迎风断草，吹毛可断，抡开了浑身上下起白云，垫步拧腰杀入人丛之中，恰似虎入羊群，喊里咔嚓一刀一个，所过之处血光崩现、人头乱滚。其余刀匪跟着他一拥而上，割苇子草似的，见人便砍，转眼间杀散了守庄的乡勇。众刀匪举着火把冲入庄子，气势汹汹地到处转，谁家的狗在院门口一叫，便踢开篱笆门，一刀砍了狗头，又大声吓唬屋里的人："都他娘的老实猫着，想活命的，不许点灯，不许出屋，出来一个剁一个，出来两个砍一双！"窦家庄的村民们吹灭了油灯，躲在屋里一声不敢吭，狗都吓得不敢叫了。

掌灯之后，窦家大院早已关门落闩，放了顶门杠子，看家护院的听见外面杀声四起，急忙爬上墙头敲打铜锣。刀匪有备而来，之前派了踩盘子的，从里到外摸透了窦家大院的底细。白脸狼率领七八个身手敏捷的悍匪，搭着蜈蚣梯直上墙头。老窦家雇的几位武师，能耐稀松二五眼，饭量可一个比一个大，绰号也一个比一个响，不是"断魂枪"，就是"绝命刀"，平时什么都不干，一天三顿饭，按月领钱粮，真动上手，未必打得过扛着锄头耕地的庄稼人。其实窦敬山心里头明镜似的，便宜没好货，好货不便宜，去关外做买卖时身边的护卫不能马虎，得雇镖局子的镖师，名头响、能耐大，马上步下有真功夫，甚至暗藏火器，给的酬金也多，守家在地没那个必要，只要说五大三粗，会些个三脚猫两脚狗的功夫，能比画两下就行，哪想得到关外的土匪杀上门了！这几个看家护院的酒囊饭袋，如何挡得住穷凶极恶的悍匪，还没等报出"刷天扫地"的绰号，眨眼间横尸在地。两个刀匪跳进院子，抬去木头杠子打开大门，大队人马蜂拥而入，堵上前门后门，挨间屋子翻了一遍，抓住的人推推搡搡全赶到场院当中。白脸狼在当院持刀而立，他冷眼旁观，其中没有窦敬山，吩咐手下接着搜。几个刀匪找到后院佛堂，说是佛堂却不见佛像，仅在供案上摆着一方石匣，上头贴着封条。杀人越货的刀匪可不拜佛，当场踢香炉蹿供桌砸石匣，翻找了一个底朝天，一件值钱的东西也没找到，却见佛龛下有条暗道，一直通着村外，估摸着窦敬山钻入暗道跑了，野地里黑灯瞎火，伸手不见指，反手不见掌，他们不敢往远了追，只得回来禀告匪首。

不过跑得了和尚跑不了庙，窦敬山一家子男女老少几十口子，在呼呼咆哮的冷风中挤成一团。白脸狼手拎长刀，刀尖指着眼前一众人等厉声喝问："窦敬山的金子埋在什么地方？"问了三遍没人吭声，上去揪出个妇人，噼里啪啦抽了几个耳刮子，打得那个妇人哭爹叫娘，顺着嘴角往下淌血。问她是什么人，妇人哭着说自己是老爷的一个傍妻。旧时三妻四妾中的一妻，可以说是侧室，地位比妾高，又不如正房，相当于二奶奶。白脸狼咬牙切齿地逼问："给个痛快话，金子埋哪儿了？"二奶奶吓坏了，从小到大除了买切糕，哪见过手上拿刀的啊？直惊得上牙下牙捉对儿厮打，哆哆嗦嗦说不出半句囫囵话，光剩下哭了。白脸狼焦躁起来，一刀把二奶奶捅穿了膛，鲜血溅了一地。老窦家的人男哭女号，个个惊恐万状，恰似煮破皮的馄饨——乱成了一锅粥。白脸狼瞪着一双血红的贼眼，在人堆儿里扫了一圈，将管家揪了出来。管家两腿都不听使唤了，扑通一下跪在地上，不住地磕头求饶。白脸狼咬着后槽牙问："窦敬山是你什么人？"管家磕头如捣蒜："大爷大爷，我……我跟老窦家非亲非故，我就是个下人啊！"白脸狼面沉似水："交出窦敬山，留你一条命！"管家抖如筛糠，颤声答道："大爷啊，我不知道啊，我家老爷刚才还在屋里吃饭，他听外边一乱，抹头进了佛堂。不是您各位在佛堂中找出暗道，我一个做下人的，都不知道他从那边跑了……"白脸狼没等管家说完，抬手就是一个大耳雷子，打得管家满嘴是血，又揪着他挨个儿指认窦敬山的家眷。两位少爷全吓尿了，没等管家开口，自己就给刀匪跪下了："大王饶命，埋金子的地方只有我爹知道，我们俩还想找呢，问我们也没用啊！"白脸狼杀红了眼，手起刀落劈了两个少爷。一口气宰了七八个人，仍未问出埋金的地点。众刀匪也瞧出来了，老窦家的上下人等是真不知道，怎奈窦敬山跑得太快，否则把刀架在脖子上，不信他不吐口！抢点儿家里的浮财，金银首饰、穿的戴的、粮食牲口，哪够这么多刀匪分的？如若将整个窦家大院挖上一遍，至少需要三天三夜，他们耽误不起，等到天一亮，官兵就该来了！

群匪心头起火，有沉不住气的叫嚷着，要杀尽窦家庄的活人，有什么抢什么，抢多少是多少，也不枉大老远跑上一趟。白脸狼让手下少安毋躁，他有一招邪法，命人去抓"翻毛子"，也就是大公鸡，个头儿越大越好，有多少抓多少。老窦家的鸡鸭鹅三禽是不少，土匪让伙夫带路，在后院鸡窝抓了十几只活蹦乱跳的大公鸡，都有六七斤重，又肥又大，尾羽高翘，咯咯咯乱叫。白脸狼左手拎过一只活鸡，右手拿刀在鸡脖子上轻轻一抹。大公鸡扑腾了几下，渐渐收住了叫声。但见白脸狼收了刀子，叫手下拿来没点着的火把，滴滴答答淋上鸡血，又命其余刀匪如法炮制，抹了十几只活鸡的脖子，各自将鸡血淋到火把上，摁着火把贴在地皮上，一块砖一块砖地找，犄角旮旯也不放过。有的刀匪不明所以，也有见过这一手的，过去在深山里挖金子的把头，为了探得金脉所在，常用淋过鸡血的火把贴着地皮搜寻，如果地下有金疙瘩，火苗子会噌蹭往上蹿蓝火，相传百试百灵。白脸狼也是急眼了，自己举着一支火把到处找，前堂后院、房前屋后、房上房下、柴房堆房、牲口棚子、鸡窝鸭舍、水缸底下，搜了一溜儿够，甭说马蹄子金了，一个金粒子也没见着。众刀匪直犯嘀咕，老窦家到底有没有金子？

折腾了小半宿，刀匪们饿得前心贴后心，到伙房里乱翻，一边找吃的一边骂："他娘的，这也叫大户人家，吃的啥玩意儿，干巴拉瞎的，半点荤腥也见不着！"其中有个老土匪，喝下两碗凉粥，肚子里头闹上了，叽里咕噜觉着要蹿稀，院子里人来人往，总得寻个僻静所在，举着火把找到西跨院茅房，脱了裤子刚一蹲下，就见手里的火把刺刺冒蓝火！老土匪心头大喜，顾不得擦屁股，提着裤子急匆匆跑到前院，凑在白脸狼耳边说："甩瓢子的臭窑底下有金子！"白脸狼眼中贼光一闪，马上招呼众人去到茅房，摁着火把在粪坑四周一探，眼瞅着火苗子变蓝了，刺刺啦啦响得厉害。白脸狼狞笑一声，叫来几个在老窦家干活儿的长工、牲口把式，挖空了粪坑，露出几块大石板，沾满了陈年的粪渍，臭不可闻。十几个刀匪忍着呛人的臭气抠开条石，下边果然是一间屋子大小的地窖，其中赫然摆着六个大瓦缸，缸口用火漆封了，揭开盖子，满满当当的马蹄子金。民间讹传是马蹄子那么大的金饼，其实是官铸的金元宝，形状又扁又圆，在火把的光亮下熠熠生辉！

白脸狼纵声狂笑："窦敬山啊窦敬山，你有张良计，我有过墙梯！你老窦家的六缸金子，从此姓白了！"这一次挖出这么多金子，岂能留下活口？他一声令下，一众刀匪血洗了窦家大院，削瓜砍菜一般，从前到后杀了个干干净净，又牵出牲口棚中的马骡子，套了十辆大车，将金饼和值钱的细软装在车上，拿几道大绳勒结实了，趁着天还没亮，逃出窦家庄，直奔海边，连夜装船返航。自古以来，杀人放火是一整套买卖，甭管哪路土匪，杀完人没有不放火的，白脸狼临走也放了一把无情火。腊月二十三西北咧子刮得正猛，风助火势，火趁风行，窦家大院转眼烧成了一座火焰山！

4

县城中的守军久疏战阵，只会消磨粮饷、保身自肥，望见窦家庄火势熊熊，遮天盖地一片红，皆有畏怯之心，哪个也不敢出来捉贼。

白脸狼带着手下血洗窦家大院，一来一去如入无人之境！

经此一劫，老窦家仅有三人幸免于难，头一个是窦敬山，毕竟是大东家，常年在外做买卖，经得多见得广，遇事当机立断。刀匪杀进来的时候，他听到狗叫声不对，就知道要坏事，皮袄也来不及穿，一路跑去后院钻入暗道，摸着黑逃入村外一座观音堂，躲在菩萨像底下，战战兢兢忍了一宿，冻得嘴唇手发青，两条腿都麻了。好不容易挨到天光放亮，窦敬山提心吊胆地爬出来，眼见窦家大院化作了一片焦土，一家几十口子人全死绝了，当真是欲哭无泪，口中连声叫苦，又在废墟中寻至西跨院茅房的位置，看到地窖里空空如也，六缸金子全没了，如同当头挨了一记闷棍，又似三九天掉进了冰窟窿，不由得脸色煞白，身子晃了三晃，一口黑血喷出去，扑倒在地窖之中，竟此一命归阴。

另外两个逃了活命的，是窦敬山六十多岁的老娘以及他年仅十岁的小儿子窦宗奎。这位太夫人一心向佛，之前发过愿，来年正月初一天一亮，要在五台山净觉寺烧头一炷香。五台山乃佛家圣地，庙宇众多，个顶个香火旺盛，净觉寺又是其中翘楚，抢烧头香绝非易事。老太太带着小孙子，由几个仆役伺候着，提前半个多月去的，因此侥幸躲过一劫，算是给窦敬山保住了一根独苗。按说"船破有底，底破有帮"，老窦家几代人攒下的产业，可远不止一座大院套、几缸金子，怎奈当家做主的窦敬山一死，关外和老家的商号、车队全乱了套，人无头不走、鸟无头不飞，掌柜的串通账房先生吃里爬外、侵吞号款，家中的账本地契，尽数在大火中付之一炬，剩下老的小的坐吃山空，有理无处说、有冤无处诉，过得还不如寻常庄户人家。

多亏窦敬山的老娘颇有城府，不敢说女中豪杰，那也是能屈能伸，好日子好过、歹日子歹过，只要老窦家的香火没断，迟早还有东山再起之时。老太太勒紧了裤腰带、咬住了后槽牙，含辛茹苦一手把窦宗奎拉扯大，送他去学买卖，当个站柜的伙计，出了徒跟着杆子帮跑关东，又给他娶了媳妇儿，本指望他能挣钱养家，重整祖上的产业，怎知他一走一年，一连十几年，哪一次进门都耷拉着两只手，恰似咬败的鹌鹑斗败的鸡。媳妇儿问起来，不是说钱让土匪抢了，就是说商号失火，东家赔光了，大伙没分着钱，左右都是他的理。

实则并非如此，伙计们跟着杆子帮跑关东挣钱，至少要过三道关。头一关是女色，老少爷们儿撇家舍业在关外做买卖，有老婆的也是远水难解近渴，况且这一脉还讲究个"传帮带"，上岁数的出去嫖娼，还得带着俩十几岁的小伙计，让他们坐在床边看着，学好三年，学坏三天，一来二去也掉坑里了。即使不逛窑子，遇上拉帮套的，那也十之八九迈不开腿。拉帮套又叫贴窗花，家境贫寒的妇女将丈夫打发出去，自己捯饬捯饬倚在门口，看见杆子帮的行商经过，便往自己家里拽，嘴里紧着招呼："大兄弟，快上俺家来吧，孩子他爹出远门了，眼瞅着一天比一天冷了，孩子还没棉裤呢！"住上十天半个月，不得给人撂下几两银子？其次是喝酒，这个有花钱多的，也有花钱少的，酒馆有大有小，本地的烧锅烈酒便宜，一口下去从嗓子眼儿烧到肚肠子，杆子帮的伙计一天从早忙到晚，喝两口酒解解乏，睡个舒坦觉，倒也无可厚非，只怕贪杯成瘾，见了酒不要命，睁眼就得有酒陪着，啃个窝头也得配上二两，喝得迷迷瞪瞪，说话都颠三倒四，哪还有心思做买卖？再有一关是耍钱，押宝搬垛子，一翻两瞪眼儿，正所谓十赌九输，沾上这个还了得？输光了算便宜的，说不定还得欠下一屁股债。前债没还上，后债又来了，犹如烂泥里的车轱辘，越陷越深。关外的赌徒脾气粗、性子野，如若胆敢赖账，人家可有的是法子折磨你，到最后要么回家典房子卖老婆，要么横死他乡，做个孤魂野鬼。窦宗奎跟着杆子帮出去做买卖时，总想着自己是大财主家里的阔少爷，如今成了伙计，是人不是人的都可以冲他吆五喝六，心里头不痛快，整天喝得醉醺醺的。有道是"酒色财气不分家"，窦宗奎生着闷气喝够了酒，便去耍老钱，外带着拉帮套，辛辛苦苦挣来的钱，全扔进了没底的黑窟窿。

他这一家子人越过越穷，全凭他媳妇儿给人家拆洗缝补，做一些衣帽鞋袜，挣几个钱勉强糊口。媳妇儿娘家姓韩，搁过去说叫窦韩氏，前前后后给窦宗奎生了几个孩子。以往那个年头，穷苦人家生孩子容易养孩子难，孩子生下来四天六天夭折的大有人在，老话儿这叫"抽四六风"，几年下来只保住三个闺女。那一年窦宗奎为了躲债，没敢去关外，推说冻坏了腿，在炕上躺了多半年，可也没闲着，又让他媳妇儿有了身孕。窦宗奎不打算要这个孩子，已经穷得揭不开锅了，再来一个怎么养活？便想买服"娘娘药"把孩子送走，他媳妇儿不敢说什么，家里这个老太太可不答应："不差孩子那一口啊，万一是个小子，咱老窦家不就有后了？我这么大岁数了，天天吃闲饭，帮不上你们什么忙，我不活了……"老太太八十多岁，嘴里的牙都掉光了，跐着一双小脚在家门口念叨了一天，窦宗奎两口子也没往心里去。转过天来老太太不见了，一家子人连招呼带喊，房前屋后找了一个遍，到处找不着。老太太大户人家出身，一双三寸小脚，平时拄着拐棍，走道都哆嗦，能去哪儿呢？窦宗奎家院子里有一口大水缸，以陶土烧成，里外都涂着深棕色的釉，不磕不碰能传好几辈。他看见水缸的盖子放在一旁，心中已有不祥之感，扒着头往水缸里一看，立时吓了一跳——老太太坐在水缸里，自己把自己淹死了！窦宗奎虽不顾家，却很孝顺祖母，此刻心如刀绞，咬牙切齿地骂道："我奶奶一把屎一把尿把我拉扯大，这么多年一天福也没享，结果死在你这没出娘胎的小鬼手上了！你个杀千刀的，就不能让你活着出来！"说话要踹他媳妇儿的肚子，他媳妇儿一边哭一边捂着肚子拦挡，几个孩子也在旁哭成一团。窦宗奎的心软了，唉地一声长叹，抱着脑袋蹲在了地上。

不久之后，窦韩氏的孩子生下来了，虽然是个儿子，但这个不足月的孩子，瞪着两只眼出的娘胎，浑身皮肤皱皱巴巴，手指间皮肉相连，形同鸭蹼，一根也分不开，怎么看怎么是个妖怪。窦宗奎连吓带气，一时间急火攻心，吐了几口血，倒在地上气绝身亡！

窦韩氏后悔不迭，认定此子是丧门的灾星下凡，是到老窦家讨债来的，早知如此，真不该把这个孩子生下来！再看看这个孩子的怪相，将来免不了被左邻右舍的婶子大娘说闲话，脊梁骨都得让人戳断了。当时一狠心，叫过老二老三两个闺女，让她们用破布裹上这个孩子，趁着天黑扔到荒坟野地喂狗！

窦宗奎家的长女小名春花，姑娘已经十七了，细眉毛丹凤眼，出落得水水灵灵，是本地有名的美人儿，只可惜走不了路。因为她小时候，窦韩氏忙着在家里染布、洗衣裳，又是头一个孩子，不怎么会带，怕她乱跑，就搁在洗衣裳的大木盆里，以至于寒了腰腿，成了一个瘫子，两条腿比麻杆还细，能坐不能站。不过春花从小精明强干，心特别巧，不仅擅长绣工，还会剪纸，剪出的窗花活灵活现。她爹生前是个甩手掌柜，她娘也没什么主张，一大家子人怎么过日子，全听春花的，她也确实有本事，一文钱能掰成三半，当三文钱花。

她听说当娘的把老兄弟扔了，骂了两个妹妹一通，又让她们把孩子捡了回来，窦韩氏拗不过大女儿，便赌气不给孩子喂奶，春花只得弄些米汤稀粥喂养着。

小孩子本就不足月，生下来还没棵白菜沉，又吃不上娘的奶，身子越发单薄，偏偏祸不单行，没等出满月，孩子患上了眼疾，双目红肿，见光落泪，泪中带血，顺着眼角往下淌红汤子，怎么也止不住，眼瞅着活不成了。怎奈家里太穷，请不起郎中诊治，开出方子也没钱抓药，愁得春花以泪洗面。多亏有个收元宝灰的窦老台，虽然也姓窦，窦氏族谱上却没有此人，又不在庄子里住，只是常年骑着一头黑驴在附近转悠，以收元宝灰为生，三伏天也穿着倒打毛的破皮袄，说话呼哧带喘，一咳起来直不起腰，人们给他起了个外号叫"老馋痨"。老时年间，收元宝灰也是一个行当，因为给死人烧化的元宝灰中有锡，收回去拿细眼儿的筛子筛取出来，积少成多能够卖钱。那天窦老台骑着黑驴找上门来，从褡裢中掏出一个鸟蛋，浅灰色的蛋壳，光不溜秋的，声称这是个宝蛋，可以拿去给孩子洗眼。老馋痨常年这么干，哪家生了小孩，他就拿个蛋去给孩子洗眼，从不收取财物，不过本地没有这个风俗，大多数人不信他。春花正着急呢，以为窦老台真有什么偏方，赶紧按他说的，将宝蛋磕破在粗瓷大碗中，用手指尖蘸着蛋液，一点一点涂抹在孩子眼上。转天再看，血肿果然消了，两只眼也亮得吓人，如同一只夜猫子！

第三章　窦占龙打鸟

1

尽管窦宗奎活着的时候，从没往家里拿过钱，可好歹是一家之主，没了他这个主心骨，家里头过得更难了。寡妇妈带着仨闺女，老大是个瘫子，老二老三少不更事，小儿子又是个连指，整天劳神费力不说，心里头还别扭，没过多久，窦韩氏的身子累垮了，撑不到半年也殁了。全凭瘫在炕上的春花里外张罗，没日没夜地剪窗花、纳鞋底、给人家缝缝补补，又带着两个妹妹编篮子、续棉花、择猪鬃、挑马尾，干些力所能及的零活儿，这才勉强过活。

大姐春花心慈面软，只盼着自己这个老兄弟将来有点出息，可一直也没个大号，人们只叫他"舍哥儿"，意思是没了爹娘的苦命孩子，于是托本族一位德高望重的老爷子，给舍哥儿取个大号。地方上的同宗同族，五服之内拜着一个祖宗，沾亲带故的也不用拿礼，跟人家说两句好话就行。老爷子一排辈，舍哥儿的辈分还不低，该是"占"字辈，萝卜不大，长在辈儿上了，本地很多年轻力壮的窦姓后生，都得叫他一声叔。以前起名字，主要避圣讳、官讳，但是不避龙凤。老爷子挺有见识，说窦氏宗祠中挂着列祖列宗的画像，按咱当地话讲叫祖宗影儿，其中一位留下绘像的老祖，也长着一对夜猫子眼，早年间骑着黑驴憋宝发财，创立了杆子帮，甭看这孩子连指，干活儿不方便，却是拿宝的龙爪子，一双眼又亮得出奇，跟那位老祖先一样，绝非池中之物，当择一个"龙"字。舍哥儿从此有了名字——窦占龙！

光阴似箭，转眼窦占龙长到十一二岁，仍是又瘦又小，双手皆为连指，筷子也拿不了。不过这小子挺聪明，村里的私塾一上课，他就去门口蹲着，窦家庄的私塾里不教"三百千""小纲鉴"，一开蒙就学做买卖。窦占龙瞪着一双夜猫子眼，看见别的孩子读书识字打算盘，自己也拿手在地上比画，先生教的商规口诀，他能够过耳不忘。

天下爹娘爱好的，教书先生也是如此，瞧出窦占龙是个可造之材，见到他在门口偷听，从来不轰不撵。然而私塾里的孩子拿他当怪物，经常合着伙欺负他，不是拳打就是脚踢，还骂他是"坑害爹娘的短命鬼，鹰嘴鸭子爪——能吃不能拿"，他姐姐看见了能拦着，更多的时候看不见，窦占龙身上脸上经常让人打得青一块紫一块，回到家被三个姐姐问起来，也只是低着头不吭声。春花心疼这个老兄弟，家里稍微有点好吃的，比如鸡蛋、红枣、花生、山楂之类，都得先给他吃。

春花张罗着把两个妹妹先后嫁到邻村，她自己也早过了出嫁的岁数，可是常年瘫在炕上，没人愿意娶她，何况也不能嫁出去，她一出门子，老兄弟就得饿死。后经保媒拉纤的说合，从邻县找了一个懒汉来当上门女婿。这人没大号，诨名叫"朱二面子"，长得黑不溜秋，窄脑壳细脖子，本是一个游手好闲的无赖，又因撒泼放刁，让人捅瞎了一只眼，多少会点木匠手艺。

在过去来说，木匠这个行当绝对吃得开，尤其在乡下，庄户人的家具农具，甚至于棺材，都离不开木匠，最紧要的是盖房子，檩条、椽子、顶梁柱、门窗无一例外是木匠活儿。当地有句民谚，"颠倒柱子绞龙椽，好日子不过两三年"。如果木匠盖房子时故意做些手脚，住家必定不得安稳，所以说"宁得罪老丈人，不招惹小木匠"。谁家请木匠干活儿，不仅该给的钱分文不少，还得让他们吃香的喝辣的。朱二面子年少之时，也曾给一个老木匠当过徒弟，怎知看花容易绣花难，木匠这一行讲究"三年学徒，五年半足，七年出师"，单是砍、刮、凿、拉四件基本功，也得苦练上三年五载。朱二面子吊儿郎当，学手艺不上心，吃饭准抢头一个，又没个眼力见儿，跟个木头桩子似的往那一戳，看着就不招人待见，师父也懒得搭理他。拜师之前，他只看见木匠吃肉，没看见木匠受累，出了徒才明白，木匠活儿并不轻松，一天到晚挪不了窝，破木料拉大锯累得肩膀子疼，低头猫腰刨木头累得脖颈子疼，推槽、开榫、打孔累得手腕子疼，还免不了扎个毛刺、拉个口子，那是逮哪儿哪儿疼，越干越心烦，再加上手艺不行，一瓶子不满半瓶子逛荡，干不了挣钱的细活儿，粗活儿还嫌累，索性把手艺荒了。

那么说他穷光棍儿一条，吃什么喝什么呢？他来了个破罐子破摔，仗着胆大嘴黑豁得出去，专去管人家的"横事"——谁家里犯了邪祟，招惹了不干不净的东西，或是闹个黄鼠狼子什么的，朱二面子横着膀子过去，稀眉毛一立、单眼睛一瞪、细脖子一梗，张牙舞爪破口大骂，那是要多难听有多难听，要多牙碜有多牙碜，脸皮稍薄一点的也听不了他这个。正所谓神鬼怕恶人，他这一通连卷带骂，有时还真比那些个装腔作势的神汉神婆、牛鼻子老道管用，久而久之，居然也在方圆左右闯出了名号。凡是找他帮忙的，至少得管上一顿饱饭，赶上家里富裕的，还能送些酒肉，再给他几个犒赏。

朱二面子是越吃越馋，越待越懒，怎奈撞邪的不是天天有，为了混口吃喝，到后来他不止"管横事"了，甚至去"闹白事"！哪家死了人摆设灵堂，他偷着往棺材里放两只耗子，再用脏血在棺中画个小鬼。守灵的大半夜听到棺材里有响动，那能不怕吗？肯定得找他出头平事，朱二面子指着棺材骂上几句，然后当众把耗子逮出来，把脏血抹净，借着这个由头混口吃喝，没少干缺德的勾当，以至于二十大几娶不上媳妇儿。当乡本土的人都说"淹死会水的，吓死胆大的，他这是给自己招灾惹祸，迟早会有报应"！

自打做了老窦家的上门女婿，朱二面子仍是好吃懒做，天天往炕头上一躺，有饭抢着吃，没饭也能忍着，正所谓"饱了食困，饿了发呆"，一旦有人找他去管横事，得些酒肉赏钱，便喝个昏天黑地，过几天早茶晚酒饭后烟的快活日子。春花苦劝他寻个力所能及的事由，苦一点累一点不打紧，千万别再去招惹不该招惹的东西了，不怕不会过，只怕瞎惹祸，你知道什么该管什么不该管？朱二面子游手好闲惯了，最怕吃苦受累，任凭春花怎么劝说，他也是油盐不进，依旧我行我素。因为窦占龙长了俩爪子，还有一对夜猫子眼，瞅着挺唬人，朱二面子出去管横事的时候，必然叫上他助阵："舍哥儿，跟我去打个下手，回来给你买果子吃！"窦占龙也愿意去，平时吃不上好的，跟姐夫出去混个事由，至少可以分他半块糕饼，捎带着还能看个热闹。

有那么一阵子，朱二面子一连多少天没开张，家中余粮所剩无几，只够一天两顿饭，三口人头半晌分一碗稀粥，下半晌再分一碗稀粥。朱二面子人懒嘴馋，肚子里没油水，喝多少棒子面粥也不解饱，饿得单手托着下巴颏子，眯缝着一只眼，瞅着屋角一个黑乎乎的耗子洞发呆，仨俩时辰不动地方，恨不得把耗子揪出来炖了。窦占龙也没兴致出去乱跑了，缩脖耷脑地直打蔫儿，实在饿得不行了，只得喝口凉水哄哄肚皮。那天晌午，忽听屋外鸡飞狗跳，还有许多人大呼小叫。朱二面子如梦方醒，立马从炕上蹿下地，招呼窦占龙："快走，咱的买卖来了！"

2

说话那一年，窦占龙已经十四了。他们窦家庄有一件怪事，自打白脸狼血洗了窦家大院，当地人经常看见一只怪鸟，浑身上下灰褐色，长着两只贼眼，飞过来飞过去地悄无声息。有人说是夜猫子，有说不是，夜猫子可没有那么长的嘴，就是一怪鸟。不知从哪儿飞来的，来了之后再没走过，平常躲着不出来，偶尔出来一次，冷不丁落在房檐上、树杈子上，冲着谁家院子呱呱呱叫上几声，这家就会倒霉，不死人也得破财，比夜猫子、黑老鸹还妨人。村民们恨之入骨，只要怪鸟一出来，大人孩子追着打，只是从没打中过。这一天晌午，窦占龙和他姐夫朱二面子俩人，正在家中饿着肚子大眼瞪小眼，那个怪鸟又飞出来了，扑棱着两个翅膀子直奔村后，落在祠堂前一棵老槐树上，它跟树叶一个颜色，只看见一对大眼珠子，如同两盏金灯。村民们急忙呼爷唤儿，又敲铜锣又放弓箭，纷纷朝着树上扔石头。

朱二面子和窦占龙听得外边鸡飞狗跳，也跟出来看热闹。有个二愣子端着一杆鸟铳，对着怪鸟砰地放了一铳。旧时的鸟铳准头儿不行，一膛的铁沙子全镶进了树干。这一下没打中，怪鸟却似受了惊吓，呱呱叫了两嗓子，俩翅子一拧，飞入了供着祖宗牌位的祠堂！几个村民急忙忙追进去，犄角旮旯翻了个遍，却没见到怪鸟的踪迹，眼瞅着它飞进来的，怎么会没有呢？这么一来，众人可真着急了，抓不住怪鸟事小，惊扰了祠堂中的列祖列宗那还了得？在场的鸡一嘴鸭一嘴乱出主意，这个说拿火给它熏出来，那个说放水给它灌出来，更有起哄架秧子，说不如挑了房盖，不信它不出来……年长持重的逐个否决："不行不行，这么胡乱折腾，对得起祖宗吗？"最后有人灵机一动，有心让朱二面子把怪鸟骂出来，什么东西脸皮再厚，也架不住他一通骂。不过按照宗族的规矩，外姓人不准进祠堂，哪条腿进去打断哪条腿，朱二面子入赘到窦家庄，并未改过姓氏，死后入不了老窦家的祖坟，怎么能让他进祠堂？朱二面子指着这个吃饭，又想在人前露脸，岂肯置身事外，忙对众人说："不打紧，我们家舍哥儿又不是打石头缝儿里蹦出来的，他可是姓窦的，让他去！"此言一出，还真堵住了一众村民的嘴，可这小子能行吗？

窦占龙在朱二面子的怂恿之下，夯着胆子进了祠堂。本地的行商跑关东发了财，肯定不能忘了祖宗，族亲们为了崇宗祀祖，把祠堂修得格外气派，背山面水，四周围着马头墙，门前一对抱鼓石，屋脊雕刻麒麟送子、喜鹊聚巢等图案，列祖列宗的牌位、画像，全在屋里供着，香案上的瓜果点心常年有人更换。窦占龙迈门坎踏入正堂，给祖宗牌位磕过头，瞪着夜猫子眼四下观瞧，到处寻不见怪鸟的踪迹，无意之中一抬头，望见一道黑气绕着屋梁，定睛再看，梁上坐了个小孩，蒜锤子脑袋，尖嘴猴腮，斗鸡眉，三角眼，形似庙里的小鬼儿，正晃荡着两条腿，拿着供果大啃。窦占龙生来胆大，又成天跟着朱二面子乱跑，灵堂、坟地、乱葬岗子，没有去不到的地方，从来不怕邪祟，当下学着朱二面子管横事的模样，脖子一歪，一只爪子又腰，另一只爪子指着屋梁上破口大骂。他深得朱二面子真传，虽然当着列祖列宗不敢骂得过于难听，那也够口儿了，祠堂里头拢音，小尖嗓儿传得远，听得祠堂外的人们直龇牙花子，真是人不可貌相啊，想不到舍哥儿看着挺老实的一个孩子，这张嘴怎么跟开了光似的？梁上那个小孩却不理会，只顾啃供果，这不屎壳郎钻烟袋——拱火儿吗？窦占龙气得火冒三丈，怒道：“我够不着你，也不能叫你囫囵着！”说完伸出两个爪子，捧起供桌上的铜蜡扦，高叫一声：“你着法宝！”使劲往上一扔，猛听咣当一声响，紧接着蜡扦坠地，同时掉下来一只铁鸟，锈迹斑斑，奇形怪状，一拃多长，铁嘴尖锐，利爪如钩。窦占龙暗暗称奇，用脚踢了几下，铁鸟一动不动。他以为自己替窦家庄除去了一怪，心里头挺高兴，将铜蜡扦放归原处，捧上铁鸟跑出祠堂，摆在地上让众人观看。村民们无不惊诧，又觉得铁鸟晦气，没人愿意碰，吩咐窦占龙扔到海里去。

窦占龙一对夜猫子眼转了几转，用两只爪子捧着铁鸟，出了村子往东走，心说："这个铁鸟在窦家庄作祟多年，搅得一庄子老小不得安生，又飞入祠堂惊扰了列祖列宗，多亏我把它打了下来，从今往后，谁还敢小瞧我？"他一边得意一边往前走，正逢六月三伏，荒郊旷野，赤日炎炎，晒得树叶子打蔫，窦占龙走得脑门子直冒汗，前心后背皆被汗水湿透，黏答答地贴在身上，那叫一个难受。正当此时，耳听一阵牲口响串儿，他转头望过去，但见身后行来一个骑着黑驴的老汉，看岁数可不小了。窦占龙认得这位，正是收元宝灰的窦老台，此人相貌甚奇，鹰钩鼻子，长着一对见风落泪的死耗子眼，头上顶着瓜皮帽，不分寒暑冬夏，总是穿一身倒打毛的羊皮袄，背着个蓝布褡裢，脚蹬皮脸靸鞋，背插长杆烟袋锅子，胯下欢欢实实一头黑驴，粉鼻子粉眼窝，支棱着一对长耳朵，脖子底下挂着一小串锃明瓦亮的铜铃，跑起来叮当乱响。

窦老台催动黑驴追上窦占龙，一开口先咳嗽："咳咳咳……舍哥儿等等，你捧着一只铁鸟干什么去？"窦占龙没少听姐姐春花念叨"窦老台是咱家的大恩人"，他又刚打下怪鸟，正憋着一肚子话想说，便如实相告："此鸟在村中为祸多时，而今该着它不走运，让我在祠堂中打下来，拿去海边扔了。"窦老台下了驴，冲着窦占龙一笑："你扔了也是扔了，不如给了我。"窦占龙一口回绝："不行不行，这是妨人的怪鸟，谁碰谁倒霉，我知道您对我有恩，可不敢害了您。再说了，您不是收元宝灰的吗？要一个铁鸟干什么？"窦老台说："本乡本土的不必瞒你，窦家庄这只怪鸟，名为铁斑鸠，我盯上它多年，想不到让你打了下来。我也不会白要你的，用一个卤鸡腿换你的铁斑鸠，怎么样？"说着话伸手往褡裢里一摸，掏出个油纸包，打开来一看，果然有个油乎乎肥嘟嘟的卤鸡腿，托到窦占龙鼻子跟前说："三珍斋的卤鸡腿，老汤慢煮，头晌午才出锅，你闻闻这味儿！"

窦占龙盯着卤鸡腿，只觉一股子肉香直钻鼻孔，他从小到大，咸菜疙瘩也舍不得多吃，骤然闻见鸡腿的味儿，不禁馋得直流哈喇子，但是忍住了没接，因为窦家庄是行商的窝子，他长到十四岁，听的见的全是生意经买卖道儿，尤其懂得"奸买傻卖"之理，收货时要奸猾，尽可能压低价钱，卖货时则要厚道，哪怕是装傻充愣，也得让人家觉得你的东西又好又便宜，倘若是对方带着银子找上门来，非要买你的东西，这话可又得反过来说了。当时俩眼珠子一转，来了个坐地起价："您得给我三个卤鸡腿！"窦老台一听傻眼了："为啥给你三个卤鸡腿？"窦占龙振振有词："我也不是讹人，既然找您要三个卤鸡腿，我肯定得说出个一二三来，其一，怪鸟飞进祠堂，不是我打它，它能掉下来吗？其二，我答应大伙把它扔了，却在半路上给了您，岂不是让我失信于人？其三，我们一家子三口人，一个卤鸡腿不够分啊，吃穿能让，理不能让，让您说说，该不该换三个卤鸡腿？"窦老台皱着眉头听完，苦笑道："你的话句句在理，可我只有这一个卤鸡腿，再跑一趟三珍斋也来不及了，你看咱这么着行不行，这个卤鸡腿归你，我再告诉你一个秘密。"窦占龙心说，"多大的秘密，顶得上两个卤鸡腿？"他斜着眼往窦老台的褡裢里瞥了半天，那里头空空荡荡的，看来是掏不出什么了，暗想，"我可别把活鱼摔死了卖，到最后连一个卤鸡腿也落不下。"只得让了一步，问窦老台是什么秘密。

窦老台喜形于色，猛咳了一通，半天才直起腰，将那个卤鸡腿交给窦占龙，然后捋了捋胡子，晃着脑袋说："铁斑鸠是一件邪物，你把它打下来，又捧在手中，至少折损一半福分，外加一半阳寿！"窦占龙听得一愣："一半阳寿是多少？我还能活几年？"窦老台说道："修短在天，天意难料，我一不会算卦看相，二没去地府翻过生死簿，怎知你的寿数？这么说吧，黄泉路上没老少，比如你该寿活八十，打下铁斑鸠只能活四十；如若你仅有二十年的阳寿，你可活不过一天半日了，去到阴曹地府，还得倒找阎王爷几年。"窦占龙哈哈一笑，三口两口吃完了卤鸡腿，嘬了嘬分不开的手指头，又抬手背抹去嘴上的油，冲着窦老台一摇脑袋："您唬不了我，什么修短在天？我在私塾门口听先生说过，应当是'修短随化'，人的命数随造化变移，造化大小是不是老天爷定的我不知道，但肯定不是一只怪鸟所能左右的！我岁数虽小，却也知道'墙上画虎不吃人，砂锅和面不如盆'，您上嘴皮子一碰下嘴皮子，就想让我把铁斑鸠给您，这不是拿唾沫沾家雀儿吗？"窦老台一脸惊诧："想不到你这么个埋拉巴汰的怪孩子，竟说得出这一番话，倒是不能小觑了你。咱两个有话直说，怎样你才肯将铁斑鸠让给我？"窦占龙眼珠子一转，说道："我可不是拿秧子戳包儿的，您既然看上铁斑鸠，换去必然有用，咱货卖识家，没卤鸡腿您给我钱也行。"窦老台连连摆手："不行不行，为什么呢？铁斑鸠是邪物，我不能掏钱买，拿一个卤鸡腿换已是迫不得已，再有多的也不能给你了，给你的东西越多我越倒霉！"

窦占龙越听越纳闷儿："既然是一件避之唯恐不及的邪物，您为什么还拿卤鸡腿换呢？"窦老台无可奈何，只得告诉窦占龙："跟你说了也无妨，我是个憨宝的，咱干一行呹喝一行，铁斑鸠虽是一件妨人的邪物，在我看来却还有用，至于有什么用，那是我们憋宝的事，不足为外人道也。"窦占龙只吃了一个卤鸡腿，家里的姐姐姐夫还饿着肚子呢，他想再多要点东西，又怕说崩了，落个鸡飞蛋打，可一听"憋宝"二字，夜猫子眼登时一亮，他们老窦家祖上出过憋宝发财之人，按江湖路上的传言，黄河中的老鳖，活过一百年，背壳上便会长出一道金圈，长够九道金圈，脑袋里就有鳖宝了。憋宝客剜出鳖宝，埋入自己的脉窝子，再在漆黑无光的地窖子中躲上一百天，容等他出来，一双眼上看天下看地无宝不识，不过能耐大了心也大，发再大的财也觉得不够，因此是贪得无厌。

江湖传言不可不信，也不可尽信。按窦家庄祖祖辈辈传下来的说法，憋宝的行当分为三路，一路是胡商传入中原，一路源于江西，另一路出自重泉之下，手段大同小异，根底上却泾渭分明。憋宝客有鳖宝的灵气养着，不仅可以观形望气、目识百宝，且不饥不渴，不疲不累，开山探海，易如反掌。然而妄动天灵地宝，向来为鬼神所忌，加之干这一行的，往往会被财气迷住心窍，凡事只见其利，不见其害，到头来没一个有好下场。所以老窦家的祖宗立了规矩，不许后辈儿孙再吃这碗饭。窦占龙打小听庄子里的长辈说这些话，耳朵里早灌满了，他心念一动，机不可失，时不再来，再不坐地起价更待何时？当即说道："相传憋宝的能发大财，个顶个的腰缠万贯，可是看您这意思，拿个卤鸡腿空手套白狼，也没多大起子，还不如杆子帮做买卖的小商小贩。不给钱可以，您得告诉我，铁鸟有什么用，再将其中的好处分我一半！"

窦老台转着眼珠子琢磨了半天，最后叹了口气："也罢也罢，见者有份是憋宝的规矩，你既然瞧出了其中的好处，那就是你的造化。不过龙怕抽筋，鱼怕揭鳞，憋宝的法子不能说破。我顶多告诉你，有了铁斑鸠在手，可以去拿一件天灵地宝。咱两个得了此宝，自当二一添作五，平分其中的好处，不过看在咱爷儿俩的缘分上，我这次送你个便宜，你去取宝地方有张画，画中有个小孩，你拿朱砂笔围着小孩画个圈，只须你替我办这一件事，然后你尽管拿上天灵地宝，东西整个归你，有了此宝傍身，发财是易如反掌！"

窦占龙一听这也太容易了，不过是举手之劳。他岁数小，心却不小，他爹未能东山再起，他却一直盼着恢复老窦家的财势，出一出以往受的闷气，便问道："我发这一次财，够不够六缸马蹄子金？"窦老台捧腹大笑，又咳了一阵子才把气息喘匀："你不妨再往大了想想，却有一节，得是你命里该有，如若你命里没有，说了也是枉然。"窦占龙又问："可您之前也说了，铁斑鸠是一件邪物，谁碰它谁倒霉，那又该如何发财呢？"窦老台死耗子眼一翻，笑道："如你所言，铁斑鸠只会妨人，拿着它发不了财，可是没有芭蕉扇，过不去火焰山，勾取天灵地宝，还就少不了这件邪物。明日一早，你拿上铁斑鸠到村口等我，我带着你取宝发财！"当下与窦占龙立了誓，径自骑上黑驴，咳嗽声中一道烟似的去了！

3

窦占龙望见窦老台去得远了，先到村后一个空磨坊，将铁斑鸠塞到石碾子下，拨些干草遮住，左左右右端详一番，瞧不出丝毫破绽，这才兴高采烈地往家走。他是个半大小子，心气儿正高，除了铁斑鸠那么大的祸害，本以为窦家庄的人会敲锣打鼓，对他远接高迎，顶不济的也得冲他抱拳拱手，说上几句客套话，怎知村民们以为他打下怪鸟沾了邪气，见到他如同见了瘟神，避之唯恐不及，老的少的全躲着他走。窦占龙心里窝着火，悻悻回到家中，见到姐夫朱二面子，只说已将怪鸟扔到了海里。朱二面子刚得了窦家庄宗祠的犒劳，有酒有肉有点心，正盘着腿坐在炕头上，一边抽着旱烟一边自斟自饮，屋里头酒气熏天、烟雾缭绕，呛得人睁不开眼，他却一口酒一口肉一口烟，有条不紊、分毫不乱，还腾出两个指头，捏起一片猪头肉递给窦占龙，随口敷衍了几句："舍哥儿干得不赖，为窦家庄除去一害，等我再传你几招，今后这十里八乡的，有什么大事小情都得来求咱！"窦占龙心事重重，接过肉来吃了，也没再多说什么，一头钻到自己那间小屋，做了一宿的发财梦！

转天一大早，外边下起了蒙蒙细雨，旁边那屋的朱二面子兀自呼呼大睡，姐姐春花起得早，身边放着针线笸箩，正倚着墙替人家纳鞋底子，给窦占龙的早饭已经做得了，摆在小炕桌上，无非是朱二面子头天夜里吃剩的东西。窦占龙胡乱吃了两口，跑去那个磨坊，扒出铁斑鸠揣在怀中，又到窦家庄村外的路口，蹲在树底下，一边避雨一边等着。溜溜儿等了半个时辰，收元宝灰的窦老台骑着黑驴到了，招手将窦占龙叫至近前："我瞅这天阴雨湿的，还怕你不来了。"窦占龙抹了抹脸上的雨水，说道："大丈夫一言九鼎，下刀子我也得顶着铁锅来啊！"窦老台咳了几声，又问窦占龙："铁斑鸠带了吗？"窦占龙往腰里一拍："您放心，我还指着拿它发财呢！"窦老台点了点头："咱两个去县城走一趟，也让你开开眼，瞧瞧我是如何拿宝发财的！"说完一伸手，将窦占龙拽上驴背，催动黑驴上了官道。此时雨住云开，黑驴越走越疾，窦占龙听耳边风声呼呼作响，心下吃惊不已，这黑驴头上没角、肋下无鳞，驮着两个人怎么走得如此之快？

眨眼到了一处，窦占龙定睛一瞧，前方城门楼子高耸，城上垛口齐整，他认得这是县城，以前来过几次，难道说天灵地宝在闹市之中？窦老台不动声色，从黑驴背上下来，引着窦占龙进了城。本地逢三是集，每个月的初三、十三、二十三，各有一次集市，雷打不动。当天正是赶集的日子，县城中热闹非凡，十里八乡、方圆附近做买的做卖的、背筐的挑担的、压饸饹卖面的、锔锅锔碗的、串门子回娘家的，车来马往，人如聚蚁。窦占龙到了十字大街把头抬，一路上东瞅西看，瞪着夜猫子眼打量两厢好买卖，但见"绸缎庄紧靠如意馆，四合楼对着八宝斋；针店门口挂棒槌，澡堂门口挑灯笼；饭庄门口碗摞碗，茶馆门口盅连盅；酒家门口写大字，杜康造酒醉刘伶"！那位问了，词儿怎么这么顺呢？赶寸了，旁边过去个唱板儿的叫花子，头上一顶开花帽，身上破衣似麻包。窦占龙眼花缭乱，怎么看也看不够，不光店铺热闹，吃的喝的应有尽有，街上男女老少的穿戴也干净齐整，低头再看自己身上破衣烂衫，大姐穿小了给二姐，二姐穿小了给三姐，三姐穿小了再改一改才轮得到他，接头儿连着接头儿，补丁摞着补丁，比刚才那个唱板儿讨饭的叫花子也还不如，不由得自惭形秽，恨只恨"有人起高楼，有人在深沟"，等我舍哥儿发了财，也给我们全家一人置办一身细料衣裳，再骑马坐轿来县城逛上几个来回，翻跟头打把式，使劲显摆显摆！

一老一小在县城当中闲逛，窦老台不提如何憋宝，只带窦占龙来到路旁一家饭铺，捡个小桌坐下，要了豆腐脑儿、油条、缸炉烧饼，不收钱的拌咸菜丝也盛了一小碟。他咳得厉害，可不耽误吃东西，只不过吃下去的早点，有一多半又让他咳了出来。窦占龙听窦老台不住咳嗽，担心这个老馋痨一口气上不来当场咳死，忙问他天灵地宝在什么地方。窦老台故弄玄虚："天灵地宝，变化无端，世人愚眼俗眉，摆在面前也见不到。"窦占龙好奇心起，问窦老台拿过多少天灵地宝。窦老台说："我一辈子走南闯北，拿过的天灵地宝不计其数！"窦占龙挺纳闷儿："如果说拿到一件天灵地宝，即可富贵无限，怎么没见您置下广厦豪宅良田千顷？一大把岁数黄土都埋过脑门子了，为什么还住着破瓦寒窑，穿着破衣烂衫，骑着毛驴子收元宝灰呢？"

窦占龙的心眼儿挺多，这是有心借着话头，摸摸憋宝客的底。因为老窦家祖上憋宝发财，创立了杆子帮，却不让后世子孙再干这个行当，一是憋宝的难求善终，二是克制不住贪念，然而窦占龙一直琢磨不透，拿到一件天灵地宝，无异于得了一座金山，从此使奴唤婢，锦衣玉食，十辈子也享用不尽，那已经到头了，贪得再多有什么用，一顿饭还能吃下去一头牛吗？何必铤而走险继续憋宝？换成我发了那么大的财，起一个大院套子，我们一家子住进去，什么活儿也不用干，衣来伸手，饭来张口，一天三顿，吃香的喝辣的，铺细的盖软的，娶上三四房媳妇儿，生他七八个孩子，再给后辈儿孙留下几缸金子，那还有什么不知足的？窦老台却打马虎眼说："你有所不知啊，我带你拿的天灵地宝不比寻常，玉皇大帝也未必有这么一件……"窦占龙暗骂一声老馋痨，有糖不吃—— 你还拿一把！他竖起耳朵等着听下文，什么天灵地宝那么厉害？

然而说话这会儿，来赶集的人已越来越多，窦老台用手一指，问窦占龙："你瞧见那个人没有？知不知道他是干什么的？"窦占龙顺着窦老台的手指往那边一看，街上走来一个麻脸汉子，五十来岁，端着肩膀，缩着脖子，穿一件粗布大衫，手持一杆三角旗子，比唱戏的靠旗稍大一点，挑着一面破锣和一个纸灯笼，一手拿个锣槌，走几步敲一通锣，又扯开嗓子高声吆喝两句："捂好喽，揣紧喽，当心蟊贼喽，留神钱袋子喽；捂好喽，揣紧喽……"窦占龙以往跟朱二面子赶过集，在大街上见过这位，县城中一有集市，此人便打着旗子敲着锣到处溜达，大白天也点着灯笼，哪儿热闹往哪儿挤。有人说他是官府差役，告诫赶集的老百姓防贼；有人说他吃的并非官饭，只是发下大愿积德行善而已；还有人说他在集上丢过银钱，急成了失心的疯子。窦老台凑到窦占龙耳朵边，低声对他说："那是个贼头儿！"

　　旧时越是热闹的所在，小绺[1]蟊贼越多，黑白两道勾搭连环，贼头儿按月掏钱打点，孝敬衙门口的官老爷。即便捕快差役恰巧路过，亲眼看见小绺掏了谁的口袋，也会把脸扭过去，装成个没事儿人。被偷的人坐在地上哭天抹泪，引得路人围观嗟叹，怎奈谁也帮不了他。窦占龙身上一个大子儿没有，向来不怕小绺，但听窦老台说完，也觉得莫名其妙："当贼的敲着锣让人防贼，岂不是贼喊捉贼？"窦老台笑了笑，又勾得一阵咳嗽："咳咳咳咳……贼人近身偷钱，无非一挤一撞，剪绺[2]的只趁这一下，可是赶集的人多，各人放钱袋子的地方不同，或搁在褡裢里，或揣在怀里，或缠在裤腰带中，

---

[1]　小绺：扒手。
[2]　剪绺：偷窃钱物。

从外边看不出来，人们听见贼头儿敲着锣一吆喝，以为集市上有贼，身上带着钱的，赶紧拿手摸摸自己放钱的地方，却不知敲锣的贼头儿身后，至少跟着十几个小贼，谁摸什么地方，全让贼看得清清楚楚，一走一过，那些人的钱就没了！"窦占龙恍然大悟："岂止贼喊捉贼，简直是贼胆包天，安分守己的老百姓，做梦也想不到贼人的坏招！可我兜里没钱，一不怕贼偷二不怕贼惦记，咱一大早来到县城，究竟是惩宝还是捉贼？"

窦占龙本想探问惩宝的底细，可让窦老台一打岔，话头又绕了回去。说到底，姜还是老的辣。窦老台不肯揭底，慢条斯理地告诉窦占龙："惩宝哪有那么容易？不等不惩，如何拿得到天灵地宝？仅仅得了一个铁斑鸠，八字可还没有一撇呢，时候未到，急也没用。我实话告诉你，天灵地宝不在城中，但是取宝发财，离不开此处的三件东西，这叫'宝引子'，咱得一件一件地拿，不可操之过急。你先从远处跟着敲锣的贼头儿，切不可惊动了他。过一会儿，他们肯定会在贼窝子分赃，你寻个机会跟着进去，用铁斑鸠的尖嘴刺破手掌，再将鲜血抹到铁斑鸠上，然后往地上一撂，贼头儿就慌了，不论他如何求你，许给你多少好处，你也别动心，只要他挂铜锣的旗杆子，他绝不敢不给，得手之后，你拿着铁斑鸠和旗杆子，来城门口找我！"窦占龙问道："您让我一个人去？"窦老台点头道："对啊，我得看看你有多大造化，够不够胆子，倘若连几个蟊贼也对付不了，如何敢带你去拿天灵地宝？"

窦占龙从小是个邪大胆，心眼儿也挺嘎古，暗暗寻思："且信惩宝的窦老台一次，大不了挨一顿打，打急眼了我就连喊带叫，反正做贼的心虚，横不能要了我的命。"于是按窦老台所言，盯准了贼头儿，悄悄尾随在后。那个打旗敲锣的贼头儿，在集市上兜了两圈，然后偃旗息鼓，七拐八绕来到东城小胡同里一处偏僻的院落，看了看左右无人，随即推门而入。不到半盏茶的工夫，又有二十几个看着老实巴交的半大孩子，一个个也是穿得破破烂烂，接二连三进了院子。窦占龙估摸此地便是贼窝了，他参着胆子，低下头跟着一众小贼往里走，旁人也没在意他。院子里有几间破房，当中间摆着一个石头墩子。那些小贼挨个儿掏钱，全堆在石墩子上，有人没偷到钱，自行走到贼头儿跟前，把裤子往下一褪，跪在地上求打。贼头儿备了一盆盐水，盆中泡着根尺半长的藤条，他抓起浸透了盐水的藤条，狠狠抽打小贼的大腿根子。一天偷不来抽三下，两天仍偷不来抽六下，浸过盐水的藤条坚韧无比，折成对弯儿也断不了，一家伙下去当时就是一道血檩子。挨打的小贼龇牙咧嘴，却不敢出声叫苦，否则还得接着打。贼头儿手段狠辣，哪个小贼若敢犯上，打一顿、饿三天是轻的，三伏天逼着小贼在草地里喂蚊子，天冷时罚他在院子里喝风挨冻，活活打死也不新鲜。小贼们只能忍气吞声唯命是从，一个接一个交完贼赃，贼头儿还得由上到下逐个搜一遍。按他们贼道上的规矩，小绺下了货，不准私留一枚铜钱，钱袋子也不能扔，全得上交，到了贼头儿手上，必须留三天。为什么呢？以防其中有达官显贵的财物，人家万一追究下来，怎么偷来的你怎么还回去。如若丢了银钱的失主去衙门报官，贼头儿立马销赃，因为真正有门路的失主，绝不会去报官。

　　二十几个小贼逐一交出贼赃，站到石头墩子另一头。没交的也挨完打了，仅有窦占龙一人不曾上前，呆愣愣戳在原地，不免将众人的目光引了过来。群贼上下打量窦占龙，闹不清他是干什么的，也没人认得他。贼人胆虚，分赃的贼窝子里来了生人那还了得？不问青红皂白，纷纷撸胳膊挽袖子，围上前去要打。事已至此，窦占龙已然没了退路，硬着头皮叫道："且慢动手！你们瞧瞧这是什么？"他掏出怀中的铁斑鸠，以尖嘴刺破手掌，又将抹了鲜血的铁斑鸠摆在地上。说也奇怪，挂在旗杆上的灯笼立刻暗了下来，烛火仅有黄豆粒大小。贼头儿见状吓得浑身一哆嗦，眼神都散了，半晌才缓过劲来，挥手打发一众小贼出去，然后冲窦占龙一抱拳："这位小兄弟，我明白你的意思了，今天扒来的钱全归你，你把铁鸟带走，从今往后，你走你的阳关道，我过我的独木桥，咱们井水不犯河水，你看行吗？"窦占龙刚才还是提心吊胆，此时见对方让铁斑鸠吓破了胆，方知窦老台所言不虚，他的底气也足了，冲着贼头儿嘿嘿一笑，骂道："行你奶奶个孙子，谁要你的贼赃？把你的旗杆子给我！"贼头儿闻言一愣，随后一脸愤懑地看看窦占龙，又看看铁斑鸠，咂嘴摇头犹豫了半天，一拳头捶在石墩子上，哀叹一声，垂头丧气地摘下灯笼："算我倒霉，旗杆子给你，快把铁鸟拿走！"

窦占龙接过来，撸下破旗和铜锣，发觉旗杆子竟是一根粗麻，只不过比寻常的麻粗了许多，但在田间地头随处可见，似乎没什么出奇的，但不知窦老台如何拿一根粗麻憋宝？贼头儿又为什么怕灯笼灭掉？然而是非之地，他不敢久留，仍将铁斑鸠揣入怀中，扛上粗麻杆子，匆匆出了贼窝，跑去城门口跟窦老台碰头。

窦老台正蹲在路边抽烟袋锅子，看见窦占龙拿到了粗麻杆子，一高兴又咳嗽上了："咳咳咳……行了，头一件东西到手了，你再去一趟县城西大街的冥衣铺，那个铺子不止卖纸糊的冥衣，还卖死人穿的装裹，缝寿衣寿帽的裁缝是个斗鸡眼，此人也是恶名昭著，白天糊冥衣，夜里挖古墓。你照方抓药，拿着铁斑鸠过去，要他压箱底的一沓子火纸，之前怎么诳的贼头儿，你也怎么诳他！"

4

窦占龙也是一回生二回熟，又按窦老台说的，扛着粗麻杆子跑了一趟冥衣铺。旧时的冥衣铺，可以做人、鬼、神三界的买卖，门口摆着一匹纸马，幌杆上吊着纸糊的轿车轱辘，廊檐下悬挂一尺宽、三尺长的木框招牌，漆着黑边，缚着纸花，内里三个白底黑字"福寿斋"，两侧衬着小字"细做绫人、尺头桌子、黄幡宝盖、车船轿马"。做这类买卖的都扎堆儿，旁边紧挨着杠房、棚铺、棺材铺（也叫桅厂），一般人没事儿谁也不会进来，打门口路过都嫌晦气。窦占龙三天两头跟朱二面子去管横事、闹白事，对冥衣铺并无顾忌，迈步进去一看，铺子虽不大，塞得可是满满当当，齐顶子高的货架子上琳琅满目，从倒头以后铺的金、盖的银、各式各样的装裹，到接三用的轿车、牛马、箱柜以及伴宿用的楼库、五七烧的伞、六十天烧的法船、开路的小鬼、随从仆人、金桥银桥、童男童女、打狗棒、照尸灯，全是纸糊的，五颜六色。铺子当中挤出块地方，摆了一张长桌，素三彩罩子中点着一个蜡烛头，照得整个冥衣铺亮亮堂堂。铺子里没别人，弓腰驼背的斗鸡眼裁缝，正坐在桌子后边，一手拿铁剪子，一手拿铜压子，低着头裁剪黄纸。

窦占龙闯过一次贼窝子，已然是成竹在胸，直接掏出带血的铁斑鸠，咣当一下扔在桌上，眼瞅着罩子中的蜡烛变暗了，忽忽闪闪地将灭未灭。裁缝登时一激灵，继而瞪大了一双斗鸡眼，直勾勾盯着铁斑鸠，额头上冷汗直冒，战战兢兢地问窦占龙："小爷，我没招惹过你啊，咱俩无冤无仇，你这是要干什么？"窦占龙把爪子一伸："你给我一件东西，我立马走人！"斗鸡眼裁缝苦着脸求告："小爷，你睁大了眼仔细瞧瞧，冥衣铺里全是给死人的纸活，没有拿得出手的东西啊，你看上什么了尽管拿走……"窦占龙打断他的话说："不必揣着明白装糊涂了，别的东西我用不上，只要你压箱底的一沓子火纸！"话音未落，只听咔嚓一声，斗鸡眼裁缝从板凳上跌了下去，双手捂着屁股，嘴里哎哟哎哟直哼哼。窦占龙让他别装蒜，赶紧把火纸拿出来。裁缝自知对付不过去了，又不能干瞪眼瞅着蜡烛灭掉，只得自认倒霉，耷拉着脑袋打开墙脚的箱子，翻出厚厚一沓子火纸，不情不愿地捧在手上交给窦占龙。

以前说的火纸，相当于烧给死人的纸钱，以錾子在整整一沓黄纸上砸出铜钱的轮廓，外圆内方、横平竖直，烧的时候揭一张撮成一卷，便于彻底烧成灰烬。斗鸡眼裁缝压箱底的火纸十分破旧，看着可有年头了，黄纸上不仅砸了一排排铜钱轮廓，还印着许多符箓。窦占龙暗觉古怪："讹来一棵粗麻倒也罢了，又让我在冥衣铺讹一沓子纸钱有什么用？难不成烧给孤魂野鬼买路吗？"他琢磨不透窦老台葫芦里卖的什么药，既然你不肯说，我也不必问了，反正打定了主意，不见兔子不撒鹰，见不到天灵地宝，贼头儿的粗麻杆子、冥衣铺的火纸，还有铁斑鸠，绝不可离身。当下揣上一沓子火纸和铁斑鸠，扛着粗麻杆子，快步出了冥衣铺。

简单地说吧，窦占龙再回到城门口，已然是晌午时分，头顶上艳阳高挑，蒸着早间被雨水打湿的泥土又湿又热，可也挡不住赶集逛会的老百姓，城墙根儿底下肉香扑鼻，饭铺、摊棚前挤了不少吃饭的人。窦老台也买了肉饼、熏鸡，跟窦占龙分着吃了，又各自灌了一大碗酽茶。二人吃饱喝足，窦老台才说："你别小瞧了冥衣铺那一沓子火纸，那是神鬼阴阳钞，贼头儿的旗杆子也是一根宝麻，没有铁斑鸠，人家怎肯拱手奉送？我之前也告诉过你，铁斑鸠是一件妨人的邪物，谁碰了谁倒霉，你舍得给我，我也不敢接，只能搁到褡裢里，用的时候还挺费劲。你在窦家庄打下铁斑鸠，已经折损了一半阳寿，再拿也不怕了，咱一事不烦二主，还得再让你跑一趟！"窦占龙岁数还小，对"生死"二字不甚了了，又穷怕了，不在乎折不折寿，他寻思"我也不贪多，当上十几二十年大财主，快活过当一千年要饭的叫花子"，所以没多想，问窦老台还要在县城中拿什么东西。

窦老台嘿嘿一笑："正所谓'好饭不怕晚，好锅不怕铲'，县城十字街东口有家裕通当铺，当铺的大掌柜和二掌柜是亲哥儿俩，长得一模一样，一人身上挂着半块腰牌。你照方抓药，带着铁斑鸠进去，不论他们给你多少钱，你也别接，只要他们兄弟二人身上的腰牌！"不比冥衣铺、贼窝子，说到去当铺，窦占龙可真有几分怵头。他从没当过东西，但也听过这一行的规矩，你要当十两银子，能给你二两就不错了，再好的东西，到了当铺都得一通贬损，丝绵当成麻绢，貂皮写成老羊皮，哪怕是足金的首饰、簇新的绸缎，也会被贬得一文不值，正所谓"买仨，卖俩，当一个"。心不黑的开不了当铺，从掌柜的到伙计，个顶个掉钱窟窿钻钱眼儿，只占便宜不吃亏，既贪婪又奸猾，牙尖嘴利不饶人，一人一口唾沫也把我淹死了，我对付得了吗？窦老台一龇牙："你不必多虑，当铺里也点着两个蜡烛头，如若让铁斑鸠压灭了，两个掌柜的便有大祸临头，铁斑鸠上抹了你的血，你自己不拿，换了谁也拿不走，所以说你只管把心揣肚子里，有铁斑鸠在手，他们怕你还来不及，谁又敢动你一根汗毛？"窦占龙一想也对，之前的贼头儿和斗鸡眼裁缝如此忌惮铁斑鸠，估计当铺掌柜也掀不起多大风浪，过了这个村，没有这个店，已经走到这一步了，开弓哪有回头的箭？再说半途而废，肩膀上顶个脑袋、俩胳膊拎着俩爪子回去，岂不是鸭子孵鸡——白忙活一场？三十六拜都拜了，老窦家能不能翻身，全指这一哆嗦了！窦占龙打定了主意，拔腿就要走。窦老台叫住他："不急着去，我还有句话，你可千万记住了，拿完当铺里的腰牌，不能带走铁斑鸠，哪怕当铺的人说出大天来，你也别再碰铁斑鸠了，咳咳咳咳咳……"窦占龙见窦老台咳得直翻白眼，赶紧替他拍打后背："行行行，我听明白了，只拿腰牌，铁斑鸠扔在当铺不要了！"窦老台一边咳嗽一边点了点头，打手势让他快去快回。

窦占龙吃饱了饭，肚里有食心里不慌，扛着粗麻杆子，揣着火纸和铁斑鸠，按着窦老台的吩咐，心急火燎地跑到十字街东口。只见路边一家当铺，雕檐灰瓦，黑漆大门，门楣上高悬黑色牌匾，刻着"裕通当"三个金漆大字，内设影壁墙，门前三磴青石台阶，一左一右挂了两串特号的铜钱，缀着大红绸子飘带，那是当铺的幌子。清朝那会儿，能典当东西的地方分为四等。头等叫典铺，本金最大，收得下宅院地产，二等的为当铺，三等的叫质铺，最末的是押店，零七八碎的也收，但是息银最高、当期最短。其中的当铺又分为皇当、官当、民当，呈三足鼎立之势，上至王公贵胄府上的硬货龙、金刚箍、彩牌子、黑盘子，说白了就是黄金、镯子、古画、古籍善本，下至贫苦百姓家中"油旧破补"的裤褂、被褥，均可拿到当铺换钱。

裕通当属于官当，当时官定的规矩叫"月不过三"，每个月的息银不准超过三分，实际上高得多，只要把东西押在柜上，息银立马翻着跟头往上涨，为的就是不让你赎。乐亭县出行商，做买卖的商贩最多，常需银钱周转，当铺生意也做得大。

窦占龙上台阶迈门坎，绕过影壁墙，进了裕通当铺，眼前黑漆漆一排七尺高的栏柜，堵得严丝合缝，这叫"压人一头"。站柜的居高临下，你当的东西再稀罕，气势上也被压住了，未曾开口，已自馁了三分，所以说当铺是很多老百姓最不愿意来又不得不来的地方。栏柜后边的内墙上钉着两个铜烛台，各托一个蜡烛头，照得当铺中亮亮堂堂。窦占龙仰着脖看了半天也没看见人，踮起脚尖拍打柜台："掌柜的掌柜的，我要当东西！"只听栏柜后头有人慢慢悠悠地搭话："当什么？"窦占龙把带血的铁斑鸠递上去："您给掌掌眼吧！"那人往前探了探身，露出一个脑袋，得有五十多岁，三绺花白胡子，看见窦占龙手里捧的东西，恰似耗子见了猫，愣了半天不敢接，转头叫道："大哥，你来瞧瞧！"栏柜后又探出一颗脑袋，估计是大掌柜了，同样五十多岁，三绺花白胡子，鼻梁上架着铜框水晶眼镜，见到铁斑鸠也是一惊，但是老奸巨猾，沉得住气，瞥了一眼窦占龙，还以为是个臭要饭的，不知在何处捡了铁鸟过来换钱，便即心生歹意，不动声色地说："对不住了，小兄弟，我们不收铁鸟，头里还有一家当铺，你再往前走两步，去那家问问。"窦占龙心说："你这人可太不地道了，自己不收不就得了，还憋着坏坑死同行？怎么那么歹毒呢？"他是奔着发财来的，当然不可能让大掌柜一句话支走，梗着脖子问："当铺又叫百纳仓，上到珠宝翠钻，下到针头线脑，没有不收的东西，要么你别挂匾开门，开门了为什么不做

070

生意？"大掌柜说："此言差矣，家有家法，行有行规，开当铺的将本图利，从来不收废铜烂铁。"窦占龙争辩道："铁斑鸠是一宗古物，又没破损，怎能说是破铜烂铁？"二掌柜在一旁帮腔说："你的铁鸟跟破旗子、烂铜锣、断了簧的雨伞、离了骨儿扇子是一路货色，说起来是个物件，其实堪称破烂儿，扔在大街上都没人捡，我们不收也在情理之中。"

窦占龙让他们说急了，捧着铁斑鸠往柜上一扔，再看当铺墙上的两支蜡烛，霎时间暗了下来，稍稍一动就得灭掉。二掌柜铁青着脸，再也不敢吭声了。大掌柜则气得直哆嗦，声色俱厉地骂道："你个小王八羔子，乡下野小子也敢来官当铺讹人？我看你是茅坑里打灯笼——找死啊，信不信我把你送交衙门打上二十板子？"窦占龙也豁出去了，瞪起夜猫子眼说："二十板子？可以啊，小爷我吃过米吃过面，就是没吃过板子，我倒想尝尝这二十板子是个什么滋味儿！另外我也劝您一句，最好是一顿打死我，打不死我提上裤子还来当铁斑鸠，只要你不摘匾关门，我就天天来，看是我的屁股硬还是你的嘴硬？行了，咱甭费唾沫了，要么报官打死我，要么把你们俩的腰牌给我！"

大掌柜见窦占龙耍起了肉头阵，软硬一概不吃，肩上还扛着一根粗麻秆子，心里明白个八九不离十了："我宁跟明白人打架，不跟糊涂人说话。铁斑鸠是一件邪物，你一个半大孩子，怎知其中利害？定是受了憋宝的指使，那个人居心叵测，绝无一丝善念。我给你拿上十个银元宝，你听我一句良言相劝，快把铁斑鸠带走，离憋宝的越远越好，否则引火烧身，悔之莫及！"当即从栏柜底下一个一个地往上掏，一口气掏出十个银元宝，皆为十两一锭的官银，对窦占龙说："这一百两银子归你了，怎么样？"窦占龙不为所动，两只手一揣，抬头看着房顶子。大掌柜啪地一拍栏柜："好，一百两银子你看不上，我给你换成一百两金子如何？"说完又从栏柜底下掏出十个金元宝，黄澄澄金灿灿地耀人眼目。窦占龙看见那十个金元宝，说不动心是不可能的，但他转念一想："我祖上是杆子帮的大财东，龙生龙凤生凤，老鼠生来会打洞，家雀儿生儿钻瓦缝，我窦占龙也不能太没出息了，一百两金子说少不少，说多也不多，总有花完的那一天，一旦拿到天灵地宝，那可是八辈子吃不穷花不尽，绝不能因小失大，让人拿我当要饭的打发了！"

任凭大掌柜死说活劝，捧出多少金元宝，窦占龙也是无动于衷，只要他身上的腰牌。两个掌柜的没辙了，咬着耳朵嘀咕了几句。大掌柜长叹了一声，与二掌柜各自摘下随身的腰牌，放到栏柜之上。窦占龙伸爪子搂到眼前仔细端详，两个半块的腰牌合二为一，也只不过是一个古旧的木制腰牌，巴掌大小，边角多有磨损，一面刻着一枚古钱，另一面竖刻两行小字——足登龙虎地，身入发财门。没什么出奇的地方，可是看大掌柜的意思，旧腰牌比他的当铺还值钱，搬来八万八生金子也舍不得换。

如今麻杆、火纸、腰牌齐活了，整个一臭鱼找烂虾、瘸驴配破磨，没一件拿得出手的东西。窦占龙心说："可倒好，这叫傻小子看年画——一样一张啊，三件破烂东西，合得到一块吗？但不知窦老台如何憋宝？"当下对两个掌柜的道了声谢，转身往外走。二掌柜急忙叫道："小祖宗留步，你得把铁鸟拿走啊！"窦占龙扭头哈哈一笑："我拿去也没用，您顺手给扔了吧。"他前脚走出大门，两个掌柜的后脚追了上来，绕到前面拦住去路，双双往地上一跪，二掌柜苦着脸说："您不能把心夹在胳肢窝里说话呀，什么叫我顺手给扔了？我扔得了吗？杀人不过头点地，腰牌我也给你了，你却不把铁鸟带走，我们以后还过不过了？"大掌柜也服软了："小祖宗，咱远日无冤近日无仇的，你行行好吧！"街上人来人往，看见两位当铺掌柜的一把年岁了，却在门口给一个半大孩子下跪，免不了指指点点地议论。窦占龙脸上挂不住了，伸手去搀两位掌柜起身。二掌柜哭求道："小爷，铁斑鸠还在屋里，您受累，您受累……"窦占龙心里不落忍，腰牌已经到手了，何苦还把人往死路上逼呢？他一念之仁，又进当铺揣上铁斑鸠，大步流星回到城门口，跟窦老台交了差事。

窦老台冲他一挑大拇指："有了粗麻、火纸、腰牌，咱这事成了一半！铁斑鸠……留在当铺了？"窦占龙满不在乎地说："没留，人家的腰牌也给我了，又当街跪在地上对我求告再三，咱不能为了自己憋宝，去把人家赶尽杀绝吧。"窦老台一向是气定神闲，此乃憋宝客的气度，能等能憋，多大的事也不着急，闻听此言，却急得直翻白眼："哎哟哟……你上当了！我千叮咛万嘱咐啊，你怎么全当了耳旁风呢？你可真是面盆里扎猛子——不知道深浅！人家是官当铺，后院供着神位，咱惹不起啊！你把铁斑鸠留下，开当铺的自顾不暇，等到腾出手来，咱早已拿上天灵地宝远走高飞了，而今你没留铁斑鸠，他们肯定放不过我！"

5

窦占龙听窦老台这么一说，心里头也慌了，因为他听说过，憋宝的有三忌：一忌揭底，二忌背誓，三忌妄语。有些话可以不说，但是出口成谶，绝不敢胡言乱语，忙问窦老台："不行我再跑一趟，把铁斑鸠搁到柜上？"窦老台一跺脚："我跟你同去！"俩人骑上黑驴，急匆匆赶往十字街，到地方一看傻眼了，裕通当铺大门紧闭，招牌都摘了！

开当铺的最讲规矩，一年三百六十五天，无论刮风打雷、阴天下雨，一天也不许歇业。一来怕耽误人家赎当，落人口实留下话柄；二来上门当物的无不是火烧眉毛，急等着钱用，所以说当铺跟药铺一样，一年到头从不歇业。窦占龙一去一返，前后不到半个时辰，裕通当铺竟已关门上板摘了招牌。窦老台脸如死灰，来不及跟窦占龙多说，催动胯下黑驴，出了城门落荒而走。黑驴奔走如飞，驮着二人跑到窦老台的住处，离着窦家庄不远，地方挺偏僻，仅是一个带屋顶的破土围子，四周长着几株大桑树。他们俩翻身下驴，将黑驴拴在门口，推开破旧的木门，屋中也是破破烂烂，遍地的枯枝败草土坷垃，正当中两个条凳上摆着一口空棺材，怎么看也不是人住的地方。

窦老台眉头紧锁，一边咳嗽一边对窦占龙说："如今我也不瞒你了，扛旗的贼头儿、卖冥衣的裁缝以及开当铺的两个掌柜，他们四个人是一伙的，皆是贪得无厌、心术不正之辈，暗中拜着四个烛灵。咱俩为了取宝发财，抢了他们的麻杆、火纸、腰牌，坏了他们的大事。贼头儿和裁缝倒还好说，那两个开当铺的手段却甚为了得，我也对付不了。"

窦占龙自知惹了大祸，心中愧疚不已，急得在屋里直转圈。窦老台摇了摇头，告诉窦占龙说："憋宝客勾取天灵地宝，争的是机缘，夺的是气数，此乃鬼神所忌，迟早会撞上躲不过去的一劫，事有成败，人有兴衰，那也是命里该然，怪不得你。只是我死之后，他们也饶不了你，咱两个合伙一场，你又信得过我，我不能连累你送命。一会儿我躲进棺材，你把铁斑鸠也放进去，然后找地方藏起来。今夜晚间，他们定会拿雷火来炼我，甭管屋里闹出多大响动，你也不必惊慌，那全是冲我来的。有邪物铁斑鸠傍身，纵然我难逃一死，他们也得搭上四条命！等到鸡叫三遍，你兴许能在左近捡到四个蜡烛头，虽不是什么法宝，可也保不齐能派上用场，然后你再进屋，将我的鳖宝取走，贴身收好……"窦占龙心中一惊，想起祖宗遗训，不许后人再干憋宝的勾当，此刻怎敢应允窦老台？窦老台见他迟疑，猛然一阵咳嗽，又说："接下来的话你可听好了，窦家庄南边塌河淀的老庙中有一座古城，平时看不见，三十年一显古，凑齐麻杆、火纸、腰牌，方可入城取宝。今年六月十五月圆之夜，又该此城显古，到时候你如此这般、这般如此，烧了这一沓子火纸，拿粗麻杆子捅开城门，挂上腰牌进城，谁也动不了你。城中一座府邸，府门前贴着封条，你对着大门拜三次，封条自会掉落。进了府什么也别拿，找到最深处一间屋子，屋中有一个铜盆、一面铜镜、一只铜壶。铜盆是聚宝盆，可令你荣华富贵；铜镜是八卦镜，可让你了身知命；铜壶是紫金壶，可助你多安少祸。你这一双龙爪子，只拿得了一件。先前你打下铁斑鸠，损了一半阳寿，至于是拿铜壶保命，还是拿铜盆发财，又或是拿铜镜看透乾坤世界，全凭你自己做主！"

窦占龙只是乡下地方的一个穷孩子，能有什么见识？直听得一头雾水，塌河淀离窦家庄不远，以往他去那一片漫洼野地中逮过蛤蟆，只见得一座断了香火的破庙，哪有什么古城？又怪自己没听窦老台的话，给他惹上了杀身之祸，心中懊悔万分，鼻子一酸坠下泪来。窦老台说："你别忙着哭，正事还没说完呢，那个地方三十年一显古，机不可失，时不再来。不仅我等了多年，县城里的贼头儿、糊冥衣的裁缝、开当铺的两个掌柜也等了多年，彼此积怨已深，他们放不过我，我也得拉上他们四个垫背。只可惜我身上的鳖宝，已得天地之半，实不忍让它朽为尘土。你不妨将之取走，从此片刻不要离身，它沾了你的活气儿，过上个三年五载，也许还能死而复生。纵使你得了天灵地宝，有享不尽的荣华富贵，可是生而为人，总免不了七灾八难，万一将来有个马高镫短，遇上过不去的坎儿了，你将脉窝子割开，埋入鳖宝，说不定可以救你一命，还有我的褡裢、账本、烟袋，全是老辈子传下来的物件，落在旁人手上无用，而吃憨宝这碗饭，却又离不开这几件东西……"说着话摘下褡裢，连同长杆烟袋锅子，一并交在窦占龙手上。窦占龙抹去泪水定睛一看，不过是个粗布褡裢，四角坠着吊穗，里面装了一个账本，密密麻麻写满了怪字，他一个也认不得，还夹着几个白纸剪成的驴子，显得十分古怪。再看那个旱烟袋，长杆的乌木铜锅，过去老爷们儿惯于用长不足尺的短杆烟袋锅子，往腰里头一别，带着去哪儿都方便。女人的烟袋杆则不然，长的得有四五尺长，盘腿坐在炕头，可以直接伸到火盆里接火，要取什么东西，懒得起身，也拿长杆烟袋去钩。窦老台的烟袋锅子，乌木杆子三尺多长，玛瑙的烟嘴儿，挑着一个绣花烟荷包，打着青线算盘疙瘩扣，铜锅子又大又厚实，底部铸有"招财进宝"四个字。窦老台又说："拿了天灵地宝放进褡裢，除了你本人，谁也拿不出来，只不过你得带着烟袋锅子，否则镇不住褡裢，天灵地宝还得跑了。行了，我言尽于此，但盼你好自为之！"

　　窦占龙心乱如麻，听也不是不听也不是，在窦老台的催促之下，帮忙移开棺盖。窦老台褪去鞋袜，披发赤足，踩着条凳爬上去，平躺在棺材里。窦占龙又按他的吩咐，将铁斑鸠放入棺中，再次合拢棺盖，收拾了一应之物，出去关上屋门，猫着腰钻到大桑树下的草垛中。他心里头七上八下，恰似打翻了五味瓶，本以为跟着窦老台去憋宝发财，怎知天有不测风云，天灵地宝还没见着，先把窦老台的命搭上了，又想到姐姐隔三岔五地念叨，窦老台拿宝蛋给他洗过眼，如果恩人因他而死，回去怎么跟姐姐交代……胡思乱想之际，忽听几声驴叫，窦占龙才回过神来，想起那头驴还在门口拴着，窦老台也没说是否放了它，趁着对头还没到，该不该进屋问一声？窦占龙从草垛中探出头去，发觉天已经黑透了，突然间狂风大作，刮得飞沙走石，尘扬地暗。黑驴似乎受了惊吓，炝着蹶子挣开缰绳，跑了个无影无踪。顷刻之间，阴风中降下四团蓝幽幽的鬼火，忽明忽灭地围着破屋子打转。窦占龙毛骨悚然，赶紧躲回草垛，伏下身形，瞪圆了他的夜猫子眼，从干草缝隙中往外窥觑，但见四团鬼火转了几圈，拧成一个大火球，咔嚓一下撞开木门冲入屋中，熊熊烈焰裹住棺材，紧接着发出一声巨响，天崩地裂一般，震得墙壁、门框不住摇晃，屋顶上的木棍、稻草稀里哗啦地往下掉，大火球化作无数火星子渐渐熄灭，屋内屋外陷入一片死寂，再也没了响动。

　　直到鸡叫三遍，天色微明，树上乌鸦叫得凄凉，冷风一吹，草木萧萧瑟瑟。窦占龙参着胆子钻出草垛，果然在房前屋后找到四个灭掉的蜡烛头，仅有寸许长，近似于灵堂中的冥蜡。他再进到屋里，只见屋顶子、四面墙烧得一片乌黑，整个棺材以及躺在其中的窦老台，连同架棺材的条凳，均已化为灰烬。地上掉着一样东西，窦占龙抓在手中，抹去黑灰，却是一个肉疙瘩，色呈灰白，尚有余温，想必是窦老台身上的鳖宝，于是贴身揣了，对着那片灰烬拜了几拜。

待到天光大亮，他先去空磨坊，找地方藏好了麻杆、火纸、腰牌、褡裢、账本、烟袋，还有那四个蜡烛头，这才往家走。恰巧朱二面子也在外头鬼混了一天一夜，哼哼着淫词浪曲正往回返，俩人前后脚进的门。春花以为窦占龙跟他姐夫在外面胡混，朱二面子以为窦占龙起得早，谁也没多问。事后听人说，那天夜里，县城出了怪事，裕通当铺掌柜的、糊冥衣的裁缝，还有那个扛旗敲锣吆喝"当心蝨贼"的奇人，一夜之间暴毙而亡，全是七窍流血，死状可怖，老百姓们当作异事传播，没人说得出个所以然。窦占龙心知肚明，却不敢声张，他白天之所以敢在县城里诓那几样东西，不仅仗着邪物铁斑鸠，还有窦老台在后头撑着，如今没了靠山，让他一个半大孩子三更半夜去塌河淀拿天灵地宝，他怎能不犯嘀咕？何况老窦家留有祖训，不许后人再干憋宝这一行，窦老台的下场，他也看得一清二楚，眼瞅着快到六月十五了，迟迟下不定决心。

取宝之事悬而未决，家里可又过不下去了。窦占龙的姐夫朱二面子整天游手好闲，胳肢窝夹柿子——没见过这么懒的，从来不知道顾家，出去管横事也挣不了半壶醋钱，全指望他瘫在炕上的姐姐春花，做些个零碎活计，勉强养家糊口，赶上年景不好的时候，家里经常穷得揭不开锅，借遍了左邻右舍、乡里乡亲。那一天又断顿了，姐姐春花看看米缸，剩下的几粒粮食，熬一碗稀粥也不够，只得叫窦占龙去界壁儿的五叔家拆兑几个。她一连几天没吃过饱饭，有气无力地说："按辈分咱得喊人家一声叔，我前后借过几次，实在拉不下脸了，你替姐跑一趟。"窦占龙是真不想去，天底下顶数手心朝上找人家要钱最难，何况他实在不想让人看见自己这一双爪子，可又不忍让姐姐为难，只得硬着头皮来到五叔家。

五叔五婶子都在家，天当晌午，两口子正在擀面条，桌上大盆的三鲜卤腾腾直冒热气，边上还摆着几碟黄瓜丝、香椿末、菠菜梗、青豆黄豆、大瓣儿蒜。五婶子看见窦占龙进了门，脸拉得比驴脸还长，问他干什么来了。窦占龙也是半大小子了，胡打乱闹不耽误懂得脸面，不敢看五婶子，低头瞅着脚面，怯生生地开口说了"借钱"二字，五婶子答得也利索："不借！合着你是《百家姓》去了赵——开口就是钱，还会别的吗？"窦占龙觉得害臊，扭头刚要走，又被五叔喊住了："等会儿等会儿，怎么着舍哥儿，看你这意思，你是恨上我们家了？你爷爷在世那会儿，可没少提点我，咱又亲戚里道的，住得还近，远亲近邻全占了，是亲三分向，是火热过炕。你一口一个叔地叫着我，从没短过礼数，按说你们家吃不上饭了，我岂能不管不问呢？可你知道我为什么不肯借你钱吗？其中有个理儿，你听听我说的对不对。老言古语怎么讲的，'指亲不富，看嘴不饱'，想发财指不上亲戚，看别人吃肉填不饱肚子，老大不小的你得自己挣去。退一步说，你爹娘走得早，姐姐瘫在炕上，咱一笔写不出两个窦字，同宗同族的亲戚搭把手，管她口饭吃，你岁数小，吃口闲饭，这都说得过。可是我们不能连你姐夫都管了，他也是五尺多高一把扳不倒的汉子，不缺胳膊不少腿，成天不干正事，你瞧他那一天天的，夜壶没把儿——就剩嘴了，那不是混吃等死吗？再者来说，你五叔这钱也不是大风刮来的，我们一年到头把脑袋瓜子拴在裤腰带上，跟着杆子帮跑关东做小买卖，风里雨里挣几个钱，吃了多少辛苦，担了多少惊吓，这你不是不知道啊，你怎么有脸上我们家借钱借粮，喂你姐夫那个闲汉？回去告诉他朱二面子，你就说我说的，有粮食喂狗我也不给他，为什么？我姓窦的给不着！"

五叔非但不借钱，反倒给他一通数落。窦占龙只能低头听着，憋得满脸通红，恨不得找个地缝钻进去。一出门又碰上几个同村的小孩，围着他拍手起哄："鹰嘴鸭子爪—— 能吃不能拿！"窦占龙忍着怒气，闷头推开那几个孩子，心中暗暗发狠："我拼死也得去一趟塌河淀破庙，等老子发了财，有他妈你们给我下跪的时候！"

第四章　窦占龙进城

1

　　窦占龙家里穷得揭不开锅了，去到五叔家不仅没借着钱，还挨了通狗屁呲儿，屎壳郎碰上拉稀的——白跑一趟，如同霜打的茄子一般，软不拉耷低着头进了家门，坐在炕沿儿上一句话也不说。春花一看就明白了，叹了口气，劝了他几句，让他再跑一趟，到庄外挖点野菜。窦占龙应了一声，背上箩筐出去，在路边刨了些苣荬菜、车轱辘菜、苜蓿菜，装了小半筐，又去泥塘摸了三条泥鳅、两只蛤蟆，在草坑里逮了几只蚂蚱。他姐姐春花也真有法子，拿木梳背在面缸中刮了又刮，铲了又铲，鼓捣出小半碗陈年的棒子面，将车轱辘菜剁碎了，拌成玉米糊糊上锅蒸，苣荬菜、苜蓿菜沾上土盐水拌匀，蚂蚱扔火里烧熟了，泥鳅、蛤蟆剥皮去肠，熬了一锅汤，居然也对付出一桌饭食，有干的有稀的，有凉的有热的，有荤的有素的。

窦占龙家当时穷到什么地步呢？且不说吃的是什么，单说三口人坐在屋里吃饭，那也够瞧的，桌子不是桌子，是个秫秸穿成的盖帘；凳子不是凳子，是草甸子上挖的塔头墩子；盛饭的碗是半个蛤蜊瓢；筷子是两截柳木棍。一件像样的东西也没有，但凡值个仨瓜俩枣的，早已经卖光了。窦占龙有心卖掉窦老台留下的烟袋锅子，换几个钱给家里渡过难关，但是去古城取宝，麻杆、火纸、腰牌以及憋宝客的褡裢、烟袋锅子，哪一样也不能少，一旦错失了这个发财的机会，还不得把肠子悔青了，已经穷了这么多年，真不差这几天了。

好在转过天来，他姐姐春花接了点缝补浆洗的零活儿，朱二面子出去管横事又得了些钱粮，日子还能勉强维持下去。窦占龙盼星星盼月亮，好不容易等到六月十五。他从白天睡到天黑，直至一轮满月爬过树梢，春花两口子已经睡实了，窦占龙悄悄下地，在灶上拿了火镰，从后窗户跳出去，到空磨坊取了一应之物，出了窦家庄往南走，一路来到古洼塌河淀，只见蒿草丛生，夜雾沉沉，脚下又是泥又是水，泥沼深处立着一座破庙，民间称之为"黑爷庙"。听本地上岁数的人说过，庙中供奉着黑七爷，乃是老窦家祖上从关外请回来的一位仙灵，保着他们家人财两旺，早年间香火极盛，怎知有一天遭了雷劈，一道雷火从天而降，将庙顶击出个大窟窿，烧坏了仙灵的牌位，紧跟着河道坍塌下陷，庙宇淹没于洼地之中，从此香火断绝，变成了一座无人问津的破庙。

窦占龙蹚着泥水走过去，借由月色观瞧，但见黑爷庙的两扇大门已经没了，庙顶残留着几垄瓦片，廊檐下挂着半截匾，几块石碑东倒西歪。他在心中默默祷告："但求列祖列宗保佑，让舍哥儿我拿宝发财！"随即勒紧裤腰带，迈步进了破庙，目光所及，庙内也是一片狼藉，头顶上大敞四开透风透雨，脚底下杂草乱长到处是绊脚石，四周墙皮多半脱落，东山墙挂着半拉鼓，西山墙的烂鼻子铁钟没有锤，神台上香炉歪倒口朝下，供桌上落满了尘土灰，正中间供着一尊泥塑，黑袍宽帽，身形肥硕，面目模糊，不知是何方神圣，后墙上残缺不全的壁画，描绘着瑞彩祥云。

窦占龙在庙中转着圈看了半天，哪有什么古城？他是不到黄河不死心，估摸着时辰差不多了，按憋宝的窦老台所言，把腰牌拴在裤带上，又蹲在地上，抽出火纸，一张撮成一卷，两端拧成纸捻，一卷摞一卷，堆成一座纸钱山。再拿火镰引燃，一时间烟雾升腾，在庙中聚而不散，渐渐与壁画中的云雾相连。窦占龙暗暗称奇，瞪着一对夜猫子眼凑到壁画近前，见云雾中显出一座灰蒙蒙的城郭，土城墙不下三五丈高，上半截是红土，下半截是灰土，城垛子是尖的，如同锯齿狼牙，中间一个城门楼子，四角八拐悬挂铜铃，山风一吹叮当作响，两端望不到头，两扇漆黑的城门关得严严实实。窦占龙喜出望外，扛上粗麻杆子紧走几步，到得城门近前。双手攥着麻杆，从城门缝中插进去，一次捅不开捅两次，两次捅不开捅三次，城门轰隆一声开了，粗麻杆子也从中折断。

窦占龙穿过城门洞子，小心翼翼往里走，但见城中千家万户，井然有序，各个屋子格局一致，前后有门，后门边上是谷仓，仅仅大小不同而已，不过一没饭馆二没商号，没有做买做卖的，也听不到鸡鸣犬吠的响动。出来进去的人们，皆为黑衣小帽，身形也相似，个顶个长身子短腿，腆着圆滚滚的肚子，只不过有男有女有老有少，有两口子拉着小子拽着闺女，也有年轻的背着上岁数的，都带着一股地洞子味儿，摇摇晃晃走得奇快。窦占龙本以为城中无人，怎知进来一看，竟住得满坑满谷，心下寻思："我进城取宝，还不让人把我当贼抓？憋宝倒好说，做贼可难听，那不是给列祖列宗丢脸吗？不行，我得找人打听打听，这是个什么地方？"怎知道接连问了七八位，却没一个搭理他的，窦占龙莫名其妙："他们这地方的人是不通礼教，还是狗眼看人低？怎么连句话也不跟我说？"正自纳着闷儿，又看见一户人家敞着门，里面七八口人正围坐了吃饭。窦占龙闻见了饭香味儿，肚子里咕噜噜直叫唤，他吞了吞口水，走进去作了个揖："大叔大婶，我是从城外来的，走得又饥又渴，能不能跟您家讨碗水喝？"屋中一位上年纪的站起身来，横眉立目地呵斥："你不是这地方人，赶紧走赶紧走！"不容窦占龙分说，已将他连推带搡地轰了出去，紧接着哐当一声响，大门关了个严严实实。窦占龙越想越觉得古怪，心说我一不偷二不抢，讨一碗水竟受如此冷遇，这到底是个什么地方？再看见过来过往的行人，他也不敢上前搭话了。

又往前走了一程，一处金碧辉煌的府邸挡住去路，五彩门楼两边立着石碑，上书"皇封斗大赤金印，敕造天高白玉堂"，脚下五磴石阶，一边一个兽头门墩，两扇朱漆大门上排列金钉，镶嵌鎏金兽面门环，关得严丝合缝。窦占龙又纳了一个闷儿，若按窦老台所说，府门上贴着封条才对，该不是走错了地方？又或是封条已经掉了？有心进去看个究竟，登上台阶叩打门环，等了半天没人应声，使劲用手一推，大门竟吱扭扭一声开了。窦占龙掩住身形，抻脖子偷眼观瞧，硕大的影壁挡得严严实实，看不到府中有没有人。他参着胆子迈过门槛绕着影壁往里走，说来奇怪，城里那么多人，府邸中却是空空荡荡，大门不上锁，里面也没人。窦占龙跟逛庙会一样，走二道门，转月亮门，过垂花门，脚下是青石砖墁地，万年灰勾缝，甬道边镶着狗牙砖，他穿房过户，把这宅子里里外外瞧了一溜儿够。二进院一间书房，门口也有一副对联"好事流芳千古，良书传播九州"，屋内十分宽敞，丈二条几上摊开了圣贤书，摆设着文房四宝。三进院是明三暗五一排正房，前廊后厦，推窗亮阁，雕梁画栋，八道隔扇门，下置六磴白玉台阶，门旁石板上罗列黄杨、刺松、麦冬、白莲四色盆景。整座府邸中轴对称，正厢分明，大门一关，自成天地。

　　窦占龙愈发纳罕，各屋各院收拾得一尘不染，怎么会一个人也见不着呢？他一边胡思乱想，一边继续往深处走，四重院落尽头仅有一间大屋，正中间是瓷鹤丹炉，楠木条几上搁着玛瑙芙蓉、翡翠白菜、玉石骆驼、玉石马、玉石羊、玉石猪，青花瓷瓶里插着鸡毛掸子、孔雀扇。条几前一张金漆银包角的八仙桌，上摆细瓷茶壶、细瓷茶碗，两把满堂红太师椅，软垫上金线盘云。后墙上整幅的壁画，翻卷的浓云中耸立着九座险峰，高通霄汉，横锁烟霞，西南角一座山峰下坐着一个穿红肚兜的小孩，白白胖胖，面目怪诞，脑袋上顶着一个白森森的骷髅头，山势层叠起伏，隐没于淡远之间。窦占龙还记着窦老台交代自己办的事，却见那个小孩早已被朱砂笔圈定了，也不知是谁画的，反正不用他动手了，委实琢磨不透窦老台那番云山雾罩的话是何用意。他半晌悟不出门道，又抬起头来环顾四周，东墙下是立柜、盖柜、描金柜，柜门大开，里边堆满了奇珍异宝。窦占龙心说："这府邸的主人有钱是有钱，可太喜欢显摆了，故意敞着柜子给串门的看！"扭过头来再看西墙，紫檀格架中赫然摆着三件古器，一个风磨铜的洗脸盆，一面龟纹八卦镜，一只紫金壶，与窦老台所言一般无二。窦占龙又惊又喜，伸爪子摸了摸铜盆，想拿却没敢拿，心下寻思："府门上没贴封条，府中又如此齐整，不该无人居住，我不告而取，那不真成贼了？古人尚不饮盗泉之水，我姐姐瘫在炕上，一针一线给人家缝穷[1]将我拉扯大，可不是让我去当贼的，万一让人拿住，辱没了祖宗不说，岂不让我姐姐难堪？不如到处转转，看看有没有人家扔在地上不要的东西，随便捡点什么，也足够我们一家三口吃个一年半载的！"

窦占龙想罢多时，就在大屋中东瞧西看，见到一张古香古色的顶子床格外显眼，形同宫殿楼阁，上下好几层，倒挂珍珠卷帘，金钩白纱帐，床上铺着丝缎褥子闪缎被子。他走到古床跟前，瞪着夜猫子眼仔细端详，这张床像是拿一根大木头抠出来的，不由得啧啧称奇，他姐夫朱二面子曾跟他吹嘘过，说世上头等的木匠做出来的活叫暗榫暗卯，榫子活儿外边贴层木皮子，不论多大的器具，打造出来如同以整木雕凿而成，哪怕是从头到尾一寸一寸地找，也找不出接合的痕迹，想必此床就是暗榫暗卯。更奇的是雕工，床顶子刻着福、禄、寿三星，皆为阳刻彩绘，福星蟒袍玉带，手执如意；禄星身穿员外服，手里拿着个小算盘；寿星大脑门长眉毛，一手拄拐杖，一手托仙桃。床帮、床栏和踏板上也刻有各种人物典故，像什么神农亲口尝百草，沉香救母劈华山，唐尧访贤让天下，禹王治水分江湖……最大一幅是雕刻在床头的《郭子仪绑子见唐皇》，真可以说惟妙惟肖，栩栩如生。金銮殿上还趴着一只御猫，粗尾长毛，体形肥硕，脑袋又大又圆，睁一眼闭一眼，似睡非睡，似醒未醒。

---

[1]　缝穷：贫苦妇女以代人缝补衣服谋生。

086

窦占龙跟着朱二面子到处混，也没少听书看戏，认得这个典故，叫"醉打金枝"，寓意逢凶化吉，加官进爵受封赏，而那汾阳王郭子仪一生兴旺安康，七子八婿围绕膝下，尽享天伦之乐，寿至耄耋之年。那只御猫也有个名目，唤作"鞭打绣球"，鞭梢似的尾巴又粗又长，能从身后甩到头顶。

窦占龙越看越爱，不觉看入了迷，围着顶子床转来转去，心说："我是没什么出息，可我们老窦家祖上，哪一位不是吃过见过的大财东？谁又睡过如此奢遮的宝床？过了这个村没有这个店，且上去躺一躺，死也不枉了！"于是脱鞋上床，拉过闪缎被子，钻进去躺平了，小心翼翼枕在雕花的白玉枕头上。窦占龙只在家睡过土炕草席，躺到宝床上，也没觉得多舒服，玉枕看着讲究，躺上去硌得后脑勺疼，不过那缎子轻盈绵软，盖在身上飘飘悠悠，如同覆着一片云彩，还隐约透着一股奇香。他本来只想在古床上躺一躺，却不知不觉睡着了，恍恍惚惚做了一个梦，梦见朱二面子挣了大钱，带着他去买来白面，蒸了一锅馒头、枣卷儿、糖面座儿、大发糕，灶台上呼呼冒着热气，窦占龙蹲在边上用力拉风箱，好不容易蒸熟了，揭开锅盖顾不得烫，抓起来就往嘴里塞……忽觉得脸上一阵湿凉，窦占龙一惊而醒，睁开眼一看，面前竟蹲着一只脏兮兮的狸猫，猫眼有如两盏金灯，正直勾勾盯着他看。狸猫见他睁眼，喵呜一声猫叫，凄厉刺耳，听得窦占龙汗毛直竖，彻底醒了盹儿。他倒不怕野猫，府中空无一人，有几只野猫不足为奇，一骨碌身下了床，挥手去撵那只狸猫，冷不丁觉得后头凉飕飕的，扭头看去，登时吓出一身冷汗，但见一个长袍高帽之人立于屋中，脸色阴沉，木雕泥塑一般，绝无半分活人气息。窦占龙心说："坏了，我遇上勾死鬼了！"

2

窦占龙稳住心神，但见对方是个身材瘦削的老者，看不出到底多大岁数，佝偻着身子，头顶高纱帽，穿一件灰袍，脸上干瘪无肉、枯纹堆叠，三分不像人，七分倒像鬼，浑身上下透着一股子邪气。那只狸猫也蹿下古床，落地悄无声息，蹲在老者脚旁，鬼鬼祟祟地打量窦占龙。窦占龙以为是府邸的主人回来了，那也够要命的，自己黑天半夜摸入人家府里，还躺在床上睡了一觉，既被主人当场拿住，岂肯轻饶了我？此刻急中生智，对着老者一揖到地："老爷勿怪，小人路过贵宝地，本想到您家讨口热汤，怎知府上没人，大门也没关，误以为是无主的空宅，夯着胆子歇了一会儿，还望您大发慈悲放了我！"

老者低头看看窦占龙身上挂的腰牌，阴声阴气地干笑了几声："进来一趟不容易，何必急着走呢？老夫腿脚不便，你先背着我走几步。"窦占龙猜不透这葫芦里卖的什么药，可又不敢驳了对方的面子，毕竟是自己理亏，别再来个不吃烧鸡吃窝脖儿，装作满心欢喜，往地上一蹲，将老者背在身后。那个老者虽然枯瘦，他也只是气力不足的半大孩子，背不动尚在情理之中，然而并不觉得沉重，竟似背着一捆干草。窦占龙越想越不对劲儿，磨磨蹭蹭走出一步，便驻足不前了。老者冷笑着问他："怎么着？这就走不动了？"窦占龙苦着脸说："我又累又饿，实在迈不开腿了。"老者从窦占龙背上下来，绕到他前面，缓缓点了点头："一步就一步吧，那也不少了！我告诉你，此地名为獾子城胡三太爷府，府邸的主人是位老狐仙，乃关外各路地仙祖师，早已得成正果不在尘世了。獾子则是狐仙的瓦匠，擅长掏洞挖坑、盖房垒窝，因造胡三太爷府有功，得以在附近居住，受神通庇佑，躲过了被猎人捉去扒皮熬油之苦，久而久之，拖家带口的獾子越聚越多，这才有了獾子城。胡三太爷走后，它们一直替祖师爷守着府邸。獾子城三十年一显古，只有憋宝的能找到，倘若你不是憋宝的，那定是受了憋宝的指使！"

窦占龙惊得吐出半截舌头收不回去，合着城里住的全是獾子？要不说一个个怪里怪气的，身上还有一股地洞子味儿！忙向老者求告："您老行行好，放我出城去！"老者道："獾子城可不是一般人进得来的，你能走到这儿，还躺在古床上睡了一觉，此等机缘非比寻常啊，你可知老夫是谁？"窦占龙暗暗琢磨，老者刚才说了，胡三太爷得道之后，留下一座无主的空宅，或是有外来的仙家，占了这个地方，便猜道："莫非您是这府里的主人？"老者摇了摇头说："我虽然久居于此，却并非这里的主人，你可再猜。"窦占龙仔细端详眼前之人，觉得他身上的衣服、头上的冠帽，有点像床头雕刻的郭子仪，身边还带着一只猫，那金銮殿上不也有一只御猫吗？于是斗胆再猜："瞧您的装束打扮，该不是夺潼关收两京，破吐蕃定回鹘，功盖天下中兴大唐，七朝的元老郭令公？"老者干笑两声："哼哼，巧言令色，还一套一套的，但你猜得不对！"说罢又往边上一指："看见这张六步顶子床了吗？"窦占龙谄笑道："不止看见了，还在上头睡了一觉，甭提多舒坦了。"老者说道："算你小子有福，你且听了，我本在西凉，佛祖挖的坑，老君扛的秧，栽树人是吕洞宾，浇水的是李三娘。周文王逃难到树下，雷震子救他返故乡。三十六路兵马伐西岐，安营扎寨此树旁。伍子胥攀住晃一晃，柳展雄吓得脸发黄。唐僧师徒从此过，树荫底下乘过凉……"窦占龙吃了一惊，插口道："那么说……您是树仙？"老者一摆手："不对不对，你急什么，听我把话说完，姜子牙当年算一卦，断定此树要打床，胡三太爷套神牛，把树拉到他府上，请来能工并巧匠，三年打成这张床！"老者连说带比画，唾沫星子乱飞，说书唱戏的也不如这位能闹腾。窦占龙一脸崇敬，拜倒在地说："小的有眼不识泰山，合着您老人家是床仙！老仙爷在上，受小的一拜！"老者这才坦然承认，告诉窦占龙，他本是西凉一棵老树，曾吸日月之精、取天地之灵，打成顶子床以来，又在胡三太爷府中得了仙气儿，久而久之有了道行，凭借图中郭令公的形貌显身，自称"林中老鬼"，擅能占卜打卦，可谓"看乾象遍知天文，观地理明识风水；深晓五星，决吉凶祸福如神；秘谈三命，断成败兴衰似见"！

　　窦占龙听得直发蒙，不过见识再短他也悟得出来，眼前的是一位仙家。林中老鬼又问窦占龙："知道为什么让你背着老夫走几步吗？"窦占龙说："您不是腿脚不利索吗？"林中老鬼踢了踢左腿，又抬了抬右腿，问窦占龙："拿你那对夜猫子眼瞅瞅，老夫哪条腿不利索？我这么做无非是为了成全你，咱俩有缘，老夫得保着你荣华富贵，不过机缘有深有浅，福分有大有小。这么说吧，腿长在你身上，路是你自己走的，如若你背着我走出屋门，我能够保你一世富贵；你背我走上十步，我可以保你半世富贵；结果你只走了一步，倒让老夫为难……"窦占龙觉得刚才自作聪明只走了一步，结果小道上捡芝麻，大道上洒香油，做了一桩赔本的买卖，不知还能否挽回，赶忙对林中老鬼说道："老仙爷，小人我刚缓过劲儿来，不妨再背您多走几步！"林中老鬼从鼻孔中哼了一声："不够一捏的岁数，恁地奸猾透顶，你只背着老夫走了一步，这是你的命，纵然搬下满天神佛，那也改不了。一步虽少，可也不是没走，我还是得赏你点什么……"窦占龙听说有赏，忙又拜了三拜："承蒙老仙爷不弃，我听说府中有一个聚宝盆，还望老仙爷开恩，赏给小人那个铜盆！"林中老鬼脸色一沉，阴森森地说道："妄动天灵地宝，为鬼神所忌，何况是胡三太爷府上的东西？你真是耗子给猫当小老婆——要钱不要命啊，既然你不怕天打雷劈死无全尸，大可拿了聚宝盆去！"

窦占龙听林中老鬼说得头头是道，又有窦老台的前车之鉴，哪还敢再打聚宝盆的主意，对着林中老鬼深施一礼："承您指引迷愚，真是我天大的造化，不知几辈子才修来的福分，我听您老人家的，不拿聚宝盆了，您看着赏我点什么吧。"林中老鬼飘也似的走到顶子床前，三下两下拆下一块床板，正是那幅《郭子仪绑子见唐皇》，转头对窦占龙说："老夫在胡三太爷府上得道，也相当于一方地仙，又与你有缘，该着你的造化，怎能不指点你一场富贵？你背着床板出去，供在家中一天三遍烧香磕头，一样可以招财进宝。怎奈你只背着老夫走了一步，我顶多助你十年财运，此后的富贵穷通，可全看你的命了！你切记老夫之言，背上床板只管往外走，半路上千万别扭头看，也别放下，赶在鸡叫头遍之前出去，否则城门一关，再过三十年才打得开！"

窦占龙喜出望外，得享十年财运足够了，大不了我下半辈子省着点儿花，当即跪在地上，毕恭毕敬地给林中老鬼磕了三个头，接过床板来背上。林中老鬼忽然在他身后一推："再不出去，更待何时？"窦占龙脚下一个趔趄，人已到了屋门之外。他担心鸡鸣天亮，城门一关把自己困住，急三忙四地背着床板出了府邸。一路进来没人搭理他，此刻在大街上一走，竟是人踪全无，家家关门闭户，头顶上黑云压顶，闷雷滚滚。

窦占龙惶惶不安，转着眼珠子寻思："窦老台吩咐我到獂子城胡三太爷府中取宝发财，又让我把天灵地宝搁在褡裢中带出去，那是为了避过一众獂子的耳目，凭着腰牌一进一出，谁也不会拦挡，这跟做贼有什么分别？我五叔那句话没说错——指亲不富、看嘴不饱，想发财指望不上别人，即便天上掉馅儿饼，张三李四木头六有的是，怎么就砸我头上了？本以为入宝山空手而回了，却又在胡三太爷府中遇上个林中老鬼，指点我背着一块床板出城，说什么可保我十年大运，然而床板也是胡三太爷府上之物，并不是没主儿的东西，那不还是让我当贼吗？何况这是林中老鬼的一面之词，不知道可不可信。如若他真是西凉一棵树，打成顶子床以来，在胡三太爷府中得了道，借着唐时郭令公的形貌显身，该是一方仙灵才对，为什么我背他之时，如同背着一捆干草，那人身子虽轻，却绝非有形无质，而且一身的邪气。尽管林中老鬼也是灰袍纱帽，有如古时衣冠，可是瘦削枯槁，举止诡异，全无床板上郭令公的富态周正，还有跟在他身旁的狸猫，贼头贼脑的，耳尖尾细，鬼鬼祟祟，又脏又邋遢，哪里是金銮殿上鞭打绣球的御猫？况且按窦老台所言，府门上应该有封条，我怎么没见着呢？说不定是林中老鬼揭了封条入府盗宝，画中小孩也是他用朱砂笔圈上的，又不知出了什么岔子，以至于困在此地，说出一番唬弄鬼的话，诓我带他出去？"

窦占龙身背床板，低着头往城外走，越琢磨越不对，这个念头一转上来，他心里咯噔一下，眼看着走到了城门口，再多走一步就出去了，忍不住扭过头，往身后瞥了一眼，但见林中老鬼和那只狸猫，都立他背后的床板上，一人一猫脸带奸邪，怎么看也不是有道的仙灵。窦占龙心底一阵恶寒，不由自主地打了个哆嗦。书中代言，窦占龙所料不错，林中老鬼本是江南一个术士，三十年前到关外深山避祸，又让外道天魔占了肉身，混进獾子城，揭去大门上的封条，入府盗取灵丹妙药，还用朱砂笔圈定了壁画中的小孩，不料出了岔子，被困在府中无从脱身，他身上没有腰牌，只要一踏出府门，脚一沾地就得引来天雷。胡三太爷府里没吃没喝，全仗着身边那只狸猫，从獾子城中偷点陈芝麻烂谷子衔给他，才不至于活活饿死。苦等了三十年，终于等来一个身上揣着鳖宝的窦占龙。林中老鬼一番花言巧语，妄图瞒天过海，让窦占龙背着他出去。原以为一个穷人家的半大孩子，生来吃糠咽菜，能有什么见识？还不是人家说什么他信什么？只等出了城门，再将他掐死，夺下鳖宝。怎知这小子心眼儿太多，走到城门口起了疑惑，扭头望向身后，林中老鬼看见窦占龙的神色，立时明白他的心思了，眼中凶光一闪，伸着两只手来掐窦占龙的脖子，十指如钩，又干又枯，就跟老鸹爪子似的。吓得窦占龙大叫一声，赶忙扔掉了背上的床板。林中老鬼双足落地，再跑可来不及了，电光石火的一瞬间，一道炸雷劈了下来，他躲不开避不过，正让天雷打在头上，在雷火烧灼中惨叫不止！

　　窦占龙心惊胆战，趁势往前一滚出了城门。此时鸡鸣破晓，城门轰隆一声闭合。窦占龙只觉眼前一黑，等他再睁开眼，见自己仍在塌河淀古洼老庙之中，憨宝的褡裢和长杆烟袋锅子尚在，腰牌却已损毁，墙上的壁画也不见了。他喘了几口气，打地上爬起来，刚迈步走出庙门，破庙突然垮塌，残砖败瓦轰然落下，险些将他埋在下面。窦占龙心头一寒，得亏早一步出来，否则难逃活命！他忙活了一宿，枉受了许多惊吓，两手空空回到家，自己劝自己，妙药难治冤债病，横财不富命穷人，权当做了一场梦，大不了还跟以前一样，继续吃苦受穷罢了。

书中暗表：窦占龙以为那一人一猫遭了天打雷劈灰飞烟灭，实则林中老鬼也没死，虽然捡了条命，但是一张老脸被雷火烧了一半，只得在脸上补了猫皮，口中接了猫舌，说话如同锯木板子，再不敢以真面目示人，躲到江南一座古坟之中，等着下一个大富大贵之人当他的替死鬼！

3

常言道"种瓜还得瓜，种豆还得豆"。自从窦占龙打下怪鸟，当地人无不拿他当瘟神来躲，风言风语越传越厉害，到后来甚至容不下他了，视之为眼中钉肉中刺，对窦占龙一家三口连挖苦带挤对，非逼着他离开窦家庄。

春花舍不得老兄弟，整天以泪洗面，埋怨朱二面子不该让他去打怪鸟，但也于事无补，舌头底下压死人，这叫人言可畏，实在没辙了，只得把窦占龙叫到跟前，摸着他的头哽咽道："不是当姐的心狠，你在这儿待着也是受气，不如去投奔你的那两个姐姐……"窦占龙自知二姐三姐与大姐不同，心眼子最窄，容不得人，已然跟家里断了往来，想当初大姐春花瘫在炕上，含辛茹苦把她们拉扯成人，给她们说婆家备陪送，当娘的也不过如此，可那姐儿俩只会抱怨家穷命苦，自打出了门子，再没回来看过，铁石心肠可见一斑，自己去了也得让人家撵出来，于是对大姐说："我二姐夫三姐夫全是种地的佃户，过得也不宽裕，苦瓜对上黄连，一个比一个苦，我去了连吃带住，那不是碍人家的眼吗？与其寄人篱下，不如让我出去闯荡闯荡，此处不留爷，自有留爷处，不置千金，誓不还乡！"经过獾子城胡三太爷府憋宝一事，他心里头也长草了，也难怪，没见过的东西不会觉得眼馋，见过了高门广厦、金玉满柜，再看窦家庄巴掌大的地方，可就容不下他了，若不是有大姐在家，哪有什么值得留恋的？

春花看出窦占龙去意已决，眼泪像断线珠子一般往下掉："这倒是个主意，你忍住了疼，姐把你的手指剪开，去城里找个大商号当上几年学徒，自己寻条活路，咱老窦家世世代代做买卖发财，你也错不了……"说到最后泪如泉涌，泣不成声，从打兄弟爬出娘胎，长到今年十四岁，姐弟俩相依为命，从没分开过，当姐的放心不下，可又真是没辙，只能在心里盼着祖上在天有灵，保佑她弟弟顺顺当当地活着。朱二面子当着媳妇儿嘴里不能风，拦着窦占龙说："有你姐夫我在，咱哪儿也不去，就在窦家庄待着，哪个敢欺负舍哥儿，你看我不把他骂化了！"朱二面子是个混不吝，舍出一张脸皮，敢称天下无敌，别人说他什么他也不在乎，真说急眼了骂上人家一句，那位至少恶心三天。但是窦占龙可不傻，明白胳膊拧不过大腿、鸡蛋碰不了石头，朱二面子再能骂，也骂不过整个窦家庄的人，即便骂得过，他们两口子今后还怎么在庄子里住？事到如今，不想走是不成了，尽管心里头不是个滋味儿，可他不愿意让姐姐担心，伸出爪子替姐姐擦了擦眼泪，一脸不在乎地说道："姐，我又不是不回来了，你哭什么呢？人争一口气，佛受一炷香，我迟早再给咱家挣下六缸马蹄子金，盖上百十间大瓦房，咱这一家子住进去，天天吃好的、喝好的、穿好的，让他们嚼舌头的干瞪眼！"春花破涕为笑："你有这份心，姐替你高兴，出去好好学生意，切不可惹是生非。"当即拿起做衣服的剪子，把他的连指挨个儿剪开。窦占龙手指上鲜血淋漓，愣是忍着疼一声不吭，一滴眼泪也没掉。春花给窦占龙在伤口上涂些草药，拿干净布裹上，又收拾了一个小包袱，装上两件随身的衣物，仅有的几个钱也塞了进去。窦占龙跪下给姐姐磕了个头，背上小包袱出了门。朱二面子在家没说什么，一直把窦占龙送到村口，掏出一小块碎银子塞到他的包袱里说："穷家富路，这是我前几天管横事挣的，当着你姐没好意思往外拿，也给你带上。出门在外自己照顾自己，万一遇上什么事，可别舍命不舍财，吃得眼前亏，享得万年福！"窦占龙不禁坠泪，但心里觉得踏实，他这个姐夫看着不着四六，其实挺知道疼人，自己这一走倒也放心了，当下拜别朱二面子，到空磨坊取了账本、裆裤和烟袋锅子，贴身揣着窦老台留下的鳖宝，迈步上了官道。他没出过远门，边走边寻思："当乡本土的商号，大多对我家知根知底，免不了遭人白眼，县城是不能去了，北京城天津卫虽是繁华所在，可是开商号的乐亭人同样不少，想来也不肯留我，天下那么大，我到哪里去好？"

　　窦占龙思来想去不知投奔何处，走到大路上，但只见老太太嫁瘸子——古道斜阳，叹罢一声，信马由缰似的逢村过店一路走。饿了啃口干饼子，天黑不舍得花钱住店，遇上好心人家能借一宿，讨口剩饭，遇不上只得找个避风的地方忍着。有一天行至保定府，见得人烟稠密、市肆齐整，做买卖的商号一家挨一家，以为此地没人认识自己了，找个买卖铺户，跟掌柜的求告求告，当个小徒弟应该不难，怎知一连问了几家商号，竟没一家肯收他当学徒。并非商号里不缺人，只不过当学徒得有保人，万一你吃不了苦，受不了打骂，或者出了什么意外，跳河上吊、投崖奔井、狼吃狗撵之类，一概与商号无干，如果偷了商号里的东西跑了，也须保人担责。因此要立下文书摁上手印，言明死伤疾患，皆与本店无涉，相当于签下一份卖身契。不仅如此，人家掌柜的凭什么白教你？按照旧时的规矩，你拜谁为师，还得给谁送礼，学徒三年期满，你把能耐学会了，得给师父白干一年，等于是四年，头三年分文不给，只是管你吃管你住。窦占龙一没保人，二没礼金，不知根不知底的一个半大孩子，哪个商号敢收他？加之一路上晓行夜宿饥餐渴饮，再节省着花钱，总架不住有出无进，他身上那几个盘缠早已经用尽了，如今是进退两难，有家难回，留在保定府又没个落脚的地方，只得饿着肚子露宿街头，真可谓"在家千日好，出门万事难"。

　　窦占龙在城门洞子下边对付了一宿，转天又是到处碰壁，傍黑走到一家商号门前，伙计见他破衣烂衫，跟个泥猴子一样，以为来了要饭的，拎着顶门杠子就轰。掌柜的倒是心善，拦住伙计："给他口吃的，让他赶紧走人，我这儿忙着呢！"伙计进去拿了半块窝头，扔给窦占龙。窦占龙千恩万谢，他也是饿急了，捡起窝头没往远处走，蹲在门旁就啃上了。当时商号里没客人，掌柜的和账房先生正忙着拢账，一个唱账本，一个打算盘，算盘珠子噼里啪啦紧响，可是账目太乱，怎么也对不上，两个人急三火四满头是汗，一笔乱，笔笔乱，不知该如何跟东家交代。窦占龙支着耳朵在门口听了一阵，原来做买卖的进货出货里赊外借，账目累积多了，算起来确实麻烦。可有这么句话叫"难者不会，会者不难"，窦占龙在老家私塾门口偷学过商规，懂得盘账，忍不住扒着头叫道："掌柜的，我帮您算算。"掌柜的抬头看了一眼，没好气地说道："不是给你窝头了吗？怎么还没走呢？别给我添乱了，快走快走！"窦占龙说："您别发火，这个账不难算。"掌柜的奇道："你会算账？"窦占龙点点头，把剩下的窝头塞到嘴里，整了整身上的破袄，进屋给在场的人行了一礼，上前拿过账本，一边拨拉算盘一边念，"二一添作五，逢二进成十"，算清了一笔记一笔，用不到半个时辰，账目分毫不差，全对上了。别人打算盘，有用两个手指的，有用三个手指的，窦占龙则捏着五指，当成一个手指来用，但是快得出奇。账房先生和伙计大眼瞪小眼，全看傻了。并不是商号里的人不会算账，而是窦占龙天赋异禀，再乱的账目到他看来也是小菜一碟。掌柜的暗暗称奇，忙吩咐伙计："快去，再给他拿点吃的！"窦占龙心眼儿活泛，立马跪在地上磕头："我什么活儿都能干，什么苦都能吃，想在您这儿当学徒，跟着您学买卖，求掌柜的收下我！"掌柜的看这后生挺机灵，顺手拿过秤杆子，问窦占龙："会看秤吗？"窦占龙点头道："回掌柜的话，秤杆子为天，上头刻着星，一两一个星，一斤是十六两。"掌柜的又问："为什么不多不少十六两一斤？"窦占龙恭恭敬敬地答道："这是按着天数，因为老天爷最公道，一两一个星，南斗六星，北斗七星，再加上福、禄、寿三星，一共十六个星，祖师爷以此约束做买卖的人不可缺斤短两，缺一两少福，缺二两短禄，缺三两损寿，缺得再多天理难容，该遭雷劈了！"掌柜的连连点头："不错，说得挺好，是个可造之材，你从什么地方来的？家里还有什么人？"窦占龙告诉掌柜的："小人老家在乐亭县，名叫舍哥儿，打小没爹没娘。"掌柜的见窦占龙孤身一人十分可怜，收留他在店里做个小徒弟，让伙计带他洗了个澡，又给他找了身青裤蓝布衫，外带一顶鸭尾帽，一穿一戴体面多了。别人学徒三年效力一年，由于他没有保人，说定了出徒之后，多给掌柜的效力三年，立下文书契约，窦占龙摁上手印，打这儿开始学上买卖了！

4

窦占龙终于有了落脚之处，深知得来不易，一门心思学买卖，盼着将来挣大钱，因此格外用心。早晨鸡叫头遍就起来，先给掌柜的倒夜壶，打洗脸水，伺候着头柜二柜洗漱完了，再去挑水、扫院子，帮着烧火做饭，卸门板开门做生意，从前到后奔来跑去，不够他忙活的。白天累了一天，夜里还要把里里外外收拾利索了，关门上板再将诸般货物码放齐整，给掌柜的铺炕叠被、端洗脚水。商号里也有诸多忌讳，比方说扫院子时扫帚只能朝里，如果冲外扫，等于往外"扫财"；看见什么蜘蛛、蜈蚣、钱串子也不能打死，这全是送财的；从学徒到掌柜的，谁也不准说黄、倒、闭、关、赔之类不吉利的字眼儿。窦占龙手脚麻利，眼中有活儿，搬搬扛扛从不惜力，在商号里混了个好人缘。他打小懂商规、会拢账，不是笨头呆脑的榆木疙瘩，但怎么进货，怎么卖货，怎么跟上家下家打交道，在窦家庄可没人教他这些，事不说不知，木不钻不透，砂锅不打一辈子不漏，哪行哪业也不可能光靠自己琢磨，非得有人帮着戳破这层窗户纸不可。掌柜的器重他，该教什么教什么，没有藏着掖着的，可谓倾囊相授。没过两年，窦占龙已经把商号里这些事都闹明白了，干了十年八年的伙计也不如他脑瓜子清楚，而且兢兢业业，从不敢有半点懈怠。他生来又是个机灵鬼伶俐虫，心眼儿里比别人多个转轴，加上这几年的历练，简直成了人精，迎来送往面带三分笑，练就一张巧嘴，小鸡子啃破碗茬儿——满嘴的词儿，见什么人说什么话，尤其会套近乎，来了看货的主顾，只要让他搭上话茬儿，没有空着手走的，你不掏钱买点什么，自己都觉得抹不开面子。有时碰上个蛮不讲理顶着一脑门子官司进门的主儿，横七竖八挑你一百二十个不是，别的伙计不敢上前，窦占龙过去三五句话，非但能让这位心甘情愿地掏了钱，回到家还能多吃俩馒头，这就叫买卖道儿、生意经。

旧时学徒不拿月规钱，只是偶尔有一些零花，赶上逢年过节拿个红包什么的。窦占龙踏实肯干，掌柜的还会额外多给他几个。别的伙计拿了钱，要么听书看戏吃点儿解馋的，要么买双鞋添件衣裳，窦占龙舍不得自己花，有了赏钱全攒着，给家里捎信报平安的时候，连同书信一并托人带去。当学徒虽然吃苦，终究有个奔头。

咱把话说回来，窦占龙也吃五谷杂粮，不可能没有任何喜好，腰里头多出个仨瓜俩枣儿的零钱，自有消遣之处。离着他们商号不远，有座过街的牌楼，再往前是一大片空场，聚集了不少卖杂货卖小吃的贩子，还有撂地卖艺的江湖人。保定府是京师门户、直隶省会，其繁华热闹堪比京城，这块空场四通八达，买卖铺户扎堆儿，人来人往、川流不息，按江湖话来讲，算是一块"好地"。常言道"能耐不济，白占好地"，能够在此站住脚的艺人，多少得有一两样降人的绝活儿，有唱老调梆子的，耍皮影戏的，练摔跤勾腿子的，卖小吃的也多，驴肉火烧、牛肉罩饼、羊肉包子、回炉粿子，净是外地见不着也吃不着的。窦占龙一得空闲，便去牌楼后的杂耍场子溜达，耍弹变练一概不看，吃的喝的一概不买，只为了看一个唱曲的小姑娘，艺名叫阿褶，柳眉杏眼，相貌压人。窦占龙头一次看见她，夜猫子眼就直了。在当街卖艺的人里，阿褶绝对称得上才艺出众，尽管沦落江湖，却无半分风尘之气，唯有一点美中不足——她是个能知不能言的哑巴。

那也怪了，哑巴怎么唱小曲儿呢？您有所不知，带着阿褶卖艺的是个丑婆子，四十大几的岁数，长得要多丑有多丑，一张怪脸沟壑相连，秃眉毛母狗眼，蒜锤鼻子蛤蟆嘴，稀不棱登的头发拢成一个纂儿，脑门子上配一条青布绣花的抹额，身穿葱绿色的斜襟花袄，下边是大红灯笼裤，足蹬一双绣满了各色蝴蝶的缎子鞋，怯得人一愣一愣的。弓腰塌背走道哈巴腿，举着一杆老长的烟袋锅子，满嘴老玉米粒似的大黄牙，江湖上报号叫"大妖怪"。她跟阿褶母女相称，只不过没人肯信，冲这一天一地的长相，怎么可能是亲娘儿俩呢？阿褶准是她捡来的孤儿，甚至有可能是拍花子拐带来的。您甭看大妖怪长得呲花，偏生有一副好嗓子，唱出的小曲儿迂回婉转、燕语莺声，闭着眼听如同十五六岁的大姑娘。娘儿俩上地做生意，近似于演双簧，阿褶在前边干张嘴，眉目传神，有手势有身段，只是不出声。大妖怪躲在她身后连拉带唱。两个人配合得天衣无缝，全无破绽。

窦占龙暗动心思，做梦有一天娶了阿褶当媳妇儿，这也无可厚非，以前的人成家早，十五六岁当爹当娘的大有人在。他一个商号里的小学徒，兜里有钱的时候不多，只能站在外圈听上两段，但凡有俩闲钱儿，就使劲往头排挤。阿褶唱罢一段，拿着笸箩下来打钱，窦占龙是有多少掏多少，从没含糊过。阿褶与窦占龙年岁相仿，见这个小学徒穿得整齐利落，一对夜猫子眼透着精明，全然不似街上那些专占便宜的嘎杂子琉璃球，对他也颇有好感，有一次趁大妖怪没留神，还偷着塞给他一块糖糕。那天买卖不忙，窦占龙听店里的伙计们闲聊，说大妖怪不想再带着闺女跑江湖了，倘若能寻一夫找一主，将阿褶嫁出去，自己拿着礼钱回老家，就不受这份苦了，此时正在托人说合，虽然她这个闺女如花似玉，可终究是个哑巴，娶媳妇儿是为了"点灯说话儿，吹灯做伴儿"，阿褶口不能言，因此不敢多要礼钱。窦占龙心念一动，真舍不得阿褶嫁人，不知大妖怪打算收多少彩礼，倘若差得不多，他跟别的伙计拆兑拆兑，大不了再给商号白干几年……可是再往下一听，恰似当头泼下一盆冰水，他一年到头的零花，全攒下来也不够二两，而听伙计们言讲，大妖怪狮子大开口，居然要十个礼！老时年间说的一个礼，官价是六十四两白银，十个礼就是六百四十两，别说窦占龙一个小学徒，他们商号掌柜的掏着也费劲。他有心埋了窦老台的鳖宝，拿上一两件天灵地宝换一世富贵，可祖宗遗训不敢轻违，窦老台是个什么下场他也看见了，如若憋宝的真能发大财，为什么窦老台到死还是个老光棍儿，住破屋躺棺材，吃饭也不分粗细？他想不透其中的缘故，不敢轻举妄动，只得断了这个念想，此后也再没去牌楼后听过小曲儿。直到有一天，听说阿褶上吊死了！

　　四下里一扫听才知道，原来经人说合，阿褶嫁给了当地的一位老财主，这位爷别的不好，只喜欢什样杂耍，什么刀马旦、大鼓妞、走钢索的、蹬大缸的，见了有姿色的女艺人，花多少钱也得弄到手。大妖怪贪财，找老财主要下来十二个礼，还有额外的放定钱、过帖钱、迎送钱、进门钱，高高兴兴将闺女送过门，揣着银票走了。

那个老头子，当时已经六旬开外，阿褶未经世事，既不会搔首弄姿，也不会打情骂俏，纵然容貌俊俏，也有看烦的时候。过门没仨月，新鲜劲儿一过去，老头子就玩腻了，花钱买个唱曲儿的，还是个哑巴，难道要当祖奶奶供着？对阿褶再也不闻不问。家里头七八房妻妾，多是卖艺的出身，嘴狠心毒没一个善茬儿，本就容不下当家的再娶小老婆，见阿褶失宠，老头子连她的屋门都不进，这可得理了，天天变着法地挑衅她，横挑鼻子竖挑眼，什么笤帚歪了、簸箕倒了，稍有差错不是打就是骂。吃饭时妻妾儿女围坐一桌，本来有地方，也把阿褶挤到桌子外面，老头子装看不见。家中下人更是看人下菜碟，当着面都喊她"哑巴"。阿褶并未失聪，能听不能说，净剩下吃哑巴亏了，与其活着受辱，不如一了百了，跑到当初卖艺的牌楼底下上了吊，这叫"江湖来江湖去"！地方上派人摘下尸首，拿草席子遮了，等着本家来收殓。正当炎夏，眼瞅着死尸都招苍蝇了，牌楼下边看热闹的老百姓指指点点、议论纷纷，可谁也管不着这档子闲事。老财主却是不闻不问，因为他越想越别扭，掏了那么多钱娶来的小老婆，才过门几个月就死了，如今还得掏一份钱雇民夫远抬深埋，外带着再搭上一口棺材一身装裹，那不是打舅舅家赔到姥姥家去了？得了吧，索性将尸首扔在大街上，任由抬埋会扔去乱葬岗子喂了野狗。

窦占龙得知此事，心里懊糟不已，跟掌柜的借了点钱，买下一口薄皮棺材，托杠房的人埋了阿褶。等到商号关门上板，又自去坟前撒了一陌纸钱，对着坟头躬身拜了四拜。回去之后郁郁寡欢了许久，心里的难受劲儿怎么也过不去。

书要简言，只说兔走乌飞，日月如梭，自打窦占龙做了学徒，不觉已过了六个年头，他身子高了，胳膊粗了，饭量大了，一双夜猫子眼也更亮了。他当了三年学徒，又效力三年，报答了师恩，接下来可以留在店里，做个站柜的伙计，包吃包住，一年挣一份例银，那就到头了，不干个十年八年的，连三柜都当不上。他正是心高气盛的岁数，怎肯屈居于此？当年离家之时，曾夸口说置下千金而返，守着眼前这份营生，只怕十辈子也攒不够。而杆子帮的行商出山海关，去到边北辽东苦寒之地做买卖，当伙计的不仅例银加倍，杆子帮还会按获利薄厚，额外再给一份犒赏。窦占龙家祖祖辈辈是杆子帮的行商，他自己也想到祖辈做买卖的地方闯荡闯荡，便去跟掌柜的商量，求他给自己当保人，跟着杆子帮去跑关东。掌柜的早瞧出来了，窦占龙精明干练、胆大心细，自己的小商小号留不住他，得知他要去投奔杆子帮，心中虽有不舍，还是给他写了文书，钤盖印信，可又不放心这个小徒弟，再三嘱咐道："跑关东的行商跋山涉水，多有虎狼之险。据关外的猎户所言，进了深山老林，你不带什么，也得带上一条猎狗。前两年咱们商号的三柜跑关东，收养了一条大黄狗，你将它带上，它能看守货物，又能拉爬犁，有了它你不至于在山里迷路，遇上野兽它还能救你。"窦占龙叩拜再三，辞别了老掌柜，带着大黄狗，进京投奔了杆子帮。

眼瞅着天气转凉，一众行商提早备齐货物，等到腊月里，带上干粮，穿着厚皮袄，顶着皮帽子，浑身上下裹得严严实实的，跟着浩浩荡荡的车队上路。妻儿老小挤在路旁送行，哭声喊声不绝于耳。

因为对穷苦人来说，跑关东既是活路，也是死路，哪一年都有人死在关外，这一走也许就是生离死别，今生今世再也见不着了。大队人马出了关塞转头再看，风雪当中城门已然闭合，杆子帮的行商个个眼中含泪，掏出两三枚铜钱向城门掷去，祈求老天爷保佑，有朝一日挣了钱重归故里！

第五章　窦占龙炒菜

1

杆子帮做生意讲究"和为贵、信为本、巧取利、守商道"，自古定下两大商规：一是言无二价，二是货品地道。怎么叫言无二价呢？跟他们做生意，没有漫天要价就地还钱那么一说，出货进货一口价，绝对是实打实的，好比说你拿来一张皮货，本该值五十两银子，你开口要一百两，我不驳你，按一百两银子来收，你下得去手我就忍得了疼，但是只这一锤子买卖，下次你的东西再好、卖得再怎么便宜，我也不跟你做生意了，买卖双方讲究诚信，赚钱赚在明处。二是做买卖的常说一个"地道"，地是产地，货品要看产地，道指进货的渠道，有这两样才是有根底的上等货。杆子帮关外的总号设在罗圈坨子，天暖开了江，乘船过河、南来北去、推车打担的络绎不绝。伙计们分头用骡马驮上保定酱菜、高阳棉布、安平罗网、安国药材、罗锅香油、针头线脑之类的杂货，雇个猎户引路，一边摇晃拨浪鼓，一边"呵呵咧咧"地吆喝着，翻山越岭到处叫卖。江对岸还有一处高丽人的市集，不受大清管束，可以换到上等山货，杆子帮的行商有时也乘船渡江，去那边做买卖。

入了冬大雪封山，关外的地户、猎户、参户、珠户全歇了，杆子帮的各路行商，陆续在罗圈坨子聚齐，当地分布着多处水泡子、江汊子，整个冬天都有打冰鱼的，聚集了十几伙大大小小的鱼帮。进京送腊月门的贡品之中，少不了江里的鳇鱼，关外又叫"大怀头"，鱼身可以长到七八尺，大嘴叉子一尺多宽，一尾重达百余斤，通体无鳞，肉质堪与燕窝媲美，尤其是江面封冻之后最为肥嫩。等那老泡烟儿雪一起，江上灰茫茫一片冻雾，就到了打冰鱼的时候。行商们便在江边戳起杆子，摆出琳琅满目的各类货品，开上三十天"杆子集"，直至送贡品的大车队收齐了鳇鱼，再一同开拔入关。杆子集热闹非凡，远近周围的参户、猎户、珠户以及戍边的军户眷属，都带着存了一年的棒槌 [1]、皮张、鹿茸、鹿鞭前来赶集。江上的鱼帮也在大集上卖鱼，从江里打来的三花五罗、十八子、七十二杂鱼 [2]，冻得梆硬梆硬的，在冰面上堆成一座座小山似的鱼垛。

窦占龙会做买卖，他们那个分号的货早卖光了，该趸的土货也备齐了，整整齐齐码在铁瓦大车上，苫好了，捆结实了，启程之前

---

[1] 棒槌：人参别名，东北三省的养参人、采参人、卖参人习惯将人参称为"棒槌"。

[2] 黑龙江部分鱼类的统称。"三花"指的是鳌花、鳊花、鲫花；"五罗"指的是哲罗、法罗、雅罗、胡罗、铜罗；"十八子""七十二杂鱼"为概指，无法一一列举具体鱼类的名称。

待在江边无所事事，有的伙计就去喝酒逛窑子、耍老钱、拉帮套，也有人拽着窦占龙一同去。打从窦占龙记事起，就听说他爹以前在关外吃喝嫖赌，欠下一屁股两肋的饥荒，一家老小跟着倒霉，他可不敢沾惹这几样，也没打算回老家，寻思："我出徒之后头一年挣钱，往返一趟有出无进，开销着实不小，不如留在关外找个活儿干，多挣点钱捎给姐姐姐夫。"江上冰连冰、雪连雪，一眼望不到头，西北风刮得冰碴子、雪片子漫天乱飞，冬天的鱼笨，身上的肉也肥实。凿冰冬捕的鱼户们裹着厚厚的皮袄，脚下踩着钉靴，身上脸上粘满了鱼鳞，肩上扛着冰镩，拉着咕咚耙，攥着搅罗子，三五成群地在冰层上忙碌，饿了啃一口冰凉的荞麦卷子，渴了捡块碎冰放进嘴里，咔吧咔吧嚼碎了，皮袄被飞溅的冰碴打透，一转眼就冻成了冰坨子，冰冷刺骨不说，还越穿越沉。能干这个活儿的，体格得跟牲口一样，全是糙老爷们儿。窦占龙可没这膀子力气，顶多在鱼帮的灶上当个"小打"，相当于打杂的。江边有一排低矮的土坯房，里面烧着热乎乎的火炕，鱼户干完活回来，就在小屋里吃饭歇息。有六个专给鱼户做饭的大灶，荞麦卷子、黄米面黏豆包一锅接一锅地蒸，熬鱼炖肉烧刀子管够。另有几间大屋，旁边设了小灶，用于接待打牲乌拉总管衙门总管、皇商会首、祭江萨满之类的贵客，可以随时摆四四席——四个冷荤、四个热炒，如若来了大财东，则摆六八席——六个冷荤、八个热炒。单请一位大师傅掌灶，此人七十来岁，却并不显老，腰大肚圆，精神矍铄，脸似黑锅底，绰号"鲁一勺"，甭管什么菜，倒进锅去，加上大酱、葱油，一个大翻勺，爆炒起锅，一气呵成，不撒不漏不走形，全凭真功夫。以做鱼最为拿手，炖熬煎炸，各是各味儿。身边有个徒弟，帮着他打下手，外带一个杂役，负责剥葱剥蒜掏鱼肠子抠鱼鳃，爷儿仨常年在鱼帮盯小灶。今年鲁一勺的徒弟回老家娶媳妇儿没跟着来，鱼帮把头见窦占龙长得机灵、手脚麻利，安排他去小灶给鲁一勺帮忙。窦占龙会为人，一口一个"鲁师傅"地叫着，端茶倒水择菜切菜，刷碟子洗碗倒泔水，有什么活儿抢着干，从不偷奸耍滑，跟鲁一勺处得不错。平时他走到哪儿，大黄狗就跟到哪儿，帮他叼个锅铲、扫帚什么的，比人还勤快。

　　关外天寒地冻，杆子集上几乎没有卖热食的，很多赶集的小商小贩挣个跑腿子钱，吃不起小灶，大灶又没他们的份，身边只带了几个凉饽饽，别说吃一顿热乎饭了，热水都喝不上一口。窦占龙心明眼亮，看出其中有利可图，他在保定府当学徒那几年，见过炒来菜的，无非是一个有锅有灶的小摊子，摆上几把破木板子钉成的桌子板凳，备下油盐酱醋几味作料，其余的一概不用。卖力气干活儿的穷光棍儿，家里头没有做饭的，去二荤铺大酒缸又嫌贵，往往自己买点臭鱼烂虾、便宜下水，拎到小摊子上，让人家给他炒熟了，这个行当叫炒来菜。窦占龙也是闲不住，便借了一个鱼帮不用的炉头，不忙的时候挂幌子亮锅铲，专给赶集的炒饽饽。小时候他姐姐给他做过炒饽饽，还跟他讲过，那是老窦家祖传的吃食，咱爷爷吃腻了山珍海味，最得意的还是这口儿，三天不吃就受不了。其实炒饽饽再简单不过，拿大葱和干辣椒炝锅，饽饽切碎了扔到锅里，搁点炸虾酱，翻炒几下即可，喜欢吃硬的直接出锅，喜欢吃软的顶多再加点儿水烩一下。窦占龙用的虾酱色泽鲜明，是杆子帮带来的乐亭货，当地渔民撒网捕捞海虾，有的虾挤掉了头，身子可以剥虾仁儿，虾头扔了也可惜，就拿去捣碎了，揉入海盐做成虾酱，相较关外的虾酱，滋味儿更足。赶集下苦的人们，买上一份窦占龙的炒饽饽，先拿筷子头儿蘸着碗底的虾酱下酒，喝美了再把饽饽往嘴里一扒拉，又当菜又当饭，又解饱又解馋，价钱还便宜，所以他炒饽饽的小买卖做得挺兴旺，捎带着卖点烟叶子，总之是有钱不够他赚的，最后算下来，连同在杆子帮做买卖攒的钱，拢共有二百多两银子。留下一点散碎银子预方便，其余的凑个整拿到银号，兑成银票揣在身上，想着明年做完买卖回趟老家，亲自往姐姐姐夫面前一放，那得多提气？尽管当年出来的时候，跟家里人说过大话——不置千金誓不还乡，他这一年在关东挣下的银子，离着一千两金子还差得挺远，可也拿得出手了。

　　临近打鳇鱼的日子，进京送贡品的大车队才到，遍插龙旗的花轱辘木车在江边停了一大片，几个头领下马的下马、下车的下车，手下人前呼后拥，一个个耀武扬威，派头大了去了，住进提前打扫完的网房子，守卫的官兵和车把式们在附近搭帐篷宿营。杆子帮各路行商的货卖得差不多了，皮货山货也收齐了，只等跟着送贡品的车队一道入关。打鳇鱼的鱼帮，由内务府直接管辖，打鱼的渔网、鱼叉，均受过皇封，鱼户后代不必从军，种地不用纳粮，如若交不够鳇鱼，轻则挨板子，重则掉脑袋。鳇鱼不仅稀罕，也十分难打，要提前在江弯处掘坑引水，用大网拦挡住入口，设为"鳇鱼圈"，春季开江捕鱼，先祭鱼神，杀一口黑猪，把猪血、五脏撒入江中，献牲献酒，依仗着这股子腥气将鱼引过来，鱼户们持叉带网，一旦发现鳇鱼，便在船上紧追不舍，日不停，夜不息。鳇鱼鼻子尖儿上有一块脆骨，磕碰破一丁点儿它就得死，因此不能硬打，非得等到它游累了，探头出水换气，身经百战的老鱼户抛出树皮编成的笼头，不偏不倚，恰巧套在鳇鱼嘴上，不能着急往上拽，必须兜住它遛到船边，再借着这个巧劲儿，缓缓引入鳇鱼圈中养起来。三伏天不可能往京城送鳇鱼，一来没等送到地方，鳇鱼已经臭了；二来不够肥美，守到十冬腊月，江里的鱼最肥，一出水就能冻成冰鱼，趁着鲜亮劲儿，拿黄绫子裹上，再卷上一层草帘子，由大车队送往京城。其实春秋两季也送，只不过耗费太大，要把江边的柳木掏成木槽，装满江水放入活鱼，一个槽子顶多装一条鱼，草绳穿鼻，骨环扣尾，将鱼箍在其中，一动也不能动。然后封住槽盖，一路往京城走，三天换一次水，还得有专人击鼓惊鱼，以防它睡死过去，这么折腾下来，送到北京十条鱼，最多活三条，因此说年底的鳇鱼贡才是重头戏。

凿开冰层打鳇鱼的头一天，不仅要献牲拜神，还得在江边上摆鳇鱼宴。当天又来了一队人马，为首的看上去不过五十来岁，头戴海龙皮暖帽，身穿貂皮细裘，镶金边滚金线，精工巧作至极，斜背一口长刀，宽肩乍背腰板儿笔直，来到江边翻身离蹬、下马交鞭，身形矫捷、步履沉稳。身后跟着许多随从奴仆，没有一个貌相和善的，皆如凶神恶煞一般，还带着六条围狗，头狗背厚腿长、毛色铁青，见了人一不龇牙二不叫，但是目露凶光，看得人心里打怵，其余五条细狗，也是一个比一个凶恶。蒙古王爷出行打猎，也不过是这个排场。鱼帮大把头在当地威望最高，从来是说一不二，平常见了人恨不得把眼珠子翻到天上去，此刻却不顾寒风透骨，亲自迎出去老远，点头哈腰行礼问安，恭恭敬敬接入大屋。有人喊窦占龙过去伺候茶水，按着鱼帮大把头的吩咐，窦占龙给贵客沏上从京城运来的小叶茉莉银针，茶叶末子一沾水，江对岸都能闻见香味儿，随后往炕桌上摆了四样点心，枣泥糕、杏仁酥、如意卷、羊角蜜，又端来放满了上等蛟河烟的小笸箩。他偷眼看去，见那位贵客脱了大氅，摘下暖帽，盘腿坐在滚热的炕头上，长刀横放在膝前，趾高气扬、目不斜视，伸出左手两个指头，轻轻摩挲着右手拇指上的翠玉扳指。屋里众人没一个上炕的，全戳在旁边伺候着。窦占龙不敢久留，忙完手里的活儿，拎着水壶低头退了出去，心下羡慕不已，真是"人敬阔的，狗咬破的"，瞧这位这派头，比当官的还大，这么活一辈子，才不枉一世为人！

天至傍晚，寒风怒吼，刮得人东倒西歪立不住脚。鳇鱼圈的冰层上搭了一顶大皮帐篷，帐中布下桌案、椅凳，挑起灯笼火把，四角架着几个黑泥炭火盆，用烙铁压实了，炭火在盆中一天一宿也灭不了。打牲乌拉总管衙门的总管、翼领，送贡品的皇商，有头有脸的陆陆续续全到了。那位贵客最后才来，进了帐篷居中而坐，长刀杵在地上，左手握住刀鞘。四个随从侍立在后，一个个站得笔管条直。鱼帮大把头一声招呼，十几个五大三粗的鱼户钻入大帐，给众人磕过头，当场脱去上衣，将发辫盘于脖颈，拿出冰镩子，凿薄了一处冰层，再拿铲子刮平，底下的鳇鱼见到亮儿，纷纷聚拢而来。借着灯笼的光亮，可以隐约看到鳇鱼在冰层下游弋，堪称奇景。众人赏玩了多时，鱼帮大把头又一招手，两个鱼户立即上前，叮咣几下凿穿冰窟窿，底下的鳇鱼争着往上蹦，有的蹦上来半截，又摔了下去，有的被其他的鱼挤得靠不上前。头一条蹦上来的鳇鱼不下两百斤，在场众人惊呼之余，不忘了给居中而坐的贵客拍马屁，紧着说吉祥话儿。帐篷里暖和，头鱼蹦上来冻不住，拧着身子拍着尾巴使劲翻腾，十几个鱼户一齐动手，这才把鱼摁住，又有人拿铲子悠着劲拍打鱼头，等鱼扑腾不动了，便在帐篷中活切了，当场挖出鳇鱼卵，又将鱼肉一片片剐下来，整整齐齐摆在大瓷碗中，蘸上野山椒酸辣子，配着烫热的玉泉酒，供在座的各位达官显贵享用。多半条鱼吃没了，那一半身子上的鱼嘴还在一张一合地换气儿。生剐鳇鱼，味道异常鲜美，不仅除内火、消浊气，还可补气壮阳。鳇鱼卵价比珍珠，皇上太后也吃不着这么鲜的。关外的鱼不少，麻鲢、鳌鱼、鳟鱼、狗鱼、牛尾巴、青鳞子、团头鲂、嘎牙子鱼、船钉子鱼，可都比不了鳇鱼，龙肝凤髓没吃过，估计也就这意思了。窦占龙在帐篷里伺候着，看得那叫一个眼馋，无奈一片鱼肉也没有他的，只能咽着哈喇子，在边上小心翼翼地烫酒、加炭，一口大气也不敢出。

　　鱼帮摆设的鳇鱼宴，尽管以吃鱼为主，别的菜也得摆上，平常六个凉菜、八个热炒到头了，鳇鱼宴至少要摆三十六个凉菜，四十二道热炒，仆役们出来进去，走马灯似的端汤上菜，各桌摆得满满登登，比不上一百单八道的满汉全席，可也够瞧的了。外头的小灶上，鲁一勺一下午没闲着，板带煞腰、袖口高挽，擦汗用的手巾搭在肩膀上，使出浑身解数，煎炒烹炸炖、爆烧熘煮焖，灶台上火苗子蹿起老高，铲子锅沿儿磕得叮当乱响。本来凭他的手艺，掂排四十二道热菜不难，怎奈年岁不饶人，忙到一半只觉得膝盖发软，脚底板发飘，担心误事，打发杂役赶紧把窦占龙换回来。窦占龙退出大皮帐篷，急匆匆赶到小灶前，叫了声"鲁师傅"。鲁一勺顾不上抬头，吩咐道："我忙不过来了，你帮着炒几个。"窦占龙忙摆手说："您快饶了我吧，鳇鱼宴上坐的非富即贵，我那两下子可上不了台面！"鲁一勺使劲拿铲子敲了敲锅边，告诉窦占龙说："我炒的人家一样瞧不上，不过该摆的也得摆上，你放心炒吧！"窦占龙推托不过，抓起锅铲另起炉灶。两人一人一个灶眼，一通紧忙活，到最后还差一道热炒。鲁一勺力倦神疲，脑门子上热汗紧淌，拿着炒勺的手直哆嗦，急中生智道："我闻着你那炒饽饽味儿挺冲，你来个那个！"窦占龙刚过了一把炒菜的瘾，正在兴头上，当下又做了一份炒饽饽，交给杂役端入帐篷。

四十二道热炒凑齐了，俩人松了口气，坐下来歇着。鲁一勺久立灶前，腿都肿了，坐在板凳上背倚山墙，又用一条板凳架起双腿，撸起裤管来一看，两条小腿上的皮锃亮，拿手一摁一个坑，他摇着脑袋拿过烟袋锅子，装满了蛤蟆头老旱烟，打着火吧嗒吧嗒地抽烟。窦占龙也忙活了半天，早已腹中饥饿，切了盘五香熏鱼，炸了点花生豆子，烫了一壶酒，一边给鲁师傅倒酒一边打听："鳇鱼宴上居中而坐的贵客是哪位王爷？从京城来的？还是从蒙古来的？"鲁一勺冷笑了一声："王爷？王爷有自己背着刀的吗？"他放下裤管，缓缓站起身子，一只手撑着后腰走到门口，推门看了看屋外没人，这才把门带上，转回身来，低声对窦占龙说："那是个杀人不眨眼的匪首，看着像五十出头，实则六十多了，匪号叫白脸狼，仗着一口快刀，一刀下去人就变成两截了，死在他刀下的人，不够一千也有八百，关外军民提到他没有不怕的，大人都拿他的匪号吓唬小孩！四十年前，此人到关内做了一桩大买卖，挖出六缸金子，从此发了大财！"

说者无心，听者有意。窦占龙从小就听他姐姐念叨家里那点儿事，耳朵几乎磨出茧子了，就说他祖父窦敬山，身为杆子帮大财东，在家埋下六缸金子。那一年腊月二十三，突然来了一伙关外的土匪，匪首背着一口削铁如泥的宝刀，血洗了窦家大院，抢去六缸金子，临走放了一把大火，老窦家从此一蹶不振，至今不知那伙土匪的来路。此时听了鲁一勺的一番话，不由得心头一紧。

鲁一勺不知窦占龙的心思，吐尽了嘴里的烟，一口干了杯中小烧，夹了一筷子熏鱼，吧唧了几口，絮絮叨叨地接着说："白脸狼干成了一票大买卖，从此改做白道生意。整个关东山，最来钱的买卖莫过于挖参。背下关东山，当时就有收的。关外打牲乌拉总管衙门的八旗军分山采参，朝廷年年下旨催收，交不够至少杖责八十，如果挖的参多，按限数交够了棒槌，可以自己留下一点，卖给收货的参客。所以说不止是流民组成的参帮，吃着皇粮的猎户、参户，也偷着贩卖人参、貂皮。白脸狼重金买通官府，网罗了一伙亡命之徒，把持了关外大大小小的参帮，该交给朝廷的棒槌一斤不少，其余全得过他的手。参户们受尽欺压，却是敢怒不敢言。白脸狼贪得无厌，得一望十，得十望百，吃了五谷想六谷，做了皇帝想登仙，甚至买下金炉银炉私造宝条，使银子上下打点，给他自己抬了旗，财势越来越大，江边的鱼帮也被他垄断了，打上来的头鱼都得让他先吃。那些个贪官污吏，收足了他的好处，仗着天高皇帝远，竟在江边私设鳇鱼宴，说起来这可是欺君之罪！"

窦占龙心里正自翻江倒海，在大帐篷中伺候的那个杂役兴冲冲跑进来，眉飞色舞地对窦占龙说："白家大爷找炒饽饽的过去回话，肯定要赏你，你小子发财了，还不快去？"鲁一勺不信，疑惑地说："那位爷可是大荐儿，山珍海味啥没吃腻？吃个炒饽饽还给赏钱？该不是硌了牙，要他的脑袋？"窦占龙暗暗心惊，一时不知所措。杂役拽着他的胳膊连连催促："你这脸色怎么了？怎么跟吃了耗子药似的？快走快走，别让白家大爷等急了！"

2

外边的天暗得好似抹了锅底灰，窦占龙让人从灶房里拽出来，冷飕飕的寒风打在身上，吹得他骨头缝儿发寒，心里头直哆嗦，跟在杂役身后，提心吊胆地进了帐篷，见四角的炭火盆烧得正旺，捕鱼时凿出来的那个大冰窟窿还没冻上，底下传来汩汩的流水声响，其余的鳇鱼仿佛见到头鱼被人生剐了，都躲得远远的，再也不敢往冰层上乱蹦。大皮帐中乌烟瘴气、灯烛暗淡，映衬着桌案上狼藉的杯盘，有几位已醉得东倒西歪，兀自在互相劝酒，看得人心中生厌。而那盘黄澄澄金灿灿的炒饹馇，此时此刻就摆在白脸狼的眼皮子底下！

书中代言，鳇鱼宴上有的是美味佳肴，白脸狼为什么单单盯上了一盘炒饹馇呢？因为杆子帮的大财东窦敬山，当年最得意这一口儿，不同于任何一处的炒饹馇，必须用乐亭虾酱，无论走到哪儿也得让人带着。赛妲己为了讨窦敬山的欢心，照着葫芦画瓢，时不常给他做这个。白脸狼也吃过，此人生来多疑，冷不丁瞅见端上来一盘炒饹馇，夹一筷子搁到嘴里尝了尝，立时想到了窦敬山！

鱼帮大把头见窦占龙进了帐篷，忙引着他去给白老爷请安。窦占龙心里直画魂儿，单腿打千叫了声"白老爷"。白脸狼瞥了窦占龙一眼，问道："你炒的饹馇？"窦占龙恭恭敬敬地禀告："对对，是小人炒的。"白脸狼眼珠子一瞪，射出两道寒光："你姓甚名谁，家住何处？"其余之人不明所以，听白脸狼突然提高了调门儿，一齐望向窦占龙，大帐之内霎时间鸦雀无声。窦占龙精明透顶，脑袋瓜子转得最快，已然从白脸狼的话中听出了三分寒意，心中暗暗叫苦："看来传言不错，此人正是血洗窦家大院的匪首，也不知怎么着，竟认出了我爷爷窦敬山常吃的炒饽饽。千不该万不该，我不该炒这盘饽饽。他收拾我如同捏死个臭虫，好汉不吃眼前亏，可不能露出破绽！"当下垂手而立，不敢抬头，怯生生地答道："回白老爷的话，小人打保定府来，没个大号，相识的只叫我舍哥儿。"白脸狼不动声色，压低嗓子说了两个字："抬头！"窦占龙万般无奈，硬着头皮抬起脸来，却不敢与白脸狼对视。白脸狼紧盯着窦占龙，又问道："跟谁学的炒饽饽？"窦占龙加着小心答道："不瞒白老爷说，小人只是一个给灶上帮忙打杂的碎催，手艺不像样，炒饽饽却不用人教，杆子帮的伙计经常吃这个，无外乎拿葱花干辣椒炝锅，舀上一勺虾酱，火大着点儿，虾酱也是杆子帮的货，没啥出奇的。"白脸狼听窦占龙答得滴水不漏，疑心反而更重了，眉宇间涌上一股子杀气，不觉手上使劲，咔嚓一下捏碎了酒盅。窦占龙忽觉一阵阴风直旋下来，但见白脸狼身后蹲着一头巨狼，已经老得光板儿秃毛了，然而牙似利锥爪似剑，二目如灯闪凶光，吐着血红的舌头，正要蹿下来吃人，吓得他汗毛倒竖，两条腿打着战，身子晃了两晃，险些坐倒在地，等他回过神来，再看大帐中一切如初，哪有什么恶狼？窦占龙心说坏了，我这是不打自招了！

白脸狼却没动手，盯着窦占龙看了半天，两个嘴角子往上一抬，捋着胡子哈哈大笑："小子，饽饽炒得不赖，白爷我山珍海味吃顶了，还就稀罕这口儿，明天你上我这儿来，以后就跟着我了！"换了二一个人，这就叫上人见喜、一步登天，抄上流油的肥肉了，能跟着这么一位大财东，鞍前马后地伺候着，得吃得喝，手指头缝里漏出个一星半点也够你吃半辈子的，窦占龙心里可跟明镜似的："谁做不了炒饽饽，为什么非让我去？老棺材瓢子一脸杀气、目射凶光，肯定要宰了我，只不过碍于身份尊贵，不便在鲣鱼宴上当众杀人！"

鱼帮大把头见窦占龙愣在当场，忙在身后推了他一下："你小子乐傻了？还不快给白老爷磕头？"窦占龙就坡下驴，膝盖一打弯，跪在地上，哐哐哐给白脸狼磕了仨响头。其实窦占龙所料不错，白脸狼天性多疑，宁可错杀一千，不能放过一个，何况他已认定此人是窦敬山的后代，当年未能斩草除根，而今在鲣鱼宴上相遇，定是天意使然，岂可留下这个祸患？但他草寇出身，在场的达官显贵不少，如若无缘无故地刀劈活人，来个血溅鲣鱼宴，岂不落下话柄？所以先把人稳住了，等离了鲣鱼圈再杀不迟，谅他也蹦不出自己的手掌心。当即一摆手，吩咐窦占龙回去收拾收拾，明天一早出发。窦占龙小心翼翼退出皮帐篷，走到无人之处，一屁股跌坐在地，眼前金灯银星乱转。严冬天气，朔风吹雪，刚才他在帐篷里惊出一身冷汗，贴身的衣服都湿透了，出来让冷风一灌，立时结了一层冰霜，贴在身上如同置身冰窟。他缓了口气，心急火燎地回到自己那屋，匆匆忙忙收拾东西，将干粮和散碎银子塞进裤裆，烟袋锅子别在腰上，摸了摸身上的银票和鳖宝都在，跟谁也没打招呼，悄悄叫上大黄狗，扭头出屋，连夜逃出了罗圈坨子！

窦占龙心里头明镜似的，仅凭他一个杆子帮的小伙计，无论如何对付不了白脸狼，逞一时的匹夫之勇，唯有死路一条，老窦家一旦绝了后，还有谁来报此血海深仇？他也没什么家当，腿肚子贴灶王爷——人走家搬，身边只带了一条大黄狗。商号老掌柜送给窦占龙的大黄狗名叫"卷毛哨"，本是关外猎犬，铁包金的狗头，毛质粗硬，壮硕威猛，比别的猎犬大出一倍有余，抽冷子一看跟个小马驹子似的，舌头上有黑斑，实为罕见，按《犬经》所载，此乃犬中巨擘，凶烈擅斗，敢比人中吕布，堪称狗中豪杰。以往打山牲口的猎户，凭着本领过人、胆识出众，可以给自己闯下一个名号，传之四方。猎狗也有扬过名的，凡是这样的猎狗，一定有成名之战。三年前，卷毛哨为了救主与豹子死斗，让豹子挠下来半边脸，勉强耷拉着没掉，自己一个劲儿拿爪子往回摁，猎户主人拿麻线给它缝上了，却损了一个眼珠子，再去追狍子、撵兔子是够呛了。卷毛哨的脾气也倔，发觉自己不能打野食了，宁肯绝食而死，也不在家吃闲饭。猎户于心不忍，就让它去给杆子帮引个路、看个货，后被保定商号的三掌柜收留，带到铺子里看家护院。人的名树的影，关东山至少有一半猎户认得卷毛哨，即使以前没打过照面，一瞅它那半边脸，也知道是斗过豹子的那条猎狗，故此多行方便。在窦占龙看来，卷毛哨如同杆子帮的一个伙计，自己吃什么就给狗吃什么，有他自己一口干的，绝不给狗喝稀的，赶上变天儿，就钻一个被窝睡觉，从来没亏待过大黄狗。卷毛哨对窦占龙也是忠心耿耿，跟着主子连夜出逃。

逃出罗圈坨子容易，不过天寒地冻，大雪封山，走官道又容易被人追上，一人一狗还能往什么地方跑呢？窦占龙灵机一动，决定顺着江边一直走到入海口，他跟杆子帮跑买卖时去过，那一带有几十处海参窝棚，春秋两季都有人捕捞海参。那时节风平浪止，暖阳高照，纵是如此，海水依旧寒冷刺骨。海参在关外叫"黑癞瓜子"，浑身是刺儿，碰一下软软塌塌的，却是名副其实的滋补珍品，堪称海味之首，必须潜到几丈深的海底下采捕，受苦受累不说，风险还大，轻则落一身病，重则命丧海底。一艘小快马子船载着两三个人，下水的那位人称"海猛子"，穿上厚重的棉裤棉袄，扎上护腰护膝，套上滴水不漏的鱼皮水衣，屁股后头还得拴上五六十斤重的铅砣子，否则在海流中稳不住身形。海参行动虽慢，但是越好的货藏得越深，海猛子为了捞到大货，不得不往深海中潜，身子板单薄的，上来就是七窍流血，乃至气绝当场，说拿命来换饭吃也不为过。辛辛苦苦多半年，到了上大冻的时候，海猛子就去猫冬了，只留下覆冰盖雪的茅草屋，那里面能避风雪还有存粮。他寻思逃过去躲一阵子，等到天暖开了江，再设法返回关内。

窦占龙直似夜不投林的惊弓之鸟，一宿不敢歇脚，跑到转天早上，头顶上铅云低垂、雪落如棉，他筋疲力尽，实在迈不开腿了，在林子边找块大石头，扒拉扒拉积雪坐下，一人一狗吃点干粮，嚼两口雪。窦占龙疲惫不堪，缓了没片刻，上眼皮子便直找下眼皮子打架，他自己叫自己，可千万别打盹儿！天寒地冻大雪纷飞，一旦迷糊过去，可就再也起不来了。正当此时，大黄狗卷毛哨突然一跃而起，支棱着耳朵，冲来路吠叫不止。窦占龙猛然一惊，抬头望过去，只见茫茫雪野上冒出几个小黑点，夹风带雪跑得飞快。他的眼尖，看出是白脸狼带在身边的六条围狗。他在关外见识过围狗的凶恶，皮糙肉厚的熊瞎子也得让围狗追着咬，何况他一个身单力薄的小伙计？不觉倒吸一口凉气，心说："完了，怕什么来什么，我的两条腿再快，如何跑得过四条腿的围狗？想不到头一次跟着杆子帮跑关东，便在荒山野岭填了狗皮棺材，起早贪黑学买卖也是白费劲了……"绝望之余，挥手让卷毛哨自去逃命。卷毛哨冲窦占龙鸣了两声，用脑袋往林子里拱他。窦占龙一愣："你让我上树？"转念至此，他又有了活命的指望，急忙挣扎起身，嘎吱嘎吱地踩着积雪，奔入江边密林。在外边看林海苍茫一望无际，钻进去却是一片深不见底的坑谷，大坑套着小坑，一坑连着一坑，岩壁陡峭，绝无蹊径。此类地形在关外常见，天冷叫"干饭盆"，坑底下斑白一片，因为有树木，从高处看下去近似饭粒；天热叫"大酱缸"，因为下雨积水，坑里成了沼泽，洼地通风不畅，遍地毒蛇，俗称"土球子"，一窝子一窝子地缠成一团，比商纣王的虿盆不在以下，甭管人还是野兽，掉下去就得完蛋！

不等窦占龙爬上松树，身后围狗已经追到了。领头的恶狗毛色铁青，大嘴叉子，吊眼梢子，尾巴像个大棒槌，直挺挺地撅着，后头跟着五条细狗，有青有黄，尽管个头儿不大，但是长腰吊肚，矫捷绝伦，耳扇上挂满了白霜，鼻孔和嘴里呼呼冒着白气，眼藏杀机，死死盯着面前的一人一狗。卷毛哨浑身毛竖，闷吼着护住窦占龙，瞅准了一个机会，直扑追上来的头狗。什么人养什么狗，头狗整天跟着白脸狼，飞扬跋扈惯了，根本没把卷毛哨放在眼里，身子一拧，避开来势，随即发出一声阴森森的吠叫，其余几条围狗得令，立时蜂拥而上，围着卷毛哨乱咬。

一队围狗分成头狗、咬狗、帮狗，多则十来条，少则六七条，从不各自为战。以最强悍的头狗为首，其次是咬狗和帮狗，围猎之时分进合击，或封喉咬裆，或掏肛拖肠，咬住猎物死不撒嘴，尤其擅长围攻野猪、棕熊一类的大兽，除了老虎之外，结队群行的围狗在山林中几乎没有对手，只有虎是狗的天敌，再厉害的狗，听到虎啸也得吓尿了。据说够了年头儿的老狐狸、黄皮子，碰上未干的虎尿，也会跑上去打个滚儿，以便借气味吓退猎狗。由于常在深山中追猎野兽，所以围狗的躯体都不大，近似于豺，论身量，三条围狗不及一个卷毛哨，然而狡诈凶残，比豺狼更甚，惯于以多攻少。卷毛哨个头儿再大，终究是寡不敌众，它又仅有半边脸，顾得了左，顾不了右，几个回合下来，一条围狗瞧出破绽，四爪一跃腾空而起，闪电般蹿到卷毛哨背上，爪子抠住对手的躯干，脑袋往侧面一探，吭哧一口，狠狠咬住卷毛哨的脖颈，随即把眼一闭，耳朵一耷，板上钉钉一般，打死也不肯松口了。卷毛哨伤得不轻，疼得肚皮突突乱颤，鲜血顺脖子哩哩啦啦往下淌落，滴在雪地上冒着热气。它摇头摆尾前蹿后跳，红着眼在松林中乱冲乱撞，却无论如何甩不掉背上的围狗。其余几条围狗见同伴得手，立刻从四面八方蹿上来，有的咬大腿，有的咬肚皮。头狗窥准时机，亮出两排锋利的尖牙，一口咬住卷毛哨的肛门。无论多么凶悍的野兽，这个地方也是命门。头狗一招得手，立即收住尾巴，夹紧两条后腿，将身子缩成一团，使劲往下打着坠，同时拼命地摇晃脑袋，喉咙中发出阵阵低吼，撒着狠地撕扯。卷毛哨纵然骁勇擅斗，那也是血肉之躯，几个回合下来，已被咬得肚破肠流，浑身是伤，变成了一个血葫芦，都没有囫囵地方了，嘴里喷吐着团团热气，却仍拖着咬住它不放的围狗奋力挣扎，地上的雪沫子沾染着鲜血被扬起老高，如同半红半白的烟儿炮一般，打着转翻翻腾腾往上飞，眼瞅着活不成了。

窦占龙也急了，瞪着两只充血的夜猫子眼，抓起一根碗口粗的松枝，正欲上前拼命，便在此时，卷毛哨猛抽一口气，借这口气托着，后腿用力一蹬，离弦之箭一般激射而出，带着挂在身上的六条围狗，一头扎入了云封雾锁的深谷，皑皑白雪上留下一行血溜子，松林中弥漫着浓烈的血腥味儿，久久不散！

3

窦占龙呆在原地，老半天没缓过神来，心中翻江倒海恰似油烹，心疼义犬卷毛啃舍命救主，死得如此惨烈，说什么也得找条路下去，挖个坑埋了它，以免兽啃鸟啄，白骨见天，否则将来到了地府，有什么面目与它相见？可这一大片深山老峪，亘古不见人迹，又没有带路的猎狗，他奔着山谷底下走，走了半天绕不下去。老天爷也绷着脸子，不知在跟谁发火，风一阵雪一阵的没完没了。关东山雪是软的，风是硬的，雪冷风更寒，一阵阵穿山的寒风，在密密麻麻的松林中变成了旋风，卷着枯草棵子、大雪片子，噼里啪啦打在他身上，足迹均被风雪覆盖，再要知难而退，连回头路也找不着了。

天黑下来之后，山林中呵气成冰，冷得冻死鬼，所到之处，冰凌厉厉，寒气森森。风雪呼啸，松涛翻涌，也遮不住或远或近的狼嗥，听得人头皮子发麻。窦占龙的皮帽子上挂了老厚一层霜花，皮袄领子冻得梆硬，两只靰鞡鞋全成了冰坨子，东一头西一头地乱撞，越走心里越慌，估计过不了多久，就会活活冻死。早知如此，还不如豁出这条命去，在鳇鱼宴上给白脸狼来一下子，再不济也从他脸颊咬下块肉来，那算对得起祖宗了，哪怕让他一刀劈成两半，也好过冻死在深山老林中喂了野兽。一筹莫展之际，他想到窦老台的鳖宝还揣在身上，如若割开脉门，埋入鳖宝，凭着开山探海的憋宝之术，脱此困境易如反掌。不过憋宝客的下场犹在眼前，何况老窦家祖上又有遗训，不许后辈子孙憋宝，憋宝的根底他也猜想不透，只恐其中深藏祸端，他勤勤恳恳在保定府当学徒，又跟着杆子帮跑关东，吃了那么多苦、遭了那么多罪，不就是不想憋宝吗？不就是觉得凭着自己的本事，踏踏实实做买卖一样可以发财吗？

窦占龙心里憋屈，脚底下越走越慢，两条腿如同挂上了千斤坠，陷在齐膝的积雪中拔不出来，真可以说是举步维艰。眼前黑一阵白一阵的，虚实难辨，脑中思绪也渐渐模糊，只想躺下等死，却在此时，恍惚看到一个女子，竟是当初在保定府上吊身亡的阿褶。窦占龙寻思，我这是死了吗？看来老人们说得不假，人死之后果然有知，急于叫她的名字，但是怎么也开不了口。只见阿褶双目垂泪，张了张嘴，仍是说不出话，抬手指着一个方向，又对窦占龙下拜行礼，继而隐去了身形。窦占龙猛然一惊，发觉自己躺倒在雪地中，手脚几乎冻僵了，忙挣扎起身，四下里再看，哪里还有阿褶的影子？他又咬着牙，顺阿褶手指的方向跟跟跄跄走出一程，透过风雪间隙，隐约见到山坳中有一点光亮。窦占龙心头一震，以为遇上了守山打猎的，转身冲着来路拜了几拜，拔腿走下山坳。

关东山一年到头皆有狩猎之人，冬季进山的称为"冬狩"，专打皮厚毛光的山牲口。窦占龙见了活路，跌跌撞撞赶过去，瞪着夜猫子眼一看，背风处有三个人，身上装束相似，戴着狗皮帽子，穿着豹子皮袄，打了皮绑腿，足蹬踢倒山踩死虎的铜头毡子靴，腰挎双刀、箭壶，背上十字插花背着硬弓和鹿筋棍子，正围着火堆取暖。关外猎户跟山匪的打扮一样，不同之处在于猎户持猎叉、牵猎狗，山匪几乎不带狗。三个背弓带刀的人躲在老林子里，身边又没带猎狗，十有八九是占山为王的草寇！

窦占龙暗叫一声"倒霉"，刚出龙潭又入虎穴，怨不得别人，只怪自己背运，他不敢惊动对方，当下高抬腿轻落足，转过身去想走，但地上全是积雪，脚步再轻也有响动。那三个人听到声响，立刻抽刀摘棒，如狼似虎一般，几步蹿过来，寒光一闪，刀尖抵住了窦占龙的心口。窦占龙见其中一人小个儿不高，瘦小精干，一张蜡黄脸膛，斗鸡眉，眯缝眼，尖鼻子尖下颏，两腮上长着稀不棱登的黄胡子；另一人猿臂熊腰，魁梧壮硕，平顶大脑壳子，四方下巴，两道粗杠子眉，一双铜铃般的大眼；还有一人不高不矮，相貌奇丑，塌鼻梁子，三角眼，脸上长满了黑斑，远看如同冻秋子梨，近看恰似山狸子皮，知道的是一张脸，不知道还以为是霜打的倭瓜。窦占龙心念一闪："凭他们三位的尊荣，必是山贼草寇无疑，但盼着不是白脸狼的手下。遇上山贼草寇，那还有我一条活路，因为关东山人烟稀少，山匪劫财不杀人，你把人都杀光了，往后劫谁去？跟白脸狼一样又劫财又杀人的少之又少，万一是白脸狼派来的追兵，那我可是自寻死路了！"赶紧把身上的碎银子和银票掏出来，一脸无辜地求饶："我是杆子帮做小买卖的，在山里转蒙了，不想遇上三位壮士，手上只有这些银子，万望三位高抬贵手，留小人一条活命！"身材短小的那位眼睛一亮，抢过银票瞅了瞅，厉声骂道："你他娘的骗鬼呢？大雪封山，你来林子里跟熊瞎子做买卖？该不是白脸狼派来的探子？"窦占龙听对方提及"白脸狼"三字，登时吃了一惊，不过白脸狼的手下，怎敢直呼其匪号？便含含糊糊地反问了一句："白……白……白脸狼？"

　　那三人互相递了个眼色，大脑壳对小个子说："老三，我瞅这小子老实巴交的，又不是关东口音，不像给白脸狼放笼的皮子。"

小个子直眉瞪眼地说："大哥，你咋瞅出他老实巴交的？我瞅他可挺鬼道，这俩眼珠子跟个夜猫子似的，还装着不认识白脸狼，咱待着也是腻味，不如折腾折腾他，绑在树上挖出心肝来下酒！"大脑壳子眉头一皱，扭头去问丑鬼："老二，你咋说？"丑鬼沉着脸没吭声，但从他阴狠凶险的目光中，也不难看出他的心思。

窦占龙是做买卖的行商，最擅察言观色，看他仨提及白脸狼，皆是咬牙切齿一脸愤恨，又是杀又是剐的，那甭问了，肯定跟白脸狼有仇，连忙说道："不瞒三位好汉，我跟着杆子帮跑关东，想多挣几个钱，所以没回老家，在鲅鱼圈当个小打，只因祖辈与白脸狼结仇，不巧在鲅鱼宴上让他认了出来，恨不得将我扒皮抽筋，我趁夜出逃，又让白脸狼的围狗撵上了，多亏我带的卷毛哨拼死相救，拖着六条围狗跃入深谷。我不忍让它横尸山野，去到深谷底下寻找，结果走迷了路，误打误撞来至此处。"小个子山匪问道："你说的卷毛哨，是不是斗过豹子的那条猎狗？"窦占龙使劲点了点头："对对对，拿麻线缝着半边脸，跟个小马驹子似的，您也听说过我的大黄狗？"小个子山匪说道："卷毛哨是关东山有名有号的猎狗，谁人不知？如若是掉在干饭盆里，那指定摔个稀烂，再让大雪片子一盖，连根毛儿也找不着了。我劝你趁早死了心，那个地方没人下得去。"窦占龙听得此言，心下一阵黯然。三个山匪见他不是白脸狼的爪牙，脸上的神色缓和了不少。三人也不避讳，逐一通了名号，平顶大脑壳子的绰号"海大刀"，扁担压不出个屁但城府最深的丑鬼叫"老索伦"，急脾气的小个子，人称"小钉子"。他们头上顶着匪号，却并非杀人越货的贼寇。海大刀祖上是吃皇粮的军官，传至他这一代，在打牲乌拉总管衙门当差，官拜骁骑校，管着不少参户和打牲丁，小钉子、老索伦二人是他的手下，跟着他十来年，有如左膀右臂一般。三个人指山吃饭，娶妻生子，原本过得挺好，自打白脸狼把持了参帮，该交给朝廷的棒槌一两不少，额外还得再给他多交一份，逼死了不少参户。头几年，小钉子挖的棒槌不够数，挨了白脸狼手下一顿毒打，几乎被活活打死。海大刀忍不住气，一刀宰了那个狗腿子，招呼老索伦以及另外十来个参户，结伙上山落草为寇。那时单有一路"山匪"，多则几十人，少则三五人，各有各的山头势力，不干杀人放火越货劫财的勾当，仍是刨棒槌套皮子，只不过挖参不交贡，私自卖给收参的老客，让朝廷抓住了也得掉脑袋。海大刀岁数最大，且为人敦厚，以前又是当官的，做了山匪也是首领，仍按参帮的规矩，称其为"大把头"。白脸狼不容参户造反，杀了海大刀等人的家眷，不断派人进山追剿。海大刀他们加着一万个小心，哪怕严冬时节挖不了棒槌，也不敢下山猫冬，就在深山里到处"下对儿"，套几只山牲口，剥皮取暖，割肉充饥，住在山洞或是窝棚里，过得跟野兽似的。下对儿就得溜对儿，漫山遍野地转悠，天黑了赶不回住处，便在背风处拢火取暖。窦占龙命不该绝，走投无路之际，撞上了他们三个。

各自交完了底，海大刀一努嘴，让小钉子把银票还给窦占龙。他对窦占龙说："既然你是白脸狼的对头，我们非但不杀你，不抢你，还得帮着，你这是往哪儿逃啊？"窦占龙深深打了一躬："我想去海参窝子避祸，又怕白脸狼带着马队追上来，恳求三位指点一条穿山的近路。"小钉子插口道："你去不成了，前一阵子俄贼扰边，在海参窝子杀人放火，全烧没了。"窦占龙连声叫苦，白脸狼为人歹毒，见得围狗有去无回，必定会继续派人追杀，那可怎么办呢？海大刀说："救人救到底，送佛送到西，你跟俺们仨走，在山埂子躲上一冬，饿了有狍子肉，冷了有貉子皮，强似流水窑大车店，白脸狼也找不着你。等天暖刨了棒槌，我们下山卖棒槌的时候，再带上你入关。"窦占龙心里一阵热乎，怪不得说"人不可貌相"，三个山匪面相吓人，心肠却好，称得上绿林好汉，当场下拜道："活命之恩，恩同再造，三位大恩大德，我无以为报，给三位磕头了！"海大刀一把将他拽起来，拉到火堆旁，与其余二人围坐成一圈，吃了些狍子肉充饥。小钉子见窦占龙浑身上下都冻成了冰疙瘩，便往瓦罐里抓了几把雪，又放入几块野山姜，煮沸了给他喝下去，当时头顶就见了汗。四个人轮流迷瞪了一宿，攒足了力气，嘎吱嘎吱地踩着积雪，一路往深山中走。

　　这一大片荒山野岭，绵延几百里，走不完的深山老峪，望不尽的皑皑白雪。山沟里有采蘑菇人搭的窝棚，数九隆冬没人住，成了山匪落脚的地方。蘑菇窝棚八下子漏风，天热倒还罢了，冬天怎么住得了人呢？关外人有法子，在窝棚外围铺上厚厚一层雪，端着铁锅往上泼凉水，转眼就冻成了冰坨子，风打不透，雪压不塌，堪比铜墙铁壁。再在风口处，拿石砾子、树杈子，混着积雪筑起一道障子，将穿山的寒风挡下了十之八九，屋子里再放上炭盆，铺毡盖皮，足以在里面猫上一冬。窦占龙在保定府的商号当了三年学徒，又效力三年，练成了一张能当银子使的巧嘴，专拣好听的说，还会炒菜、煮饭，尽管手艺马马虎虎，那也比只会大锅乱炖、架火烧烤的山匪厉害多了。

　　三个山匪之前还处处防着窦占龙，担心他是白脸狼手下的探子，至此才对他刮目相看，再无疑虑。合计着等天气暖和了，也让窦占龙一道去挖棒槌，挣了钱有他一份，不白耽误这一年。

　　他们仨言而有信，转过年来，待到冰雪消融，窦占龙和海大刀、老索伦、小钉子四个人，带上挖棒槌的一应之物，各携弓刀棍棒，离开蘑菇窝棚，去到山中一座天坑。此处有座老庙，俗称"棒槌庙"，各路山匪挖棒槌之前，必定到此烧香磕头祭拜神灵，求告祖师爷保着自己多抬大货，少遇官兵。窦占龙不懂参帮的规矩，不敢乱说乱动，只跟着三个山匪跪下磕头，祈求棒槌祖宗保佑。祭拜已毕，海大刀带着他们出了棒槌庙，一猛子钻入浩瀚无边的山林。关东山有外山与深山之分，挖金的、挖参的、打猎的只在外山转悠。山匪亡命山林，把脑袋拴在裤腰带上挖棒槌，那也不是天不怕地不怕，首先得躲着官兵，其次要避开白脸狼的爪牙，再一个是不敢往真正的深山里走，顶多在深山和外山交界之处走动，因为关外是块宝地，万物皆有灵，即便是乡下的水缸、扫帚、碾子、磨盘、酱杆子，传得年深岁久，都能沾上仙气儿，远不止"胡黄常蟒鬼"，往下排还有"灰黑桑古皮"。密不透风的莽莽林海之中，神出鬼没的东西太多了！

第六章　窦占龙赶集

1

依着放山的规矩，海大刀是"头棍儿"，走在头一个，手里拿着索拨棍子压草探路。海大刀的这根索拨棍子传了三辈儿半，五尺多长，一把多粗，黄波若木上一道道水波纹，摩挲得溜光顺滑，拨拉过无数的宝参。随后是老索伦、小钉子，窦占龙初来乍到，相当于"初把儿"，"边棍儿"也轮不到他，只能走在最后，背着锅碗瓢盆，充当给兄弟们做饭的火头军。他们一个山头一个山头地找棒槌，一连两个多月，愣是没开眼，仅仅挖到些党参、黄芪。海大刀使出浑身解数，比方说"做梦观景"，早上一睁眼，自称梦见西岗有棒槌，带着兄弟们兴冲冲赶过去，棒槌叶子也没见着一片；要么是"翻趟子"，口中念叨着"翻翻垫子见一片，摔个跟斗拿一墩"，

130

再把前一天走过的地方走一遍，看看是不是落了大货，可始终一无所获。海大刀的眉头拧成了一个疙瘩，自己心里头也觉得邪门儿，以往放山刨棒槌，可从没这么背过，又怕得罪山神爷，不敢说丧气话，仗着天暖开了江，吃喝倒是不愁，溪水化冻，山牲口也出了窝。经过这一冬，山鸡野兔身上的秋膘耗尽，全是嘎嘎香的精肉，随手打上两只，便是一顿好嚼谷。

窦占龙不会挖棒槌，帮不上山匪的忙，对于他来说，埋锅造饭算半个闲差，做来得心应手，山路也越走越熟，又仗着两个爪子爬树飞快，胆子大了，就敢往远处走了。几个人天天吃肉，容易积食上火，他常去采一些榛蘑、木耳、野菜、山果，给海大刀等人换换口儿，也给自己解解闷儿。

那一天跟着海大刀他们走到大独木顶子，寻了一处破马架子扎营。转天早上，海大刀三人仍去放山找棒槌。窦占龙插不上手，守着营子闲来无事，又溜达出去采摘榛蘑野果，行行走走游山逛景，不知不觉进了一条山沟，看周遭树高林密，两侧险峰插天，光不出溜直上直下的峭壁有如刀砍斧剁。窦占龙低着头在树下东寻西找，忽听溪边的锉草丛中发出一阵咿咿哇哇的怪响，不知什么东西，搅得那片锉草来回晃动。窦占龙担心遇上野兽，不敢再往前走了，竖着耳朵听了听，响动也不甚大，估摸着不是什么猛兽。他也是鬼催的，随手捡起一块石头，往锉草丛中扔了过去，砸没砸中不知道，但是立刻没了声响。他还以为惊走了山鸡野兔，正寻思着，突然从锉草中跑出一头大山猪，好在口中没有獠牙，应该是个母的，跑出来看了窦占龙一眼，转身跑远了。窦占龙被它唬得不轻，抬手抹去额角的冷汗，长出了一口大气，之前听海大刀他们说过，锉草味道苦中带甜，能够消肿止痛，山猪惯吃此物，看来此言不虚。他刚刚稳住心神，又见墨绿色的锉草丛里耸起了一座小山，随即发出隆隆巨响，奔着他冲了过来，眨眼到了近前。窦占龙也看明白了，那竟是一头硕大无朋的公野猪，身上披着赤褐色的针毛，阳光照射之下犹如一团暗红色的炭火，后颈上竖着尺许高的钢鬃，龇着两个弯刀似的獠牙，嘴角喷着黏答答的白沫子，瞪着猩红的双目，四蹄如飞地冲撞而来。

窦占龙有所不知，眼下草长莺飞，正是野猪扒沟的光景，公野猪什么也不干，只顾闷着头在莽莽苍苍的老林子里寻找母野猪，顺带挖几窝败火增力的山蚂蚁吃，一旦追上心仪的母野猪，便用尿臊味儿圈入自己的地盘，此时无论遇上什么外来的野兽，公野猪是逢雄必战，不惜以死相拼。那老公母俩正在草丛里快活着，窦占龙一块石头扔过去，有如往热火锅中浇了一盆冰水，惊走了母山猪，公野猪岂能饶得了他？

大野猪棒子有一招最狠的，迎面直撞人的胯骨，同时拿两根獠牙往裤裆里挑，老猎人们将这一手称为"挑天灯"，纵然侥幸不死，也得落个"鸡飞蛋打、断子绝孙"。窦占龙在关东做买卖的时候，见过惨遭野猪挑了天灯的参客，饶是他胆大包天，念及此处也不由得裤裆里发紧，眼见那个大野猪棒子卷着一股腥臊之气疾冲而至，再跑可来不及了，百忙之中抱着脑袋往旁一滚，大野猪铆足劲一头撞在了他身后的山壁上。天崩地裂般的一声巨响震彻了山林，惊得野鸟乱飞、走兽四散、古松战栗、云开雾隐，紧接着暴土扬尘、碎石乱滚，轰隆之声不绝于耳。大野猪棒子自己也撞得蒙头转向，不再理会趴在地上的窦占龙，气哼哼地甩了甩头，摇摇晃晃地钻进了老林子，将沿途的树木拱得七零八落、东倒西歪，从此不知去向。

窦占龙的心吊到了嗓子眼儿，待到尘埃落定，他才敢抬头来看，但见不远处的山壁乱石崩落，从中裂开一道缝隙，足有一人宽，野猪一头撞在大山上，居然把山撞裂了，惊诧之余，又望见山裂深处似有一道瑞气若隐若现！窦占龙暗觉古怪，有心一探究竟，抖去身上的泥尘草屑，踩着乱石走入其中，直至穿山而过，山裂子的尽头又是一片红松林，与外边的老林子全然不同，树干均有磨盘粗细，树冠大如屋顶。

　　窦占龙爬到树顶张望，但见松林四周有九座险峰耸立，白茫茫云气缭绕，雾腾腾越峰漫岭，清泉流水，瀑布卷帘，獐狍钻山，麋鹿跃涧。他见此地景致非常，且有似曾相识之感，心说："真可谓人在画中游，可惜没个画匠，将我画入其中！"冷不丁想起当年去獾子城憋宝，在胡三太爷府中见过壁上画的山景，正是眼前的九座险峰！

　　常言道"山高必有怪，岭峻却生精"，窦占龙心念一动，立刻从树上下来，低着头在林子里搜寻，只见草丛里直棱棱探出许多娇艳欲滴的棒槌花，又叫"红榔头"，通红通红的颜色，形状如同一簇簇珍珠，山风一吹，悠悠荡荡。他在关外做了一年买卖，见过老客手上顶花带叶的棒槌，但是从没自己挖过，只知道这东西十分娇贵，稍稍碰坏了根须，价钱也会大打折扣，也常听人叨念，棒槌欺生，遇上不会抬参的，它就自己长腿儿钻地底下逃了，所以不敢轻举妄动，便在沿途留下记号，回去跟海大刀他们说了。那仨人也是半信半疑，倘若像窦占龙所言，那个地方可了不得。

　　次日一早，窦占龙在头前带路，引着三个山匪来至山裂尽头的红松林子。海大刀搭眼一看就明白了，关东山有种花鼠子，惯于埋参籽过冬，但是这东西忘性大，埋十个到冬天顶多吃俩，其余的就忘了，年深岁久一长一窝子，关东话讲叫"人参池子"，又叫"棒槌窖"，这可是撞大运了！

海大刀刨了半辈子棒槌，经验最为丰富，抬棒槌得由他动手，当场将手中索拨棍子往地上一插，掏出拴着老钱的红缨绳套在棒槌上，再加着小心，用桃木剑扒开杂草，拿鹿角签子一点一点地抬，以免碰破参皮、扯断根须，一边抬着一边念念有词，口中叽里咕噜的，也不知说的是什么。老索伦和小钉子两个边棍儿在一旁相助，窦占龙也帮着给他们递水、轰小咬。这片赤松林中的棒槌池子可了不得，见不着山花子、一巴掌、二甲子、三花子之类的小参，最次也是五六两一个的"楼子货"，全是宝参转胎。三个山匪抬了半天，已刨出五六十斤大棒槌。装棒槌得用树皮，他们剥下一张张桦树皮，用石块刮下背面的青苔毛子，粘上土坷垃，小心翼翼糊到棒槌上，再拿桦树皮子包裹严实，这叫"打参包子"，为的是让棒槌不蔫不干不掉分量。窦占龙抬棒槌插不上手，在林子里到处溜达，望见那道瑞气仍在，想起自己夜入獾子城胡三太爷府，曾经见过一幅壁画，画中西南侧的山峰下边坐着个穿红带绿的小孩，顶着个骷髅头，还不知让谁画了个红圈。如今想来，那该不是一个成了精的棒槌？他心中不免左思右想，此时三个山匪也挖累了，坐下来歇着。窦占龙问海大刀："大把头，我看此地仍有不少棒槌，咱还接着挖吗？"海大刀挠着头想了想："我看这一次刨的棒槌也不少了，可不敢人心不足蛇吞象，刨得再多也带不下山了。不如转年开春再来，一年挖一趟，年年挖，年年有，反正深山老林的，没有人带路，谁也找不到此处！"窦占龙和另外两个山匪齐声称是，当即填平了参池子，拿三块石头搭成一座棒槌小庙，也叫"老爷府"，割一把山草，插在庙前为香，又摆酒设供，拜过棒槌祖宗，背着棒槌往山外走。

下山的路上，窦占龙按捺不住心中的疑惑，便将以往经过对海大刀等人说了一遍，只不过前边勾了、后边抹了，没提憋宝的窦老台，也没提獾子城胡三太爷府，只说无意之中见过一幅画，画的正是此地，西南方山峰下有一个形貌怪异的小孩，头上顶着骷髅，还让人用朱砂圈了一笔。三个山匪闻言吃惊不已，说窦占龙在画中见到的是个山孩子！参帮中故老相传，咱关东山有一件天灵地宝，是个成形的老山宝，躲在九个顶子上，只不过谁也找不到那个地方，你看那片赤松林子四周，九座险峰环列，不是九个顶子还能是哪儿？想来该着显宝了，让你遇上野猪撞大山，穿过山裂子找到此处。人活百岁不易，参长千年不难，千年山参不过七八两，老山宝十五两！所谓"七两为参，八两为宝"，说放山的行话，参为杆子，宝为金刚，十五两的山孩子，有个名叫"七杆八金刚"，是咱关东山最大的宝棒槌，你瞅着是个参娃子，那是返老还童了！

2

三个山匪喜得大呼小叫，只要挖出老山宝，后半辈子就算妥妥地拿下了，马上撸胳膊挽袖子，又去那座山峰下挖了三天，可是什么也没找到。海大刀心下纳闷儿，据参帮的老把头所言，老山宝是活的，绕着九个顶子东躲西藏，见到人就跑了，来多少放山的也逮不着它。说不定窦占龙见到的是一张宝画，既然老山宝被人用朱砂笔圈住了，那就跑不走了，该当在此处才对，看来还是不得其法！

四人无计可施，只得背着棒槌下了山。海大刀等人以往刨了棒槌，通常是卖给背着银子等在山下收货的老客，不过风险很大，卖的价码也低，他们这一次抬出五六十斤大棒槌，个顶个须粗根壮，全是细皮紧纹的大货，想卖个好价钱，肯定得去口北。四人商议了一番，扮成山货贩子，棒槌分别塞进箩筐，拿药材、榛蘑、干粮盖住，暗藏短刀利刃，不敢走官道，兜了一个大圈子，翻山蹚河避过盘查，先去往塞北草原，再跟着拉骆驼、赶牲口、贩皮货的行帮，沿商道奔赴口北。窦占龙身上带着银子，一路上打尖住店大小开销抢着付账。口北山岭绵延，风沙漫天，自古是壁垒森严的通关要道，乃兵家必争之地，但是来来往往做生意的太多，一队队堵在关隘底下，守军盘查并不仔细。牲口贩子有通关的路牒，几个山匪跟着驼队混了进去。

此地分上、中、下三堡，上堡驻军，下堡住民，中堡商贸发达，周边庙宇宫观极多，牲口市上牛马骆驼成群，三个月开一次大集，风雨无阻、雷打不动，从没歇过市。山匪打关东山远道而来，奔的正是山货集。此时的十里货场热闹非凡，大大小小的客栈、大车店、饭庄子、澡堂子、茶楼、商号，到处人满为患。直隶、山西、山东的老客带来茶叶、丝绸、布匹、瓷器、铁器，在南城开市。从关外、草原上来的商贩聚在集市上，出售鹿茸、何首乌、灵芝、蘑菇、肉干、皮张，塞外的羊皮毛长绒厚，不擀毡，又结实又保暖，口羔、口皮更是闻名遐迩。什么地方也不乏拔尖儿冒头儿的人物，当地有八大皇商，依仗着祖上有从龙之功，被老皇爷封官授爵，入籍内务府，垄断了口内口外做生意的渠道，一个比一个财大气粗，各自派出二掌柜、三掌柜、大伙计，带着秤，背着银子，在集市上到处溜达，见货开秤，专收各方上等山货，尤其是大棒槌。

南来北往的商贩在口北做生意，不守当地的规矩不成，生意越大规矩越多，正所谓强龙不压地头蛇，黑白两道都得打点到了，白道上买通巡城的官兵，黑道单指盘踞在祭风台二鬼庙的丐帮。当地势力最大的不是官府，而是锁家门的乞丐，当时天底下的乞丐分为五门七派，锁家门乃五门之一，其势力遍布口北，上吃官、下吃民，做买卖的自然也不能放过。集市上有无数的要饭花子，像什么磕头花子、跟腔花子、耍猴花子、勒砖花子、丧门花子，使呱嗒板儿的、打哈拉巴的、摇撒拉鸡的，形形色色，什么扮相的都有，穿梭于往来人群之中，紧紧盯着来往的商贩，任何一笔交易，必须成三破二，给他们一份地头儿钱。什么是成三破二呢？比如一百两银子的买卖，买卖双方得分给丐帮五两银子，买家拿三两，卖家拿二两。尤其卖棒槌、东珠、麝香、貂皮之类犯王法的大货，你给够了银子，他们才会睁一只眼闭一只眼，看见了也装没看见，如果不舍得掏这个钱，必然有要饭花子来给你捣乱，鼻子下边的肉告示满处一嚷嚷，搅和得你做不成买卖，如果你敢来硬的，他们仗着人头多势力大，打着呱嗒板儿气你："要打架咱往南走，锁家门徒万万千，花子越聚人越多，拆了你的兔子窝！"

海大刀他们一行四人，先在大车店住下，安顿完了，背着棒槌直奔山货集。三个山匪放山抬棒槌是行家，做买卖却不行，窦占龙眼瞅着老索伦卖出去几斤棒槌，对方一口价，五百两银子一斤，价钱看似不低，可是他跟杆子帮跑关东，知道棒槌的行市，哪怕是没成形的，甚至说芦须、渣末、参叶、参籽、参膏之类，只要背下关东山，至少能卖三百两银子一斤；带到北京城，两千两银子一斤；

若是到了江南，还可以再翻一个跟头。关东的参户消息闭塞，以为棒槌只能偷着卖，有人敢收就得赶紧出手，实则不然，正所谓"上有所好，下必趋之"，皇上吃什么，有钱有势的王公贵胄、封疆大吏、富商巨贾也得跟着吃，还不能比皇上吃的次，肯出高价买参的人不在少数。各个商号、药铺亮匣中明着卖的，顶多是人参崽子、一疙瘩一块的参头参脑，只有财主家拿着银票来了，才会从库中捧出上等山参。他们担着掉脑袋的风险，千里迢迢兜这么一大圈，从关外背到口北，一路上担惊害怕、吃苦受罪放一边，人吃马喂的开销也不少，怎么说一斤也得卖到一千两银子，何况这一次挖的棒槌全须全尾特别齐整，个头儿都不小，应该看品相谈价钱论棵卖，五百两一斤跟白给一样，简直是拿棒槌当萝卜卖了，再给锁家门的乞丐一份钱，最后还能有多少银子落到他们手里？窦占龙暗自着急，人前又不便明说，只好扯了扽海大刀的衣角，低声告诉他："咱得往上抬抬价！"海大刀却说："你有所不知，每到年关临近，白脸狼也会带着大批棒槌，来口北跟八大皇商做交易，他把持着大宗货源，开的价码再高，商号也得收下。咱们零零散散偷着挖棒槌的参户、山匪，手上没那么多的货，人家拼命压低咱的价码，是为了去抵白脸狼的高价。咱又不敢背着棒槌去京城出货，那咋整呢？只能吃哑巴亏了，反正比在关外挣得多，也该知足了。"窦占龙听海大刀说得在理，可他深谙商规，觉得这么卖太吃亏，便对三个山匪说："咱的棒槌个个顶花带叶，即便算不上大枝、特等，也尽是七八两的头等山参，识货的主儿肯定舍得多掏银子。三位兄长如若信得过我，不妨让我去跟八大皇商的人谈谈价码。"海大刀等人本来也不会做买卖，只盼着尽快把棒槌兑成银子，既然窦占龙说能卖高价，那又有何不可?

　　四个人商量定了,由窦占龙带头,在集上东瞧西看,出了茶馆进酒肆,暗中盯着喝茶谈生意的人们,他做买卖先蹚道儿,并不急着找下家,足足转了半日,筛来选去,相中这么一位,不过二十六七岁,中等个头儿,不胖不瘦,凹眼窝子尖下颌,穿一身粗绸衣裤,二纽襻上挂着个象牙的小算盘,一寸长八分宽,雕工精细,算盘子儿满是活的,举手投足十分干练。窦占龙两个眼珠子一逛荡,准知道有景儿,趁着这位不忙的当口儿,上前行了个礼:"掌柜的,您收棒槌吗?"那人颔首道:"这位兄弟,你手里有货?"窦占龙又一拱手,压低声音道:"集市上人多眼杂,咱能否借一步说话?"那位说了声"好",与窦占龙找了处犄角旮旯。你来我往攀谈了几句,窦占龙就知道找对人了,此人姓姚,身为八大皇商之一"福茂魁"的三掌柜,不管别的买卖,专做棒槌生意。窦占龙心里头有底,话不多说直接捧出一个参包子,揭开桦树皮子。按买卖棒槌的规矩,双方不能过手,尽管棒槌不是瓷器,不至于摔碎了,可万一摸破了皮、碰掉了须子,也容易掰扯不清楚。姚掌柜见了货眼睛一亮:"棒槌不错,五百两一斤,我收了,让伙计过秤吧。"窦占龙赔着笑脸说:"姚掌柜,我拦您一句,您是买主,我是卖主,您得先容我说个价钱,觉得合适就收,觉得不合适您再还价,有个商量才叫买卖不是?"姚掌柜愣了一下:"道理是没错,可在口北这个地方,收棒槌历来一口价,因为官府不让收,谁摸谁烫手,只有拿着龙票的八大皇商,才担得起这样的干系,因此价钱由我们来定,不信你去问问另外七家商号,不可能再有人比我出的价钱高了。"八大皇商一头儿的买卖做惯了,姚掌柜这番话声音不高,却说得斩钉截铁、不容分辩,可窦占龙生在行商窝子，站柜学徒三年，又给掌柜的效力三年，穿了整整六年的"木头裙子"，手勤、眼勤、腿脚勤、脑子勤，一肚子生意经，擅长察言观色，姚掌柜脸色有变，虽只在瞬息之间，却也被他看在眼里了，于是故意裹上棒槌，拱手作别："买卖不成仁义在，既是如此，我先告辞了！"姚掌柜奇道："你上哪儿去？棒槌不卖了？"窦占龙说："我听您的，去别的商号问问，如若价钱一样，再卖不迟！"

3

口北八大皇商的福茂魁赫赫有名，姚掌柜年纪轻轻，能在商号中立住脚，自是下足了苦功夫，棒槌一经他的眼，立马可以看出是几品叶、什么成色、值多少银子，他断定窦占龙手中的棒槌，必然是从深山老林里抬出来的，外山的棒槌比不了，怎肯等闲放过？赶紧说道："兄弟，我的价钱已经给到脑瓜顶了，你卖给谁不是卖，何必舍近求远？"窦占龙欲擒故纵："八大皇商收棒槌的价码相同，我可以卖给您，也能卖给别人，那不该我自己做主吗？我谢谢您了，咱后会有期！"说罢扭头便走，这一下姚掌柜可绷不住了，急忙伸手拦下："我懂你的意思了，你开个价我听听。"窦占龙伸出一根手指头："一千两银子一斤。"姚掌柜一听价钱连连摇头："不行不行，这个价钱太高了，如若我坏了皇商的规矩，我们东家饶不了我。"窦占龙不紧不慢地说："规矩是人定的，您不说我不说，谁知道咱卖了多少钱？不瞒您说，倘若我单有这一棵棒槌，白送给您也不是不行，只当我高攀一步，跟您交个朋友，可这一次我们背下山的棒槌足有五六十斤，个头儿大小差不多，品相怎么样，您自己也瞧见了，值多少银子您心里还没数吗？一斤要您一千两银子，我占不着多大便宜，您是肯定吃不了亏。东家高兴还来不及呢，怎么会怪您？我再给您交个底，我们山上还有大货，这一次您多给几个，明年我们还找您做买卖。"吃酒的望醉、放债的图息，生意人见着利，一样是走不动道儿。姚掌柜低头沉吟了一下，又对窦占龙说："咱俩头一次打交道，你一无凭二无保，上嘴皮子一碰下嘴皮子，说什么来年还有大货，到时候你却不来了，让我干等你一年，那不成傻老婆等茶汉子了？"窦占龙听出姚掌柜动了心思，一脸诚恳地说："即便我们明年来不了，您这一次也是有赚无亏；如果说我又来了，咱一回生二回熟，到时候我还得跟您做买卖，老鼠拉木锨——大头在后面，您看行吗？"姚掌柜鼓着腮帮子说："甭提后话了，先说眼面前的，你说你们的棒槌不是一斤两斤，这么大一笔买卖，我不敢替东家做主，你们带着货跟我跑一趟，到了商号再说。"

窦占龙点头应允，叫上海大刀、老索伦、小钉子，四个人背上装棒槌的笆筐，随同姚掌柜去往商号。山货集对面的整条街都是商号、货栈，层楼叠院，鳞次栉比，当中一家正是福茂魁，青砖灰檐一溜儿门面房，院子里靠墙根儿搭着苇子棚，各色人参、鹿茸、皮张、药材堆积如山。一行人走入后堂，自有小伙计过来伺候茶水。姚掌柜请出大东家、老掌柜，让窦占龙他们亮出棒槌。大东家人称范四爷，瞅见几十棵棒槌齐刷刷码在八仙桌上，不由得看直了眼，以往不是没见过此等品相的棒槌，但一次见这么多也不容易，想都没想，立马吩咐柜上逐一过秤，归拢包堆总共五十七斤棒槌。范四爷大人办大事、大笔写大字，当场拍板做主，按照窦占龙开出的价码一千两银子一斤收货，由账房先生取出银票，双方一手交钱一手交货，一共是五万七千两的银票，但是得额外扣下一部分。海大刀他们也明白，锁家门在口北遍地眼线，谁也惹不起。双方无论做了多大的买卖，都得按成三破二的老规矩，交给锁家门乞丐一份地头儿钱，不敢有半点隐瞒！

银货交割已毕，买卖双方都挺痛快，尤其是范四爷，多少年没见过这么齐整的大货了，带到京城一转手，尽可打着滚儿地赚钱，他这一高兴，非得留窦占龙他们吃晌午饭不可。四个人嘴上客气着，心里头可没有不乐意的，吃什么喝什么尚在其次，能跟福茂魁的大东家坐在一桌，寻常人想也不敢想啊。

大商号里常年雇着厨子，范四爷吩咐下去，摆设一桌上等酒菜，不到半个时辰，也就备妥了。主家道了一声"请"，窦占龙等人起身入座。范四爷居中，二掌柜三掌柜作陪。有钱的皇商家里吃饭，讲究个精致特别，口北连着边塞，没什么出奇的菜品，家里富裕的也就是凉热八大碗，无外乎大鱼大肉。范四爷这儿不一样，人家在京城、江南都有生意，一年只在口北待四个月，做完了买卖就回去，吃惯了精粮细做的东西，这边的粗食入不了眼。因此这桌上您看吧，一水儿的苏帮菜，松鼠鳜鱼、碧螺虾仁、蟹粉豆腐、响油鳝糊、姑苏卤鸭、银杏菜心、蜜汁火方、蒸糟鱼、腌笃鲜、樱桃肉、西瓜鸡，主食有葱油拌面、松子烧麦、鲜肉灌汤包，每个人眼前的小盖碗里是清炖狮子头，喝的是杨梅酒。菜色讲究，用的碟子和碗也上档次，景德镇定烧的青花玲珑瓷，晶莹剔透、又细又轻，托在手里不压腕子，底部皆有"福茂魁"的字样。慢说海大刀这伙土得掉渣儿的山匪，在保定商号里当过学徒的窦占龙也没见识过。

酒桌上说的聊的，当然全是客套话外加买卖话。窦占龙能说会道，应付场面游刃有余，其余三个山匪却插不上嘴，正好甩开腮帮子狠吃猛造。怎奈这桌上的酒菜虽然精致，却多是"南甜"口味，他们常年钻山入林，吃惯了獐狍野鹿，此等食不厌精的细菜，开头吃几口还行，越往后越觉寡淡，吃着不解恨。端着酒杯喝上一口，也是酸不酸甜不甜的，没个酒味儿，三钱的酒盅又小，这得喝多少才过得了瘾？索性倒在大碗里喝，怎知青梅酒品的是滋味儿，乍一喝不如烧酒烈，后劲却也不小，三个人各自灌下几碗，不知不觉上了头。老索伦和小钉子还有点自知之明，当着人家大东家，喝多了也不敢胡言乱语。海大刀则不然，越喝话越多，以酒遮脸儿，哪还管什么规矩礼数，过去跟范四爷勾肩搭背、喷着满嘴的酒气说："四哥，我瞅出来了，你是个敞亮人儿，以后你兄弟我的货谁也不给，全给四哥你留着！"窦占龙在旁看得直嘬牙花子，范四爷设宴款待，只是冲着货来的，咱们这几块料给人家牵马坠蹬也嫌磕碜，怎敢称兄道弟？范四爷到底是大买卖人，有城府有肚量，敬了海大刀一杯酒，客气道："得嘞，以后我们指着您发财了。"这话其实不怎么中听，多少透着几分挖苦人的意思，海大刀却信以为真，嚷嚷着要挖出七杆八金刚卖给范四爷。窦占龙怕海大刀酒后失言，赶忙敷衍几句，岔开了话头儿。

辞别范四爷和姚掌柜，窦占龙等人揣着银票回到大车店，直睡到掌灯时分，又出去找了地方接着喝酒，这笔买卖不仅油水足，而且是一家通打，没费什么周折，全凭窦占龙一张嘴两排牙，能不高兴吗？晌午范四爷请他们那顿小碟子小碗的，油水太少，没吃过瘾，如今有了钱，当然得犒劳犒劳肚子，那真是大碗喝酒，大块吃肉，论秤分金银，从没这么痛快过。海大刀说："多亏舍哥儿，带俺们找到棒槌池子，又卖了那么多银子，否则白耽误一整年了，所以说这几万两银子，该当四人平分。"窦占龙做成了买卖，心里头也高兴，跟三个山匪推杯换盏尽兴畅饮，却不敢多说少道，也不敢提分银子，担心山匪喜怒无常，此刻说定了平分，等酒劲儿过去一变卦，来个翻脸不认人，那他可活不成了。于是冲三个山匪一抱拳："万万不可，你们的银子我一两也不能拿！为什么呢？受人滴水之恩，必当涌泉相报，没有你们三位搭救，我早在山里冻死了……"小钉子口快心直没有弯弯肠子，摆手打断窦占龙的话："别整那没用的了，谁还能嫌银子烫手？你是不是担心拿了银子，俺们仨谋财害命，一刀插了你？"窦占龙被他说破了心思，脸上变颜变色，不知如何回应。海大刀劝了他一碗酒，又说："你把心揣肚子里，俺们不能干那个丧良心的事，更不敢坏了参帮的规矩，这银子准得有你一份！"小钉子点头道："对，棒槌池子是你舍哥儿找的，货也是你舍哥儿卖的，怎么能没你的份呢？传讲出去，我们哥们儿可太不仗义了，往后还咋在关东山立足？"寡言少语的老索伦也对窦占龙说："该分你的银子你只管拿着，来年咱还得卖棒槌，少了你可不成！"三个人好说歹说，窦占龙执意不肯。海大刀一瞪眼："行了，别他妈磨叽了，如若你看得起俺们仨，咱就磕头拜个把子，从今往后，有福同享，有难同当，你再推三阻四的，那可冷了兄弟们的心！"窦占龙心头一热，抱拳说道："承蒙三位哥哥不弃，我窦占龙求之不得！"

　　几个人到屋外堆土为炉，插草为香，冲北磕头拜了把子。海大

144

刀是大哥，老索伦排第二，小钉子是老三，窦占龙岁数最小，当了老四。四个人当场平分银票，一人得了一万多两。口北人多眼杂，不宜久留，海大刀等人准备去关外猫冬，窦占龙心里惦念着姐姐姐夫，要带着银票回老家。四个结拜兄弟当晚喝了个天昏地暗，转过天来洒泪而别，说定了来年此时，再到口北卖棒槌！

第七章　窦占龙买驴

1

窦占龙跟三个山匪在口北赶集卖棒槌，分到手一万多两银票，一时间归心似箭，恨不能肋生双翅，赶紧飞回窦家庄。别过三个结拜兄弟，自去牲口市买下一头脚力最好的毛驴子，腿粗蹄硕、膘肥体壮，一身的灰毛，白眼圈，白鼻子，看着挺招人稀罕。他骑着这头灰驴，晓行夜宿往家赶。那么说窦占龙发了财，为什么不买宝马良驹呢？扳鞍认镫、催马扬鞭，夜行八百、日走一千，那多痛快？话是没错，无奈从小到大没骑过马，不会骑马的骑不了几步就能把屁股磨破了，而且常言道"行船走马三分险"，不会骑的愣骑，万一掉下来，说不定还得摔个骨断筋折，丢人现眼得不偿失。小毛驴子不一样，性子没那么烈，喂饱了料不会轻易犯倔，虽说比骑马

146

慢了点儿，那也比走着快多了。

一日三，三日九，路上无书，单说窦占龙来到乐亭县城，先买了一对柳条筐，当中拴上绳子，搭在驴背上，走到最热闹的十字街，记起自己十四岁那年，窦老台带他进城取麻杆、火纸、腰牌，如今那个贼头儿、冥衣铺的裁缝、当铺两个掌柜，还有骑驴憋宝的窦老台，均离世已久，而绸缎庄、饭庄、澡堂子却仍是旧时模样，忍不住叹了口气。他给姐姐春花、姐夫朱二面子采买礼物，出去这么多年，不可能空着两只手进家门，什么好吃的好喝的，衣服鞋帽、绫罗绸缎，女人用的鹅蛋粉、冰麝油、梨花口脂、熏香饼子……大包小裹在筐里塞冒了尖，这才往东边溜达，打算出东门回窦家庄。走着走着路过一户人家，听到有人在屋中破口大骂，高门大嗓闹腾得挺厉害，门前围着不少看热闹的。窦占龙听叫骂声耳熟，那套骂人的词儿也熟，似乎是姐夫朱二面子，赶紧挤过去问个究竟。有看热闹的告诉他："这家冲撞了秽鬼，请来一位管横事的骂邪祟。"窦占龙挺高兴，心说甭问，十里八乡能骂得舌头开花儿的没别人，请的准是朱二面子，我可见着家里人了！

等朱二面子骂完了，从主家领了犒赏出来，窦占龙立刻迎上前去。俩人照了面均是一愣，朱二面子手中攥着半根白蜡杆子，身上的褂子又脏又破，胳膊赛麻杆儿，肋条像搓板儿，也没梳辫子，头发散在脑后，黏成一绺一绺的，脸上脏得没了面目，当要饭花子也嫌埋汰。窦占龙心头一沉，不祥之感油然而生，为什么呢？朱二面子不是光棍儿，家里有媳妇儿，常言道"妻贤夫祸少"，有春花守家做活儿，过得再贫苦，也不至于让他这么寒碜，肯定出事了！

窦占龙当初离家时才十四岁，如今长大成人，穿着打扮也比过去体面多了，朱二面子愣了半天才认出来："哎哟，舍哥儿啊！"说着话一把抱住窦占龙，哭天抢地大放悲声，引得围观的老百姓指指点点。窦占龙更慌了，忙问出了什么事。当街不是讲话之所，朱二面子将窦占龙拽到偏僻之处，咧着大嘴哭诉道：几十年前窦家庄闹过匪乱，当地人被关外的刀匪吓破了胆，事后为图自保，或出钱粮或出人力，高筑壁垒，深挖壕沟，乡勇团练昼夜巡逻，前紧后松地折腾了几年，也就渐渐懈怠了。怎知去年腊月里的一天深夜，突然闯来一伙刀匪，青布罩面手持利刃，如狼似虎一般，不知哪儿来那么大的仇，不抢钱专杀人，不问青红皂白，从村头杀到村尾，不分男女老少，连怀抱的孩子也不放过。经此一劫，整个窦家庄只有三五个命大跑得快的逃了出去，其余的人全死了，春花也在其中，刀匪临走时又放了一把火，把窦家庄烧成了一片火海。合该着朱二面子命大，当天在外胡混，酒醉未归，才侥幸躲过一劫。后来由地方上派人，在瓦砾堆扒出许多烧焦的尸骸，也分不清谁对谁了，只得埋在一处，造了一座"窦家大坟"。刀匪二次血洗窦家庄，震动了京师，无奈这几年兵荒马乱，摁倒葫芦起了瓢，顾头顾不了腚，只要不是扯旗造反占据州府，朝廷上根本管不过来，虎头蛇尾地追查了一阵子，结果又是个不了了之，反正死的都是老百姓。朱二面子自此无家可归，流落到县城与乞丐为伍，吃残羹住破庙，偶尔管上一场横事，混一个醉饱，人不人鬼不鬼的，活一天是一天。

窦占龙闻听经过，如遭五雷轰顶，又似凉水浇头，他心里一清二楚，关外的刀匪不可能平白无故来关内杀人放火，想必在鳇鱼宴上，白脸狼认出他是老窦家的后人，意欲斩草除根，怎知他跑得快，派出围狗也没咬死他，索性一不做二不休，吩咐手下刀匪过海，二次血洗窦家庄。他去了一趟关外，本以为该让姐姐姐夫享福了，到头来不仅坑害了自己家里人，还连累了窦家庄男女老少几百口子，那些人对他再刻薄，论着也是同宗同族，除了叔叔大爷就是兄弟姊妹，最可怜姐姐春花，瘫在床上昼夜操劳，吃了一辈子苦，临了儿连尸首也没落下！他心似刀绞，春花这个大姐，在他心里比亲娘还亲，跟着朱二面子去到窦家庄，跪在窦家大坟前大哭了一场，把买给他姐姐的东西全给烧了，鼻涕一把泪一把说尽了心里话，又低头看了看双手，剪开肉蹼的疤痕犹在，想不到当年一别，竟是今生最后一面，自己暗暗寻思："我窦占龙不报这血海深仇，有何面目立于天地之间？可该怎么报仇呢？我是挣了一万多两银子，不过与白脸狼的财势相较，仍属天地之差，那厮又有宝刀护身，明枪暗箭伤不了他，我得发一个不敢想的财，才能对付白脸狼！"

窦占龙当年打下铁斑鸠，听信了憋宝客的一番话，进獾子城胡三太爷府取宝，不仅没拿到天灵地宝，还险些让林中老鬼害死，一晃过去了七八年，窦老台留下的鳖宝仍揣在他身上，一直没舍得扔，可也不敢用，因为他们家有祖训，不许后世子孙憋宝，以免变得越来越贪，凡事只见其利不见其害，且遭鬼神所忌，不会有好结果。骑黑驴的窦老台是什么下场，窦占龙全看在眼里了，至今心有余悸。可有一节，他仍是百思不得其解，一个人的贪心能有多大？拿到一次天灵地宝，十辈子享用不尽，吃得再好，无非三个饱两个倒，躺着不过是一张床，倒头也不过埋一个坑，纵然一天换八套衣裳，件件绫罗绸缎、锦衣轻裘，一辈子能穿多少？憋宝的怎么会越来越贪呢？窦占龙一向精明，总觉得祖上不会平白无故传下这个话，憋宝的窦老台也不是省油的灯，蔫儿里头藏着坏，有很多话故意不说透，其中指不定埋了什么祸端。凭着窦占龙自己的本事，干买卖走正道，一样发得了财，去年被白脸狼追杀，困在深山老林中走投无路，眼瞅着要冻死了，他也没敢将鳖宝埋入脉窝子，可在这个节骨眼儿上，为了杀白脸狼报仇，哪还顾得了那么多？

窦占龙打定主意，与朱二面子找了一个落脚的地方，趁着夜半三更朱二面子鼾声如雷，他溜出门去，拿短刀割开脉门，埋入鳖宝。当年他拿宝蛋洗过眼，能够观风望气，只不过不会憋宝之术。而今身上有了鳖宝，前一位憋宝人的所见所识，他已悉数了然于胸，其中的秘密，足以使他胆战心惊，却也有了收拾白脸狼的计策。

二人又在县城中逗留了数日，那天窦占龙叫上朱二面子，俩人去到酒楼，点了一桌子鸡鸭鱼肉，外加一坛子高粱酒。等朱二面子吃饱喝足了，窦占龙对他说："我窦占龙不是从前任人欺负的舍哥儿了，你是我家里人，也是这世上唯一还跟我有牵连的人，虽说我还有俩姐姐，但是早断了道儿，她们不认我，我也不想见她们。以后你就跟着我，我吃肉绝不让你喝汤，将来咱找个好地方一待，下半辈子什么也不用干。"朱二面子活了半辈子，从没见过这么多好酒好菜，抢起筷子来吃了个十分醉饱，舌头都短了："舍哥儿啊，你发财了，真没白长那两只抓宝的龙爪子！可惜你姐命苦，没等到跟着你享福的这天……"一边说一边挤眼泪。窦占龙掏出一张银票，上面是一千两纹银，告诉朱二面子："你拿上这个，别在乐亭县混了，换个地方躲一阵子，等我给咱家报了仇再去找你。据我所知，血洗窦家庄的匪首，人称白脸狼，把持着关外参帮，年底下他会去口北猫冬，正是杀他的机会！"朱二面子看见银票眼都直了，抢过来揣在怀里，嘴上却说："你看这事闹的，我是你姐夫，看着你长大的，还得拿你的钱，这多不好意思，那个……你……你怎么知道匪首叫白脸狼？"窦占龙压低了声音，将在鳇鱼宴上遇到白脸狼一事说了，常言道"酒壮怂人胆，饭长穷人气"，朱二面子让那二两酒闹的，拍着桌子叫嚷："合着你让我当缩头王八去？我告诉你一句话，老娘儿们的裤衩子——门儿都没有，我得跟着你！从前我骂阵你助威，今后我给你牵马坠蹬摇旗呐喊！什么他妈的白脸狼青脸狗，我朱二面子正愁这一嘴炉灰渣子没地方倒呢！"窦占龙身边也缺个帮手，加之又拗不过朱二面子，只得应允了。

转过天来，二人去冥衣铺买了全套的纸活，又到窦家庄坟前祭拜了一次，窦占龙烧罢了冥纸黄钱跪在地上，向窦家大坟中的几百条冤魂祷告："望各位在天有灵，保佑我二人诛杀白脸狼！"然后磕了四个响头，两个人一头驴，结伴离了故土。白脸狼是关外杀人如麻的匪首，如今财雄势大，出来进去前呼后拥，哪个都不是善茬儿，纵然没有宝刀护身，窦占龙也近不了前，所以在去口北之前，得先找一件天灵地宝。他从裆裤里掏出账本，果如窦老台所言，埋了鳖宝上面的字全看明白了，账本原是一册宝谱，记载着诸多天灵地宝的出处，具体在什么地方，又该何时显宝，如若机缘未到，去了也没用。翻来查去，得知江南有一件地宝！

2

窦占龙顾不上路途遥远，带着朱二面子一路往南，有路骑驴，遇水乘舟，非止一日，来到苏州地界。苏州城乃是吴国古都，依山傍水、钟灵毓秀，城内河街相邻、水陆并行、巷弄交错、各式亭台园林遍布，俯瞰形同一副棋盘。

朱二面子早有耳闻，苏州城可了不得，乃是江南富庶地、自古温柔乡，白日里门庭若市、车水马龙，夜里则是灯红酒绿、纸醉金迷，出了名的红尘之地，有的是秦楼楚馆。他拽着小灰驴紧往前走，一边走一边跟窦占龙念叨："舍哥儿，你可能不知道，姐夫得给你说道说道，我听人讲过，姑苏城的班子天下闻名，跟咱北方的娼窑妓院不一样，人家这儿的姑娘甭提多水灵了，说的都是吴侬软语，这就叫一方水土养一方人，不单俊俏，什么吟诗答对、琴棋书画、弹唱歌舞没有不会的，哎哟嘿，唱得人全身发酥，从脑瓜顶麻到脚指头啊。如今咱爷们儿腰里有钱了，姐夫说什么也得带你开开荤！"

窦占龙没搭理他，也没有进城的意思。朱二面子是拿人家的手短、吃人家的嘴软，见窦占龙不吭声，不敢再接着往下说了，闭着嘴灰溜溜地跟在后边。

两个人又往前走了一程，天将傍晚，来到郊外一间豆腐坊前，小店已经上板了。窦占龙过去叫开门，自称是外来的行商，问能否付二两银子，跟您店里搭个伙寻个宿？开豆腐坊卖豆腐的是夫妻二人，两口子倒是热心肠，赶紧招呼客人进屋。丈夫将灰驴牵到后头饮水喂料，妻子忙里忙外地张罗吃喝，不多时摆了一大桌子饭菜。朱二面子往桌上一看，嘿！菜色倒是齐整，一水儿的豆腐，小葱拌豆腐、咕嘟豆腐、豆腐丸子、炒豆腐干、豆腐渣饼子、熬豆腐汤，还有一小碟臭豆腐。两口子又搬出半坛子烧酒，四个人围坐一张炕桌上吃饭。

二两银子换一桌子豆腐宴可是绰绰有余，卖豆腐大哥却耷拉着脑袋愁眉不展，他媳妇儿也是一张苦瓜脸拉得老长。窦占龙没说什么，朱二面子不高兴了，撂下手中筷子，嘬着牙花子问道：“我是短了你的酒钱，还是短了你饭钱？你瞧你们两口子这满脸的苦相，够他妈十五个人瞧半个月的，怎么着？嫌爷吃得多是吗？”卖豆腐大哥强颜欢笑：“不是不是，你们给的只多不少，要不是二位来了，我夫妻俩哪舍得这么吃喝。”朱二面子大惑不解：“就这一桌子豆腐还叫舍得吃？你们两口子死眉塌眼的给谁看呢？”卖豆腐大哥叹了口气：“啊哟，跟你们没关联，是让驴闹的！”朱二面子一愣，以为是说窦占龙骑来的那头灰驴，他如今跟着财主，底气也足了：“你也忒小气了，一头驴吃得了多少豆子？你只管敞开了喂，明天我们再多给你银子！”

卖豆腐大哥连连摆手：“你别多心，怪我没说明白，我可不是说你们那头驴。你也晓得，豆腐坊少不了拉磨的驴，前一阵子，我们家那头老驴死了，我在牲口场上相中一头驴，脊背一条线，腚锤似鸭蛋，一身黑毛赛缎面，方圆百里，何曾见过这么好的牲口？我以为遇上宝，一咬牙掏二十两银子买回来，指望它多干活儿。头几日好得很，欢欢实实地拉磨，一踩一个坑，转磨不用鞭子赶，不套笼头也不偷嘴，一麻袋圆鼓实墩的黄豆，一晌午就给你磨完了。我们夫妻俩拿它当宝贝疙瘩，天天下半晌放它出去，在漫洼野地里撒欢打滚儿，回来给它洗刷得干干净净，再拿一笸箩高粱拌黑豆，提一桶清清凉凉的井水，伺候它吃饱饮足，临熄灯前还额外多加一顿草料。怎知过了没多久，那天早上，我去给它添料，却见它周身上下湿答答的，鼻孔中呼呼喘着粗气，腰也塌了，站都站不稳了。乡下骗牲口的惯会给牲口瞧病，请人家来看过，没瞧出个所以然，还白送了二斤豆腐。此后一个多月，天天如此，这驴累得干不了活儿，油缎似的一身黑毛也擀毡了，两眼无精打采，耳朵都快立不起来了。可把我们急坏了，越琢磨越奇怪，有心夜里出去瞧瞧，您猜怎么，驴没了！院墙也拦不住，鬼知道它怎么跑出去的！我夫妻俩找了大半宿，到处寻不见，可到天亮之前，它又自己溜达回来了。白天拉不了磨，吃得可比过去还多！"

朱二面子幸灾乐祸地说："驴跟人一个德行，肯定是半夜跑出去会母驴了，夜夜不闲着，泄了元气，能不累吗？"卖豆腐大哥听完更愁了："我也是这么合计的，可又掐不准这畜生几时去几时来，拦也拦不住，照这么下去……只能牵去下汤锅了！"

窦占龙从头听到尾，眨巴眨巴夜猫子眼，一句话也没说。当天夜里，他和朱二面子住在西屋，侧卧在炕上假寐。待到夜静人深，朱二面子早已鼾声如雷。窦占龙悄默声地蹬鞋下炕，从屋子里溜出去，蹑手蹑脚来到屋后的驴棚，但见那头驴，粉鼻子粉眼四只白蹄子，支棱着两只长耳朵，浑身黑毛，脖子上挂着一串亮晶晶的铜铃，竟是窦老台的黑驴！当年他和窦老台骑着黑驴去县城，一晃过去了那么多年，黑驴齿口未变，也没见老。黑驴也似认得窦占龙，冲他打了个响鼻，不住地点头。窦占龙心里有数了，这是一头宝驴，半夜跑出去必有蹊跷，当即蹲在一旁守着。

约莫三更前后，黑驴将头晃了几晃，甩脱了缰绳，转出驴棚，纵身跃过篱笆墙。说来可怪，如若是只狸猫，惯于蹿高纵矮，越墙而过如履平地，可谁见过驴会这一手儿？窦占龙却不以为怪，推开院门追了上去。黑驴顺着土道，嗒嗒嗒一个劲儿往前跑，窦占龙紧着在后头撵，追出二里地，进了一片荒坟。黑驴突然不跑了，摇晃着脑袋，一圈一圈地原地打转，如同拉扯着一个看不见的沉重磨盘，嘴里头吭哧吭哧的，显得格外吃力，围着这条磨道，在地上踩出一圈驴蹄子印，地底下随之传出轰隆隆的响动。黑驴往左转了几十圈，又往右转了几十圈，直累得气喘吁吁，大汗淋漓，浑身冒热气，到最后精疲力竭，再也转不动了，这才掉头往豆腐坊走。窦占龙点上烟袋锅子，一边喷云吐雾，一边盯着黑驴打转的地方瞅，看罢多时，断定了坟中有宝，而且快被黑驴拉上来了！

窦占龙并未草率行事，回到借宿的豆腐坊，进屋躺到炕上蒙头大睡。转天一大早，豆腐坊两口子端出豆浆、豆腐脑儿、过了油的豆饼子，招呼他们吃早饭。朱二面子胡乱吃了几口，抱怨豆腐坊伙食不行，上顿豆腐下顿豆腐，非吃软了腿不可，吵吵嚷嚷地要走。窦占龙让他别急，去到院子里，叫住卖豆腐大哥："今儿早上我见着您家的驴了，我也是庄户人出身，没少跟牲口打交道，说句不该说的，您这头黑驴已经拉胯了，指不定哪天就完了。"卖豆腐大哥唉声叹气："合该我倒霉，驴要是死了，二十两银子可就打了水漂。有道是'人生三大苦，撑船打铁卖豆腐'，我五更起三更睡，做点小买卖糊口，得卖多少豆腐才能挣二十两银子？"憋宝的不能胡说八道，以免出口成谶，窦占龙也恐失言招祸，事先拟定了一套说辞："我瞧出来了，您是够为难的，可也巧了，我认得此驴，当初是我一位故交的坐骑，没拴住跑了，估计是落在牲口贩子手中，又让您买了。我这个人念着旧交，不忍见此驴下了汤锅。咱这么着行不行，您不是二十两银子买的吗？我也拿二十两银子，您把这头驴让给我，牵出您的豆腐店大门，不论它是死是活，均由我来兜底。"

卖豆腐大哥高兴得直搓手："我没听错啊？你真要出二十两买这头黑驴？那你可是行善积德了，往后还得发大财！"窦占龙怕他反悔，立马取出银子拱手奉上："我借您吉言了！"又额外给钱，买了两麻袋喂牲口的高粱拌黑豆，招呼朱二面子，一人牵上一头驴出了村子。

书中代言：窦占龙乃天津卫四大奇人之一，骑着黑驴走南闯北，总是以十几二十倍的价钱，买下老百姓家中用不上的破东烂西。很多不知内情的人，就说窦占龙是给穷人送钱的财神爷。实则不然，勾取天灵地宝，没有宝引子不成，窦占龙一双夜猫子眼，能够目识百宝，又长了两个拿宝的龙爪子，别人看不上的破东烂西，落到他手上却有大用。

闲话不提，只说窦占龙身上埋着鳖宝，黑驴也把他当主人了，召之即来，挥之即去。朱二面子可看不过去了："舍哥儿，我这当姐夫的得说你两句了，不是我咸吃萝卜淡操心，二十两银子，就买这么一头破驴？心善咱也不能这么糟蹋银子啊，这一次就这么着了，往后我可得替你管着钱！"窦占龙也不隐瞒："你没瞧出来吗？这是窦家庄老馋痨骑的那头黑驴。"朱二面子眯缝着一只眼，使劲看了半天："老馋痨死了多少年了？驴比他活得还长？"窦占龙道："此驴非比寻常，它能识宝。"朱二面子大惑不解："听说过憨宝的人，可没听说过识宝的驴。"窦占龙嘿嘿一笑："好戏还在后头，你不必多问，有你开眼的时候！"

二人暂住到河边一个废砖窑中，给黑驴饮足了水喂饱了料，踏踏实实歇了一天。夜半三更，黑驴仍去那片荒坟转磨，累得呼哧带喘，浑身是汗，直到再也转不动了，这才掉头折返。窦占龙和朱二面子由始至终跟在后头，一连七八天，窦占龙倒不觉得困乏，可把朱二面子熬得够呛，鼻翅儿也扇了，耳朵边儿也干了，下巴都耷拉了，看着比那头黑驴还惨，再也没心思说风凉话了。直到这一天半夜，黑驴转来转去，累得两肋直呼扇，但见那片空地上，隐隐约约透出一道道金光，窦占龙觉得差不多了，低声告诉朱二面子："坟中埋着个金碾子，正是我要找的那件地宝，一挖就没了，只有让识宝的黑驴，接连拉上七七四十九天，方可拽出金碾子……"话没说完，忽听轰隆隆一声响，黑驴从地底下拉出一个闪闪发光的金碾子，仅仅海碗大小。朱二面子大失所望："这也忒小了！"窦占龙没吭声，疾走几步，上前拿了金碾子，放入憋宝的褡裢。至于他心里怎么想的，下一步怎么走，到了口北如何布置？如何去杀白脸狼？不仅不能跟朱二面子说，跟谁他也不能说，其一是怕合伙之人有二心，再一个憋宝为鬼神所忌，一旦让它们听了去，免不了使坏作梗，因此一言不发，只是心中暗暗得意："天助我得了金碾子，外带着一头宝驴，真可谓如虎添翼，去口北杀白脸狼，又多了三分把握，不过单有金碾子可不够，至少还得再找一件镇物，方可破了白脸狼的宝刀！"

3

窦占龙和朱二面子一人骑着一头驴，连夜来到苏州城下，等到天亮，早放行人，由打西南角的盘门入城。城中水路纵横，舟楫繁忙，人随水走。一早上天阴雨湿，男子头戴斗笠，女子打着花绸伞。

一座座雕栏玉砌的拱桥、古朴简约的石板桥连通着河道，望不尽的弥蒙烟柳，屋顶、树梢、花草上到处汪着水珠，横铺的石板路上，也积着薄薄的雨水。

两人在沿河小巷的一家客栈落脚，花木扶疏的园子，白石斗奇，绿竹婆娑，当中矗立着一幢楼阁。店伙计将驴牵到后院牲口棚，又引着两人来到楼上天字一号客房，里外间的屋子，收拾得井井有条。苏州手艺人独具匠心，屋内的桌凳几架、盘匣烟具、提篮镜箱，件件古雅隽美，色泽光润浑厚。推开窗子往楼下看，低栏曲槛，亭台潇洒，水光倒影之间，衬托着江南独有的深邃气韵。

窦占龙放下行李，安顿已毕，带着朱二面子穿街过巷，走马观花。苏州城里好吃的、好玩的去处太多了，街上有的是茶楼酒肆，耳畔传来弹词评话，唱的是《三笑姻缘》《珍珠塔》《白蛇传》。二人游罢了虎丘，来到松鹤楼吃饭，正宗的苏帮菜，芙蓉莼菜、雪花蟹斗、苏扇菜心、蟠桃虾仁、凤尾拌龙、香炸双味……朱二面子挨着个点了一遍，吩咐伙计打了一壶江南的三白酒。北方饭馆子量大实惠，好吃多给，苏州菜选料上乘，刀工细致，火候恰到好处，更讲究"少吃多滋味儿"，饮不求解渴，食不求果腹，碟碗内的点缀比主菜还多，只为让食客有所回味，下次还想再来。窦占龙没动筷子，朱二面子自顾自地闷头吃喝，顷刻间碟干碗净，仍是意犹未尽，酒喝着也不合口味。付了账出来，又在街边找了个卖馄饨、豆腐花的小吃摊，摊主拿一柄铜片般的浅勺，撇两勺嫩豆腐，放入热汤中一烫，连汤带豆腐盛进粗瓷浅碗，撒上些虾皮、肉松、紫菜，点几滴辣椒油，这就算一碗。再看那小馄饨，也盛在清汤寡水的浅碗中，半透明的馄饨皮比纸片还薄，隐约可见内馅儿的一点粉红，汤上撒一层虾子。

朱二面子一口气吃了七八碗，仍嫌不够，倒是出了一身大汗。另觅一个小摊，买了一只叫花鸡，狼吞虎咽地扔进肚子，这才心满意足，算是吃了一顿整桩饭。

窦占龙顾不上搭理朱二面子，瞪着夜猫子眼四处踅摸。最后在闹中取静的一条巷子里，找到一座前门临街、后墙靠河的大宅院，但见粉墙黛瓦，飞檐出甍，砖雕的门楼玲珑秀美，上刻"鸿鹄凌云"四个大字，两扇黑漆木门关得严丝合缝。窦占龙蹲在路边抽了一袋烟，又找周围的打听了一番，得知宅子的主人姓沈，是苏州城数一数二的茶商，生意遍及各省，尤其在江北卖得最好。

北方人喝惯了花茶，像什么小叶、大方、香片，得意那股子茉莉花或玉兰花的浓香，并不好兴素茶，觉得既没有香味儿，茶色也不够重。苏州一带遍植茉莉花、玳玳花、玉兰花，最适合窨茶。浙东、皖南的茶工采得茶叶，经过杀青、烘干，以毛茶做成茶坯，再运往苏州熏制为花茶。沈家的花茶，最高档的要"六窨一提"，用水泡开花苞，放入茶坯之中，闷上三两个时辰，等花香浸透了茶坯，再把花提出来，用炭火烘干，这叫一窨，如此反复六次，花量逐次递减，窨到最后一次，放少许鲜茉莉花提味儿，最后出来的茶叶香气醇正，芬芳扑鼻。

沈家祖上贩卖花茶发迹，后辈儿孙皆以此为业，又开了几家钱庄、布庄，如今住在这座大宅子里的沈家老太爷年事已高，一切生意交给儿子打理，自己归老林泉，不再过问俗事。

窦占龙备了蜜饯、糕团、四色片糕、桂花酒，带着朱二面子登门拜访，自称西北路行商，大老远来一趟，只为求见沈老太爷。门房进去通禀，沈老太爷以为是当年跟自己做过买卖的故旧，吩咐管事的，把客人请到前院书房待茶。

窦占龙和朱二面子将毛驴拴在门口的马桩上，由管事的带他们进了宅院。江南的宅院与北方的大宅门全然不同，地上铺着御窑烧造的青砖，进门厅过天井，往里走是轿厅，若是府上来了贵客，在此停轿备茶。二一进是大堂，回廊挂落、雕梁花窗，用于宴请宾朋。再往里走还有女厅、下房，各进之间以门楼、塞口墙分隔，形成小院落，疏疏朗朗地排布着亭廊、水榭、花草、太湖石，处处精心雕琢。左右各有偏院，大户人家上上下下百十号人，内外进出不走正门，均有宅弄相连。管事的将二人带到书房，粉墙上挂着吴门画派的山水，居中设有丈八条案，案前摆着硬木八仙桌子，一边一把花梨太师椅，线条工整柔和，转角内外浑圆。窗前一张书案，摆着宣纸湖笔、徽墨端砚，隐隐透出一股子墨香。沈老太爷打小念家塾，背过"三百千"，熟读"四书五经"，不过做了一辈子买卖，只看账本不看书，买书无非是为充门面，靠墙摆着书架子、书格子，满满当当全是古籍善本。管事的将二人让到旁座上，沏了两碗碧螺春，转身去请主家老太爷。

窦占龙心里明白，桌上的茶只是摆设，不是过得着的客人，不能随便端起来喝。朱二面子可不懂这套，提鼻子闻了闻茶香四溢，抓过盖碗来吱了哇啦地就喝，边喝还边往回啐茶叶末子，入乡随俗，自打到了江南，他的口儿也高了，嫌这茶太寡淡。此刻听得脚步声响，管事的引着沈老太爷出来会客。沈老太爷六十来岁，身形不高，穿得阔气，长得也富态，面白如玉，细皮嫩肉。窦占龙赶紧一拽朱二面子的衣角，两人起身行礼。简单寒暄过几句，沈老太爷见来的不是熟人，纳着闷儿问道："咱们素昧平生，不知二位有何贵干？"

窦占龙没绕弯子，直言相告："打算买您府上一件东西。"沈老太爷莫名其妙："我这是家宅，不是商号，买东西你可来错地方了。"窦占龙说："天下虽大，我买的东西却只在您府上才有。"沈老太爷更是不解："但请直说无妨。"窦占龙说："我想买您府上的乌金铁盒！"

沈老太爷眉头一皱，他家中确有一个乌金铁盒，乃是镇宅之宝，打板上香供着，岂肯被外人买了去？不由得冷笑一声："既然你是做生意的，怎么没看出这是一笔做不成的买卖？铁盒是我沈家的传家宝，不可能卖给外人。退一步来讲，就算我肯卖，你能出多少钱？恕沈某人说话直，你看我像是没见过钱的吗？"几句夹枪带棒的话甩完了，不等窦占龙有所回应，便起身拂袖而去。

窦占龙让人家大馒头堵嘴，直接给噎了出来，一路上皱着眉头。朱二面子嘴里不饶人："这个老东西，口气比我的脚气还厉害，忒他妈瞧不起人了！"窦占龙拦住他的话头："倒是我心急了，沈家财大气粗，咱手上满打满算不过一万两银子，说悬点儿，可能还够不上人家一顿饭钱呢，但是此去口北报仇，还就少不了他镇宅的铁盒！"朱二面子冷哼一声："舍哥儿你甭着急，有我跟着你，哪有办不成的事？既然他给脸不要脸，别怪朱二爷不厚道，待我拿上二百两银子，雇几个偷门溜撬的飞贼，夜入沈府盗出铁盒，省下那一万两银子，找几个清吟小班长三幺二的小娘儿们，咱也快活快活！"窦占龙连连摇头："明偷暗抢，岂是大丈夫行径？憨宝的可以探地望气，想在苏州城中掘几窖金银，不费吹灰之力，不过以财势压人，或是指使飞贼行窃，可显不出我窦占龙的手段，你等着瞧，我定让沈老太爷心甘情愿地拱手奉上！"

4

朱二面子不知窦占龙打的什么主意，你给多少钱人家也不卖，不偷不抢还能怎么着呢？窦占龙不再多说，带着朱二面子回转客栈，结了账，两人骑驴出苏州城，一路奔了江边。江南气候宜人，草木葱茏，山水似绣，大江之上白帆点点，岸边停靠着许多打鱼的木船，靠水而居的渔人、撑船摆渡的艄公，全是指着江水吃饭的。

窦占龙无心赏景，径直找到一艘靠岸的木船。江上的渔船，多为三桅或五桅的帆船，眼前这艘却是七桅船，正当中七道桅杆，颇有气势，不过已经倒了四根，船身斑驳，看上去破破烂烂的，船帮也是干的，可能很久没下过水了。窦占龙留下朱二面子看着驴，从不离身的长杆烟袋锅子也不带了，踩着跳板上了船。很多渔户世代住在船上，这艘船上也搭着一个破旧的木板屋。窦占龙推开木条子门，弯腰钻进去，屋子正中间安了灶火，咕嘟咕嘟烧着开水，有张小木头桌子，放着杯盘碗盏，吃饭的家伙什，靠边堆放着乱七八糟的杂物，什么破渔网、烂船帆、缺了一半儿的锅盖、掉了嘴儿的铜壶，没有一件囫囵的摆设。桌子旁边坐了一位老汉，半披半穿一件油渍麻花的短袄，脚上的布鞋咧着嘴，往脸上看，皱纹堆垒，两腮塌陷，眼珠子发黄，蓬头垢面，胡子能有半尺来长，嘴里叼着旱烟袋，一只手哆里哆嗦地捏住烟袋杆，吧嗒吧嗒地喷云吐雾。虽然木板屋四面漏风，却也呛得人喘不上气。

窦占龙弯腰施礼："老爷子，跟您讨碗茶喝！"这个老汉比朱二面子还懒，看见窦占龙进来动也没动，干咳了两声，抬抬下巴颏子："自己倒吧。"窦占龙斟了一碗热茶，没话找话地问："怎么称呼您老？"老汉道："我姓佟。"窦占龙又问："您就一个人住？"佟老汉无精打采："穷光棍儿一条，没娶过媳妇儿。"窦占龙道："我瞅您这船挺气派，旧是旧了点，寻常渔户可置办不了这么大的！"佟老汉听窦占龙夸他的船，话一下子多了，说他家祖籍山东，祖辈人为避饥荒，逃难到长江边上，被好心的渔家收留，跟着人家撒网捕渔，又被招入赘，成了上门女婿。渔家通常以几艘、十几艘船结队撒网，他祖上却喜欢单打独斗，船头挂一张口袋般的圆网，沉入江中，船往前行，鱼自己奔着网里钻。又驯养了许多鸬鹚，身形如鹰，嘴利如钩，脚似鸭蹼，趾高气扬立在船舷上，一旦见到鱼群，便即扑腾着翅膀跃入江中；若是遇上大鱼，几只鸬鹚也会打阵斗帅，有的啄鱼眼，有的咬鱼尾，有的叼鱼鳍……转眼间将大鱼拖到船上向主人讨好，最擅长的是捕拿鲥鱼，因此在江上闯下一个名号。传到他爷爷那辈，受雇于苏州织造大老爷府，单是捕捞鲥鱼这一项，足够一家子人吃香喝辣，用不着再干别的，半躺半卧在船舱里喝酒吃肉，如同监工一般，等着鸬鹚卖力捕鱼。

窦占龙问佟老汉："长江鱼虾种类繁多，为何单单鲥鱼最值钱？"佟老汉一提这个精神头儿更足了，告诉窦占龙，鲥鱼肉质细软，鲜美绝伦，位列长江四大名鱼之首，堪称"鱼中西施"。大的鲥鱼能有五六斤重，此鱼贵在吃鳞，所以捕捞之时绝不可伤及鱼鳞。有那么一种特殊的做法，剥下鱼鳞用丝线穿起来，鲥鱼入蒸锅，火腿、冬菇、笋片、肥肉各取薄薄一片码在鱼上，撒虾干，浇清汤，把那

163

串鱼鳞吊在蒸笼里，上火清蒸，鱼鳞上的油脂滴到鱼肉间，色泽鲜亮，愈发鲜美。当年的鲥鱼是贡品，鲜鱼由南往北运送，沿途三十里一站，昼夜兼程，比八百里加急军情还快，只因过于劳民伤财，康熙爷降旨"永免进贡"，却让沿江一带的大小官吏享尽了口福。

佟老汉栖身的这条渔船，正是苏州织造大老爷的恩赐，他从小船上生、船上长，可惜长大之后不走正道，在苏州城里喝酒耍钱，还不上赌资，让宝局子的人敲折了一条腿，再不能行船打鱼了。多亏大老爷念旧，仍支给他一份口粮，不用再干重活儿，转眼七老八十，饿不死就得了。

东拉西扯唠了半天，佟老汉又抽完了一袋烟。窦占龙趁机说道："老爷子，给我也来口烟抽，成吗？"佟老汉道："这有啥不行？"磕净烟灰，续上一锅子黄烟，点着了递过去。窦占龙抽了一口，又辣又冲，能把人呛一个跟头，再仔细端详烟袋锅子，跟窦老台给他的那杆烟袋锅子一模一样，乌木铜锅玛瑙的烟嘴儿，只是烟袋杆短了不少，拿在手上半长不短的，铜锅子底部铸有"四季发财"四个字。窦占龙问道："您老这个烟袋锅子半长不短的，看着可不像江南的物件。"佟老汉道："老辈子人捡来的，传到了我手上，谁又晓得是哪里造的。"

窦占龙又拿话引他："光捡个烟袋锅子没什么意思，捡点金子银子还行。"佟老汉道："金子没有，倒是有个鸡毛掸子！"说着又用下巴颏子往东墙指了指，果然钉子头儿上挂着个尺许长的掸子，上边的翎羽比一般的鸡毛掸子长出不少，五颜六色，煞是好看。他心里有了准谱，抽完了烟，把烟袋锅子还回去，故意做出要走的样子，又似想到了什么，对佟老汉说："您老一个人在船上，也怪不易的，抽了您的喝了您的，不能白了您。我是做买卖的，讲买讲卖，您有什么存货，鱼干虾酱什么的，我买些回去，价钱上绝不让您吃亏。"佟老汉叹了一声："没有！我捕不了鱼，去哪里弄那些东西？"窦占龙想了想："要不然……我买您一件东西？"佟老汉一指屋子里那些破烂儿："你浪头大，想买啥都行，自己捡！"窦占龙心说："这老头儿真不傻，这些东西扔都不知道往哪儿扔，还要卖给我？"伸手摸摸佟老汉身上的短袄，已然糟透了，一捻一个窟窿，又看看铺的竹席，一拽就得散架，摇头道："实在不行，我买您这个鸡毛掸子得了。"佟老汉面带疑惑："你要它有何用？"窦占龙说："我们出外跑买卖的，常年风餐露宿，赶上风天刮个灰头土脸，衣服上的土比铜钱还厚，这个鸡毛掸子的尺寸掸家具掸墙小了点儿，掸掸身上的浮土正合适，而且五颜六色还怪好看的，我相中了，您开个价吧。"佟老汉倒是挺痛快，"嗯"了一声，伸出一个指头："一千两银子。"窦占龙吓了一跳："一千两银子？您可真敢要啊，您告诉告诉我，这东西哪儿值一千两？算了算了，我明白了，您比我会做买卖，那咱漫天要价就地还钱，我顶多给您二两银子！"佟老汉吹胡子瞪眼："你这后生门槛精得很，你当我没见过钱啊？我可是进过织造大老爷府的人，大老爷赏给下人，哪一次出手不是二三十两？你给我二两银子，我拿它买什么？"窦占龙连连摆手："您说的那是朝廷命官，皇上的掌上红人，我一个跑单帮做买卖的，能跟人家比吗？再者说了，一个掸子换二两银子，您还不划算？"佟老汉说："你当寻常的鸡毛掸子买，那是不值一千两，可我这是老物件，传了几辈子人了，年限在啊，那怎么可能一样？"

俩人一个抬，一个贬，争执了半天，窦占龙凭着三寸不烂之舌，终于把佟老汉的心说活了，一拍大腿："咱也别一千两，也别二两，你你你……再添点！"窦占龙说："老爷子，我看出来了，您可比我会做买卖，我给您十两银子吧。"佟老汉把脸往下一拉，挥手让窦占龙走人："昏说乱话，我不卖了！"到了这个节骨眼儿上，窦占龙知道不给足了钱不行，将牙关一咬："一百两银子，我买了！"佟老汉眼珠子都瞪圆了："一百两银子？真的给？"窦占龙点点头，掏出两锭五十两一个的银元宝，这样的人你给银票他也不认，只能拿出真金白银。佟老汉搓了搓手心："卖！我们家传到我这辈，就剩我这一条光棍儿，生不带来死不带去，鸡毛掸子顶多跟我尸骨同朽，不是沉入江里，就是让外人捡走，不如换银子打酒买肉，我也享受享受。"伸手就要接钱，窦占龙的手又缩回来了："行是行，您得再饶我件东西，要不然我太亏了，跟谁说一百两银子买了个鸡毛掸子谁不得取笑我？您这烟袋锅子我抽着挺顺嘴，烟叶子也挺解乏，都给我吧。"佟老汉有点舍不得，攥着烟袋锅子不撒手："给了你……我不就抽不了烟了？再说了，这……这可是玛瑙嘴儿的！"窦占龙劝他："我再给您加十两，一百一十两银子给您，到集上买去，什么样的烟袋锅子买不来？"佟老汉高兴了："对，这一次我买个长短合手的！"

5

窦占龙用一百一十两银子买下了烟袋锅子和鸡毛掸子，不是舍不得多掏钱，憋宝的贪宝不贪财，但是还得观望来人气色，如若此人气运低落，命里担不住财，给多了反倒容易弄巧成拙。

　　他踩着踏板晃晃悠悠下了船，招呼朱二面子。两人骑驴上路，朱二面子问窦占龙："你到破船上干什么去了？"窦占龙掏出烟袋锅子和鸡毛掸子，告诉他拿一百一十两银子收了这两件东西。朱二面子眉毛拧成了疙瘩，坐在驴背上直运气："舍哥儿，你是疯了还是傻了？买下那头黑驴，给咱拽出个金碾子，那倒也值了，今天却拿银子买了破鸡毛掸子，这能干什么？散财童子下凡也没有这么败家的！"窦占龙并不跟他掰扯，从原路折返苏州城，也没再投店，径直来到沈老太爷府，让朱二面子在门口等候，自己上去叩打门环。门房出来一看怎么又是这个人？不耐烦地说："想买东西去商号，想喝酒去酒楼，再来搅扰我们老太爷，我可放狗咬人了！"窦占龙掏出一锭银子递过去："老兄，你别急着赶我，先拿着银子喝杯茶，再劳你大驾，替我给沈老太爷带句话。"门房接过银子掂了掂，脸色立刻见缓："这个……倒让我为难了，上次带你进去，我就挨了一顿臭骂。老太爷说了，从今往后闲杂人等一概不见。我若再去通禀，只怕连管事的那关也过不了。"窦占龙又拿出一锭银子："你给管事的这个，让他这么说——骑黑驴的财神爷到了，沈老太爷不但得见我，还会重赏你们！"

　　门房半信半疑，却也不嫌银子烫手，硬着头皮进去找管事的。过不多时，角门一开，管事的出来，将窦占龙请入书房。沈老太爷沉着脸在书房里坐着，上一眼下一眼地打量窦占龙："怎么又是你？"窦占龙道："无事不登三宝殿，您瞧瞧这个。"取出鸡毛掸子，捧到沈老太爷眼皮底下。沈老太爷接过鸡毛掸子，揉了揉眼，翻过来调过去地仔细端详。他做了一辈子买卖，走遍大江南北，见多识广，什么东西一过眼，即可辨出真伪，这把鸡毛掸子看似不出奇，实则不然，此物单有个名儿，唤作"七禽掸子"，用七禽翎毛扎成，分别是青鸾翎、鹦鹉翎、大鹏翎、孔雀翎、白鹤翎、鸿鹄翎、枭鸟翎，搁到屋子里，一片尘土也不落。沈老太爷看了许久，放下七禽掸子，抬头看了看窦占龙："既然七禽掸子在你手上，咱不妨打开天窗说亮话，你有何打算，尽可直言。"窦占龙说："那我不兜圈子了，七禽掸子归您，镇宅的铁盒我拿走，您意下如何？"

沈老太爷脸上红一阵白一阵，吩咐管事的看茶，又把窦占龙让到太师椅上："此话当真？你可知道这是我沈家一半的生意？"窦占龙底气也足了："我一个做小买卖的行商，在苏州城没根没叶没势力，纵然得了沈家一半生意，我也守不住。您老人家随便找个托词，就能把我挤对走。我不瞒您，您府上的铁盒是一件镇物，据我所知，已在您府上闲置多年了，我换去了自有用它之处，咱们各取所需，两全其美。"沈老太爷低下头想了想，虽说乌金铁盒是镇宅之宝，可沈家人财两旺，买卖越做越稳当，哪有什么邪祟？倘若让人用七禽掸子换走沈家一半的生意，那可亏大了。至于这个乌金铁盒，有它不多，没它不少，跟沈家一半的生意比不了。想到此处计较已定，找补了一句："你可想好了？"窦占龙道："君子一言，快马一鞭。"沈老太爷怕窦占龙万一变卦，到嘴的鸭子可要飞了，忙让管事的捧来铁盒，当场换了七禽掸子。

窦占龙将乌金铁盒揣入裆裤，大步流星出了沈府。朱二面子目瞪口呆，雇个飞贼也得二百两银子，舍哥儿你只拿一个破鸡毛掸子，说不上三言五句，就换来了沈老太爷的镇宅之宝？窦占龙也挺得意，告诉朱二面子："你别看沈大老爷财大气粗不可一世，其实祖辈也是挑着担子做买卖的货郎，之所以能创下这么大的家业，皆因落魄之时，遇见了财神爷显圣！"

老早以前，苏州城外的乡下有一户沈姓人家，兄弟三人均已娶妻生子，无奈家中仅有一亩薄田，三间破屋，真正是铁锅吊起来当钟敲——穷得叮当作响。哥儿仨为了养家糊口，结伴做点小买卖，到常州的小作坊收梳篦，带回苏州，再挑着货郎挑子走街串巷四处叫卖。常州的黄杨木梳、象牙篦箕号称"宫梳名篦"，描绘四大美人、福禄寿禧、花鸟山水之类吉庆图案，价格十分昂贵。沈家哥儿仨尽心竭力，不辞辛苦，脑瓜子也灵光，怎奈家底儿太薄，本小利微，只能卖些便宜货，挣的钱勉强糊口，苦于没个出头之日，有心撂挑子不干了，又不忍老婆孩子跟着遭罪。沈阿三心眼儿最活络，说服两个哥哥，拿房产地契抵押，借了印子钱，又找乡里乡亲拆兑，凑足几十两银子，去常州打货，准备做一笔大生意。回来时走水路抄近道，怎料在太湖遇上风浪翻了船，好在兄弟三人水性不赖，挣扎着游到岸边，可那几大包木梳、篦箕都沉入了湖底，连根毛也没剩下。阿大阿二心灰意懒，再埋怨阿三也无济于事，到处找歪脖子树上吊。沈阿三劝两个哥哥，好死不如赖活着，留得青山在，不愁没柴烧。阿大阿二还是舍不得死，脱下湿衣裤拧干了再穿上，哥儿仨相互搀扶着，深一脚浅一脚，垂头丧气地往家走。

天刚擦黑儿，突然咔嚓咔嚓打了几声惊雷，瓢泼大雨兜头浇下，来得疾，下得猛，转眼之间天连水、水连天，他们行走不得，躲进路边一个草棚子避雨。那里头有别人留下的破锅烂盆，还有一小堆干柴，沈阿二身上还剩了半口袋小米，沈阿三冒雨出去，在树下挖了点野菜，接来雨水，点上火，熬了一锅热粥。正待分着喝了，忽

169

然从雨中跑来一头黑驴，驴上端坐一个黑脸汉子，到近前翻身下驴。哥儿仨这才看清，来人身高七尺往上，肚圆腰壮，一对夜猫子眼精光四射，满脸络腮胡子，穿一身粗布裤褂，背着个布褡裢，腰里十字插花别着一长一短两杆烟袋锅子，手执一根拐杖，浑身上下全湿透了，滴滴答答往下淌水。哥儿仨刚从太湖中死里逃生，眼前冷不丁冒出这么一位，说文不文，说武不武，看打扮像是做买卖的客商，可形貌凶悍，目光中带着戾气，坐如虎踞，走若狼行，说不定是落单的响马流寇！仨人胆战心惊，哆哆嗦嗦挤到一处。

黑脸汉子冲他们一抱拳："三位不必惊慌，我从江北来，路过此地，避避雨就走。"哥儿仨这才踏实了，反正他们穷得镚子儿皆无，纵然来人是个贼寇，也不至于平白无故杀人害命，便让黑脸汉子坐到火堆旁，给他盛了碗热粥。黑脸汉子喝了两口，摘下身上的褡裢，从中拽出一把五颜六色的鸡毛掸子，在自己身上掸了几下。沈家兄弟看得目瞪口呆，掸子是掸土的，哪能掸湿衣裳？可说也奇怪，黑脸汉子三下两下掸过去，湿漉漉的衣裳竟比拿火烤过的还干。只见那人又将掸子放入褡裢，拿上短杆的烟袋锅子，从烟荷包里捏出烟叶，搓了又搓，揉了又揉，摁进铜锅子，点着火抽了两口，又将长杆烟袋锅子填满了烟叶，递给沈阿大来抽。

沈阿大凑到火堆前点着了烟，哥儿仨你一口我一口地抽着。细看那杆烟袋，玛瑙的烟嘴儿，黄铜锅子又大又厚实，铸着四个字"招财进宝"，又看了看探出褡裢半截的鸡毛掸子。黑脸汉子也不避讳，拿了出来给他们仨看："此乃七禽掸子，可避地火水风！"沈家三兄弟连声称奇，暗觉此人来头不小。黑脸汉子又说："萍水相逢即是缘分，不能白喝你们的粥，我看你哥儿仨这是遇到难处了，不妨指点你们一条财路，苏州城外崇福寺后殿供着一个乌金铁盒，錾刻金角神鹿，你们可曾有过耳闻？"

沈阿大点头道："听说过，都多少年了，苏州城里城外，上到八十岁的老翁，下到六七岁的孩童，无人不知无人不晓，我们都见过那个铁盒，封得十分坚固，不知里面装着啥。"沈阿二也比画着说："供在一个宝台上，宝台四面刻着许多符咒，寺里有三个僧人，昼夜焚香诵经，不准外人近前。谁家闹个鬼闹个妖，让孤魂野鬼冲撞了什么的，只要给足香火钱，可以请僧人带着乌金铁盒过去，在家摆上几天，定可逢凶化吉，不过那三个和尚盯得紧，出了崇福寺寸步不离。"

黑脸汉子说："烦劳你们三位跑一趟，将那个铁盒拿来，是偷是抢还是借我不管，但别让和尚跟着，事成之后，给你们十两金子。"三兄弟面面相觑，沈阿二问道："你要铁盒做什么？家中有人被邪祟冲撞了？"黑脸汉子一摆手："我自有用处，你们不必多问！"

沈家三兄弟刚折了本钱，回去还不知道如何跟债主交代，十两金子数目不小，正可解燃眉之急，沈阿大却连连摇头："做不来，做不来，铁盒是庙里的东西，偷出来得罪佛祖，我们兄弟担待不起，更何况不义之财如流水，来得容易去得快！"沈阿二和沈阿三却想干，劝大哥道："你这话说得不对，咱的钱挣得也不容易，却扑通一下掉在湖里了，岂不是去得更快？赶上此等灾荒不断的辰光，欠了人家的银子怎么还？"

黑脸汉子见兄弟三人争执不下，又对他们说道："君子不强人所难，这么着行不行，事成之后，我给你们一百两金子，如若还是不肯做，我可去另请高明了！"沈阿二吃惊不已："你说啥？一百两金子？我没听错？"黑脸汉子点点头。沈阿三兀自不信："看你这穿着打扮不像财主老爷，能有那么多金子？"黑脸汉子没说话，从裆裤里掏出个蓝布包袱，当着三兄弟的面打开，赫然是黄澄澄金灿灿的几锭大元宝！

哥儿仨急忙凑过来，鼻子尖紧贴着金元宝，恰似定住了相仿，半晌才抬起头来。正所谓"七青八黄九带赤，四六不成金"，颜色越深，金子越足。包袱中的几锭元宝黄里透着赤，沈阿三拿上一锭，放到嘴边一咬，留下几个整整齐齐的牙印儿，那还有什么可犹豫的？他对两个哥哥说道："佛家有云，救人一命胜造七级浮屠，咱们折尽了本钱，回去全家人喝风等死，那可是好几条性命，想来即便拿了庙里的东西，佛祖他老人家也不会跟我们这些贫苦人计较！"沈阿二已等得不耐烦，跺着脚说道："神不知鬼不觉挣他一百两金子，顶咱卖一辈子篾箕木梳的，过这个村没这个店，煮熟的鸭子可不能飞了！"沈阿大受不住两个兄弟的撺掇，想想家里的妻儿还在等米下锅，无奈也同意了，却仍不放心，又问黑脸汉子："我们替你拿了铁盒，说难听的这叫行窃，回头寻不到你如何是好？得罪了佛祖，庙里的和尚可饶不了我们，金子又没挣到手，落个鸡飞蛋打，里外不是人，岂不触了霉头？"黑脸汉子笑道："你等尽可放心，我先给你十两金子，事成之后，余下的金子如数奉上！"

6

破草棚外风停雨歇，黑天半夜路上没有行人，哥儿仨踩着满地湿泥奔了崇福寺。三个臭皮匠顶个诸葛亮，何况沈家三兄弟是做买卖的货郎，脑袋瓜子一个比一个灵光，你一言我一语，很快商量出一条调虎离山之计。

崇福寺依山傍水，殿前栽种两株银杏，寺里三个僧人，晨钟暮鼓，诵经礼佛，恪守清规戒律。苏州城内外遍地的庵林寺庙，多得数不过来，崇福寺年久失修，庙小又没香火，指望着乌金铁盒得点实惠。

沈阿二从正门进去，喊醒三个和尚，说村子里死了人，烦请师父帮忙去念经超度亡人。和尚并不认得沈阿二，但听口音知道是当地人，这种事积累功德，又能得些香油钱，当一天和尚撞一天钟，该干什么就得干什么，而且各家寺庙彼此也有竞争，你不肯去，可有的是人抢着去，因此觉也不睡了，留下一个小和尚看守铁盒，另外两个披上袈裟，拿着木鱼、木槌，由沈阿二带路出了寺庙。沈阿三岁数最小，手脚灵活，翻墙跃入寺院，轻轻打开山门，放进沈阿大。俩人摸着黑绕到后院，点火烧了柴房，口中大声叫嚷："着火了，快救火啊！"在后殿守着铁盒的小和尚心里着急，慌慌张张跑出来救火。沈阿大趁机溜入后殿，抱上铁盒逃了出去。

阿大阿三跑到草棚子，此时阿二也甩掉两个和尚回来了，那个骑驴的黑脸汉子却已不知去向。哥儿仨以为上当了，顿足捶胸懊悔不已。阿三眼尖，看见墙根儿底下放着个蓝布小包，正是黑脸汉子的包袱，打开来一看，许给他们的金子全在其中！

哥儿仨不明所以，黑脸汉子不是想拿金子买铁盒吗？我们费了九牛二虎之力给他偷回来了，怎么他留下金子不告而别了？哥儿仨怎么也琢磨不透，可终归拿到了跑腿钱，成色十足的一百两金子。沈阿大仍担心得罪佛祖，又恐三个僧人丢了乌金铁盒，不肯善罢甘休，顾不上回家，先把铁盒送回崇福寺，没敢叫门，隔着院墙扔了进去。

咱们再翻回来说，寺里那两个和尚跟着沈阿二走到半路，阿二突然闹肚子疼，跑到山石后面厮屎，借此机会脚底下抹油溜了。大和尚二和尚寻不见人，悻悻返回崇福寺，发觉出了乱子，柴房起火，乌金铁盒也没了，摆放铁盒的石台从中裂开，里面空空如也。他们本来也不知道石台中封着什么，但是得指着铁盒吃饭，心下十分焦急，责怪小和尚没能守住铁盒，可也想得到，诓骗他们出门的那个人，跟偷走铁盒的贼人是同伙！正寻思着天亮了去报官，忽听院子里咣当一声响，三个和尚出去一看，铁盒被人扔在了院子里，这么一来更没头绪了，却也没再深究。

沈家三兄弟如同被天上掉下来的馅儿饼砸了个正着，等晕乎劲儿过去，拿上这一百两金子当本钱，做起了茶行生意。合该他们的财运到了，眼瞅着生意一年比一年好，在苏州城外包下几座茶山、花峪，给江南江北各大茶商供货，自己也开了茶庄。清明节前采的苞茶最嫩，六窨一提，精工细制，作为皇贡送入京城。十几年下来，沈家逐渐成为苏州城里数得着的大财主。

苏州城中最好的地段有一座大宅子，屋舍不下百余间，主人原是乡绅，后来吃了官司，宅子充了公。沈家三兄弟买下宅子，雇了能工巧匠翻修，该换的换，该补的补，瓦檐精巧，廊宇整洁，跟刚盖的全无两样。尤其是后花园，园中有园，水榭、亭阁、奇石点缀其间，移步换景，荷塘碧波微澜，岸边遍植桂花、玉兰、牡丹、芍药、月季。一大家子人欢天喜地搬进去，没承想宅子里不干净，到得夜半更深，后花园子里叮哐咣当闹个不停，有如开山采石。众人不堪其扰，睡不了囫囵觉，小孩、女眷吓得天一黑就不敢出屋。沈家大老爷派几个下人整夜守着，响动仍是不小，却只闻其声，不见其形。

沈家三兄弟请来不少和尚道士，作法除妖，折腾来折腾去没个结果。其中也有明白人，告诉他们后花园地下埋着一只碧玉蟾蜍，刨出来烧了方可安宁。沈大老爷找人掘地三尺，却一无所获，莫非碧玉蟾蜍游到荷塘里了？哥儿仨愁眉不展，不觉想到了城外崇福寺的乌金铁盒。沈大老爷亲自登门，给足了香火钱，又送了二斤好茶叶，请和尚带着铁盒来家里住几天。当天夜里，和尚把乌金铁盒放入凉亭，一不烧香，二不念咒，也不清退闲杂人等，谁爱看谁看，自己坐在旁边打盹儿。众人疑惑不解，等到天光大亮，后花园里再没一丝响动。接下来一连几个昼夜，宅子里一切如常。沈家哥儿仨又惊又喜，自认为跟这个铁盒有缘，那一年大难不死发了横财，不正是因为这个铁盒吗？又担心一旦让和尚拿走铁盒，再有什么邪祟兴风作浪，那可麻烦了。还是沈家三老爷想出个主意，跟三个和尚商量，出大价钱直接买下崇福寺，改为沈氏家庙，重修庙宇，再塑金身，三个和尚的饮食、僧袍、卧具、燃灯、幡盖等一切用度，均由沈家担负。三个和尚又不傻，吃斋念佛无非是为了安身立命，那能不答应吗？乌金铁盒理所当然归了沈家，供在宅内后堂之中秘不示人。自从请来乌金铁盒，沈家再没出过乱子，生意更是蒸蒸日上。

老哥儿仨坐在一块商量，当初拿了黑脸汉子的一百两金子，始有今日的荣华富贵，吃水不忘挖井人，不管那个黑脸汉子是不是财神爷，咱都得拿他当财神爷供着，给人家分红，拿出一半红利记入"万金账"，称为"飞来股"，又叫"财神股"，将来那个人自己回来也好，他的后人带着七禽掸子找上门来也罢，咱得把生意分给他一半。商量好之后指天立誓，又请能工巧匠按着那黑脸汉子的模样，造了一尊财神像，供奉在茶庄里。不同于别家的财神爷，或是文财神比干，手捧如意，身穿蟒袍，足蹬金元宝；或是武财神赵玄坛，右手持金鞭，左右托元宝，胯下骑黑虎；沈家供奉的财神爷是粗眉环眼，满脸络腮胡子，骑着黑驴，背着褡裢，腰里插着一长一短两杆烟袋锅子，手持七禽掸子。打从这儿起，"财神股"成了老沈家的家规，后世儿孙代代相传，每年农历七月廿二财神爷过生日，家中上上下下都要喝一碗野菜粥，拜祭财神爷，在苏州城内城外传为美谈。

　　窦占龙要拿乌金铁盒对付白脸狼，无奈人家沈老太爷不卖，他身上埋了鳖宝，对七禽掸子的来龙去脉一清二楚。当年那个黑脸汉子，也是一个憋宝客，崇福寺中的铁盒只是一件镇物，并非天灵地宝，入不了他的眼目。此人让沈家三兄弟去拿铁盒，实则是螳螂捕蝉，黄雀在后，他偷偷跟着三兄弟来到崇福寺，趁后殿无人看管，以烟袋锅子砸开宝台，从中引出一件邪物，正是铁斑鸠！

　　憋宝客骑着黑驴脚程快，提早回到草棚，留下一百两金子，连夜北上，瞧见岸边停着一条渔船，在水波中荡来荡去，甲板上卧着几只鸬鹚。憋宝客下驴上船，见一个打鱼的汉子，满身酒气，正在舱里呼呼大睡，过去将他推醒，烦劳他渡自己过江。打鱼的被人扰了好梦，气不打一处来，连连摆手："不去不去！"憋宝客掏出一小块银子，打鱼的揉揉惺忪睡眼，模模糊糊看清了银子，眼前顿时一亮，又抬头往江面上看，远处黑得恰似扣着一口大铁锅，风疾浪高不宜行船，便让憋宝客在船上歇歇，等到天亮再走。憋宝客急于赶路，又拿出十两银子，打鱼的动了心思，起身就要拉锚。憋宝客却跳下船，牵了他那头黑驴上来。打鱼的又不干了："风浪太大，我这船太小，渡不了一人一驴。"憋宝客摇了摇头，又掏出十两银子。打鱼的这才心满意足，脸上笑开了花，恭请牵着黑驴的憋宝客上船坐稳，撑开船驶离江岸。

船至江心，水面一片苍茫，天上乌云翻滚，电闪雷鸣，打鱼的再掉头也来不及，只见一道道雷电追着船打，惊得船上鸬鹚四处乱飞。小船左摇右摆，可把打鱼的吓坏了，他倒不担心翻船落水，而是怕遭雷劈，心里头琢磨着，这辈子也没干过什么缺德事啊，该不是渡这一人一驴过江，挣下二十两银子太多了，雷公电母老两口子看不过去了？忙跪在甲板上不住磕头，求爷爷告奶奶，屎尿齐流哆嗦成了一团。

那个憨宝客面沉似水，抽出一杆的烟袋锅子左拨右挡，隔开一道道雷火。然而天雷滚滚，接连不断打下来，憨宝客也招架不住了，他纵身上了黑驴，一抖手中缰绳，黑驴扯着脖子嘶鸣一声，纵身一跃落入江中，再也不见踪影，却掉落了两件物事在打鱼的船上，一柄五颜六色的鸡毛掸子，还有一杆半长不短的烟袋锅子。

不过是一眨眼，雷也止了，云也退了，大江上风平浪静，打鱼的眼见着一人一驴坠入江中，那还有个活吗？打鱼的有眼无珠，觉得烟袋锅子和鸡毛掸子好歹算个物件，扔了怪可惜的，便自己留了下来。

那个打鱼的正是佟老汉的先祖，烟袋锅子和七禽掸子传到佟老汉手中，又被窦占龙用一百一十两银子买走了，他身上埋了鳖宝，对当年那个黑脸大汉的行迹了如指掌，头一次登门拜访沈老太爷之前，也跟人打听过，听说了沈家财神股一事，拿到去苏州城见沈老太爷。当初沈家三兄弟为了良心上过得去，宁愿相信留下金子的憨宝客是财神爷，看哥儿几个太可怜了，显圣助他们一笔横财，对偷盗铁盒之事则讳莫如深。其实那三个和尚心知肚明，当初偷铁盒的就是这三位，只不过碍于沈家的财势不便说破，本地老百姓也是人尽皆知。老沈家祖上定下家规，每年给财神爷分红，都记在万金账上，统共有多少银子，占多少股份，一个大子儿也错不了。祖训不可违背，无论谁拿着财神爷的七禽掸子来到沈家，必能分走一半生意。说出去的话，泼出去的水，如果老沈家翻脸不认账，传讲出去信誉扫地，遭人唾弃，生意也得一落千丈，在苏州城没法混了，所以用七禽掸子去换那个铁盒，他没个不答应。至于那根半长不短的玛瑙嘴儿烟袋锅子，恰好跟窦老台留下的长杆烟袋锅子凑成一对，十字插花别在腰间，骑着黑驴跟朱二面子取道北上，有了地宝金碾子，加上这个镇宅的乌金铁盒，尽可掀起一场血雨腥风！

第八章　窦占龙看戏

1

正说到窦占龙下江南，他骑着窦老台留下的黑驴，朱二面子骑着那头灰驴，取道直奔口北。咱说着容易，一去一往的路途可不近，窦占龙掐算时日，并不急着赶路，半道上又顺手掘出几窖金银，也耽搁了很久，等他们来到口北，已是转年清明。白脸狼早就猫完冬返回关外了，再来口北又得等到年底。好饭不怕晚，好话不嫌迟，窦占龙正可借此时机，继续谋划报仇之事。

大车店人多眼杂，出来进去不方便，窦占龙为了避人耳目，冒充来做买卖的外地老客，在堡子外十五里的北沟村庄中赁下一处闲房，以前这是家皮货栈，后边挺宽敞，有个用于熟皮子的空场，头几年运送皮货的驼队和老倌车改道，找了一条更加近便的弓弦路走，

179

这地方人烟渐少，皮货栈也空了下来。选在此落脚，可谓不显山不露水，只不过没伙计伺候着，想吃饭自己开火，想睡觉自己烧炕，两个人到市上置办齐了铺的盖的使的用的一应之物。窦占龙又拿出大把银子，派朱二面子出去打听消息。口北有钱人多，遍地吃喝玩乐，又仗着天高皇帝远，官私勾结、黑白混淆，自成一方世界，窑姐儿青楼卖笑，地痞为非作歹，赌棍失魂落魄，叫花子横冲直撞。此等鱼龙混杂、蛇入鼠出之地，老实人寸步难行，对朱二面子来说那是如鱼得水，简直跟到了姥姥家似的，他受了半辈子穷，此刻有了钱，自然是翻着跟头打着滚儿地折腾，到处下馆子、嫖堂子、泡戏园子，结交了不少狐朋狗友。可也没白折腾，等他把手中的银子挥霍光了，也摸透了白脸狼的行踪，以往什么时候来口北猫冬，在什么地方落脚，经常去哪个馆子，喜欢逛哪个窑子，跟哪个窑姐儿相好，全打听明白了，一五一十转告给窦占龙。

眼瞅着到了之前约定的时日，窦占龙跟三个山匪碰了头。结拜兄弟重逢，少不了一番嘘寒问暖，不过窦占龙对家遭横祸以及下江南憋宝之事只字未提。言谈之中他观形望气，已知海大刀等人挖出了老山宝，当时没多问，带着三人去到皮货栈，将朱二面子引荐给三个结拜兄弟，又叫他去饭庄子买来整桌的盒子菜，关上门饮酒叙谈。窦占龙先提了碗酒，给三位兄长接风。朱二面子是个自来熟，跟谁他也不见外，陪着四人斟酒布菜。小钉子眉飞色舞地告诉窦占龙："咱这次总共刨了两百多斤棒槌，全藏在大独木顶子营子了，等你跟皇商谈妥了价钱，再叫兄弟们背过来。"海大刀从背筐里掏出一个鹿皮参兜子，里边是个七缠八绕捆着红绳的桦树皮参包，双手捧了交给窦占龙过目："老兄弟，你瞅瞅这是啥？上次一别之后，俺们哥儿仨越想越不甘心,回到关东山又找参帮的老把头打听了半天,搭上了三坛烧刀子两捆关东烟,外加祖传下来的一柄鹿角刀,这才得了个显形拿宝的法子,俺们取了棒槌庙神官的骷髅钉,又去了一趟九个顶子,按着你说的地方,将一枚枚骷髅钉砸入山根儿,费尽九牛二虎之力逮住了这个宝疙瘩!"

窦占龙接在手中,小心翼翼地打开来,只见海大刀他们挖到的老山宝,比一般的棒槌大出一倍,形似小孩,有胳膊有腿,有手有脚,顶着个有鼻子有眼的脑袋瓜子,已然是成了形的山孩子,若不是拿红绳拴住,一落地就跑了。朱二面子凑了过来,那仅有的一只眼盯住宝棒槌:"我的老天爷,这么个紧皮细纹的大山货,得值多少银子?"海大刀满脸得意地说:"自古至今,在关东山挖出的宝棒槌不少,可没一个比得了这个,说是棒槌祖宗也不为过。我们背棒槌下山的时候,瞧见一队队黄鼠狼子,个个人立而起,两只前爪抱在胸前下拜,只为沾一沾灵气!"他又对窦占龙说:"老兄弟,按咱之前合计的,不该把棒槌窑挖绝了,留下山孩子,一年挖个几十斤,年年挖年年有,可这一年你在关内,不知道关外的情形,如今四海动荡,饥荒连年,拎着脑袋进深山刨棒槌的亡命之辈一天比一天多,纸里包不住火,篱笆挡不了风,棒槌窑迟早得让他们找着。那些人过了今天没明天,做事从来不留后路,到时候非得把九个顶子挖成马蜂窝不可,野菜根子都给咱剩不下。再一个呢,上次咱是没少挣,但是年景不好,下暴雨上大冻,深山老林里忍饥挨冻的穷兄弟太多了,有多少银子也不够分,所以俺才拿主意,也甭一年挖一次,一把来个大的,有多少刨多少!"小钉子附和道:"老四你瞅见没有?还得说咱大哥仗义,想得周全!"窦占龙从头到尾一声没吭,等他们哥儿几个说完了，才点了点头，缓缓将七杆八金刚放在桌上，从笸箩里捏了两搓烟叶子填入烟锅，又不紧不慢地打上火，抽着烟袋锅子说道："是一年挖一次，还是一把挖够了，全凭大哥做主，换了是我，我也忍不住。"

海大刀仍怕窦占龙生气："棒槌窑是你找着的，少不了有你一份。你说说，咱的宝棒槌拿给八大皇商，能卖到什么价码？"窦占龙反问他："白脸狼把持着参帮，关东山里的大小棒槌全得过他的手，八大皇商真敢收咱这个宝疙瘩吗？"海大刀让窦占龙说得一愣："这个……这个……"一直没吭声的老索伦插口说："老四言之有理，天底下没有不透风的墙，一旦让白脸狼知道了，哪里还有咱兄弟的活路？到头来只怕落个人财两空！"窦占龙缓缓喷出一口烟，撂下烟袋锅子，扭头问老索伦："二哥，你是怎么想的？"老索伦端起酒碗，一口气喝了个底朝天，皱着眉头说："没挖到宝棒槌也还罢了，挖出来反倒成了勾心债，我琢磨一路了，关东山的天灵地宝非同小可，八大皇商接不住，要么把它献给朝廷，要么……献给白脸狼，换咱一条生路。"老索伦是哥儿几个里最蔫儿的，从不多说多道，但是城府最深，遇上大事有个决断，等同于海大刀的狗头军师，这个念头他琢磨了一路没敢提，也是窦占龙的话问到这儿了，他才说出口。海大刀听罢沉吟不决，他世代受着皇恩，吃着皇粮，替皇上守边挖棒槌，大小也当过骁骑校，不是走投无路，怎肯落草为寇？有心把宝棒槌献给皇上，受了招安讨个一官半职，奈何朝中奸臣当道，闭塞了圣听，如若给白脸狼献宝，是不是就不用继续躲在深山老林里了？

窦占龙瞧出海大刀动了这心思，当即冷笑一声："献宝……嘿嘿……"海大刀莫名其妙:"老四,你啥意思?"窦占龙抬鞋底子磕灭烟袋锅子,猛地一拍桌子,指着三个山匪的鼻子骂道:"我窦占龙怎么错翻了眼皮,结下你们这等兄弟?亏你们也是刀头舔血的汉子,白脸狼杀了多少人?你们仨,还有跟着你们亡命山林的一众弟兄,谁家没几口人死在他刀下?你们是傻了?是迷了?还是屄了?竟以为把宝棒槌献给白脸狼,就能保得了命?我告诉你们,他得了宝,照样会把咱们刀刀斩尽刃刃诛绝!谁要献宝谁去,以后别拿我当兄弟,我姓窦的高攀不起,咱大路朝天,各走一边,到死不相往来!"

三个山匪面面相觑,窦占龙在四兄弟中岁数最小,又是做买卖的行商出身,待人接物一向客客气气,对他们三个结拜的兄长更是恭敬有加,怎么突然发这么大火?不过那一番话也当真说到他们心里去了,老索伦羞愧难当,吭哧瘪肚地无言以对,只得以酒遮脸,一碗碗往下灌。海大刀是当大哥的,棒槌还没卖就闹了个兄弟反目,这是图的什么?忙站起来打圆场:"老兄弟说的对,在座的有一个是一个,哪个跟白脸狼没仇?不过老二说的也没错,咱兄弟势单力孤斗不过他,白脸狼在关外财势不小,手下鹰犬极众,又有一口宝刀护身,谁近得了他?"小钉子恨恨地说:"不是刨棒槌的穷哥们儿怕死,真能宰了白脸狼,我头一个舍了这条命,怎奈他的刀太厉害,舍命也是白搭!"老索伦也咬着后槽牙说:"如若没有那口宝刀,他坟头上的草都一人高了!"

窦占龙环顾众人,觉得火候差不多了:"我有一条计策,杀得了白脸狼,只要三位兄长肯听我的,咱们一同抽狼筋剥狼皮,吃狼肉饮狼血!"三个山匪受白脸狼欺压多年,个个跟他有血仇,又觉得窦占龙能在深山老林中找到参池子,指点他们挖到宝棒槌,几句话说得口北皇商掏出大把银子，手段见识不比寻常，何况这次来口北，窦占龙的眼神与去年大不一样，细看仿若变了个人，他既然敢这么说，可见真有成竹在胸，有他做谋将，说不定大事可期。海大刀当即从靴鞡子里拔出短刀，用力戳在桌子上，高声说道："杀得了白脸狼，我等舍命奉陪！"小钉子和老索伦齐声称是。窦占龙说："三位兄长，要杀白脸狼，我得找你们借这个山孩子。"海大刀说："啥借不借的，宝棒槌本来就有你一份，你尽管拿去！"窦占龙说了声"好"，裹上宝棒槌揣入裆裤。由他挑头，哥儿四个再加上朱二面子，在大车店里喝了血酒，焚香立誓，要合伙诛杀白脸狼。

白脸狼得年底下才到，窦占龙只恐走漏了风声，让海大刀等人少安毋躁，谋事在人，成事在天，杀白脸狼之前，先派人去一趟关东山，聚拢跟白脸狼有死仇的山匪，各带利刃，背着那两百多斤棒槌下山，躲在城外的皮货栈中，我不叫你们，谁也别出门，饿了吃渴了喝，使多少银钱我顶着，只管把刀磨快了，等着下手的机会！几个人商量妥了，留下三个山匪养精蓄锐，窦占龙则带着朱二面子，整天在口北各个酒楼茶馆妓院踩盘子，揣摸适合下手的地方。朱二面子跟着窦占龙得吃得喝，一门心思找补前半辈子缺的嘴，又见他可以观气掘藏，裆裤中的银两取之不尽用之不竭，自是尽心竭力鞍前马后地伺候他。

且说有一天，窦占龙和朱二面子在馆子里吃晌午饭，忽耳听得楼梯之上脚步急促，噔噔噔跑上来一个人，径直来到他们近前，伸手递上一张帖子，说请窦爷去看戏。跑腿子的拿钱办事，说不清来龙去脉，那也只是一张戏帖，没写是谁送的。窦占龙暗暗称奇："我在口北隐姓埋名，凡事只让朱二面子出去抛头露面，谁会指名道姓请我看戏？"仗着有裆裤中的天灵地宝护身，那个乌金铁盒也是一件镇物，没他不敢闯的地方，当即带着朱二面子前去一探究竟。

二人寻着戏帖上写的园子，一路找过去，快到的时候，瞧见路边站着一个揽客的，正扯着脖子吆喝："还有不怕甜的吗？还有不怕甜的吗？赶紧的啊，不怕甜的赶紧往里走啊！"窦占龙是做买卖的行商出身，一听叫卖的吆喝声，以为是卖糖的，可也奇怪，什么叫不怕甜的往里走？卖糖的能有多大买卖，还雇了人在路口吆喝，怎么这么大排场？朱二面子有个机灵劲儿，看出窦占龙纳着闷儿，抢先跑过去打听，吆喝那位告诉他："大爷，咱是戏班子，不卖糖，今儿个您可来着了，名角儿飞来凤登台献艺，过这村可没这店了，那个小角儿，那个小模样，那个小身段儿，那个小嗓子，甜死人不偿命，冰糖疙瘩蜜也没她甜啊！"朱二面子是玩意儿场中的常客，自觉跟着窦占龙吃过见过财大气粗了，不屑地哼了一声，嘟囔道："好家伙，还真敢吹，口北能有多水灵的角儿？"窦占龙闪目观瞧，巷子尽头果然有个破戏园子，正是戏票上写的那家，门口贴着戏报，屋顶上罩着一股子妖气。拉座儿的伙计死气白咧往里拽，窦占龙眨巴眨巴夜猫子眼，招呼朱二面子："走，咱进去歇歇脚！"

2

俩人一前一后走进戏园子，里面地方不大，光线昏暗、气味混浊，台底下仅有十来张桌子，皆是粗木白茬的方桌，四面围着长条的板凳，凳子腿儿高矮不齐，脚下是潮乎乎的碎砖，零零散散坐着几个看戏的，除了歪瓜就是裂枣，没一个有头有脸有人模样的。再往台上一瞅，还不如台下呢，台板坑洼不平，台口的栏杆摇摇欲坠，上场门、下场门挂的布帘子又脏又破，扯下来擦屁股也嫌膈应，台子倒是挺亮堂，因为屋顶漏了个大窟窿。台侧几个锣鼓场面拉打着"十不闲"，鼓乐齐鸣，一片嘈杂，吵得人耳根子发麻。此类野台子，主要由女戏子唱皮黄、秦腔、大鼓、市井小曲，或是演"段儿戏"，将一出整戏掐头去尾，多的唱八句，少的唱两句，挤眉弄眼、扭腰摆胯，极尽挑逗之能。窦占龙打小喜欢看戏听曲，但是没怎么进过园子，朱二面子可是熟门熟路，按他所言，这路戏班子不为唱戏，只为勾搭台下的浮浪子弟。看戏的也不老实看戏，争着给那模样俊俏的小角儿捧场，比着打赏点戏码，说行话叫"戳活儿"，就为了散戏之后叫小角儿下来，坐自己大腿上娇滴滴地喊上一声"爷"，再用喷着香粉的小手绢儿往脸上一扫，那位的三魂七魄当时就得给人家撂下，接下来只剩花多少钱办多少事儿了。

两个人进得戏园子，有人引着他们俩坐下，又给沏上一壶茶，端上一盘葵花籽，过不多时，锣鼓场面紧催，上场门的布帘子一挑，一个妖妖娆娆的小角儿款款登场，来到台口水袖一甩，先亮了个相。窦占龙暗中称赞，这个女戏子太俊了，容貌、身段、扮相俱佳，十八九岁的年纪，柳眉凤眼，通关鼻梁，齿白唇红，高颧骨尖下颏，鹅蛋脸淡施香粉，轻涂胭脂，乌黑油亮的发髻，鬓边插一朵雪白如玉的芭兰花，眉心上还有颗红珊瑚似的朱砂小痣，明艳不可方物，不由得想起了当年保定府沿街卖艺的阿褶，虽说俊秀相当，但是妖娆妩媚，可远不及台上这位。台上的小角儿一个亮相，紧跟着自报家门"飞来凤"，开口一唱更不得了，起调甩板娴熟无比，行腔吐字似珠落玉盘，听得人全身酥麻，脚指头直抓鞋底。口北比不了京师苏杭，这么俊的角儿可太少见了，惹得台下几个二流子、老闲汉，流着哈喇子阴阳怪气地叫好，朱二面子也看得神魂颠倒，险些将仅有的一个眼珠子瞪了出来，瓜子儿皮挂在嘴角忘了吐，端着茶都忘了喝。戏子连唱三段，打恭下台，扭腰摆胯往后台一走，从背后看更是身段玲珑、窈窕可人，真可谓"袅袅身影动，飘飘下凌霄"。

窦占龙可不是在酒气财色上安身立命的人，低头看了看手中的戏帖，他心知肚明，台上这出戏是冲着自己来的，不如先发制人，探探虚实，招手叫来伙计，掏出一锭银子打赏。这路野戏班子哪见过整锭的银子？伙计双手接过来，连蹿带蹦直奔后台，等不多时，班主口中道着吉祥，满脸堆笑地过来谢赏。按过去的规矩，客人掏够了钱，可以单独跟角儿见面，规矩是这么定的，班主的话却得反着说，那才显得恭敬："大爷，您太捧了，我们角儿想在后台当面谢谢您，伺候您喝杯茶，还望您赏个脸。"窦占龙点头起身，由班主引着往后台走，惹得看戏的色鬼们一个个眼馋得直咂嘴，恨自己没生在银子堆里，只能眼瞅着人家解馋了。朱二面子也想跟去，窦占龙拦着他说："你在门口等我一会儿。"朱二面子以为窦占龙贪淫好色，嘿嘿坏笑："行行，我明白，我明白，不着急，你忙你的。"

窦占龙胆大包天，没他不敢去的地方，明知山有虎，偏向虎山行，跟着班主进了后台。前台破，后台更破，几个大戏箱里堆着裙袄、官衣、盔头、髯口，皆是缺襟短袖、又脏又旧，墙边横七竖八地搁着刀枪剑戟、马鞭、车旗轿，当中间一张桌子，摆着镜子、色盒、色笔、花花绿绿的头面首饰，细看也没有囫囵的了，几个戏子出出进进，乱乱哄哄，还有抽着烟的、吃着饭的、脱下官靴晾着脚丫子的，整个后台烟气缭绕、怪味刺鼻。从班主口中得知，这个草台班子全伙二十几个男女，全是一瓶子不满半瓶子逛荡，没一个成名成腕儿的，常年跑江湖，走马穴为生，从来不靠长地，刚来口北不久，先拿出上一程攒的钱，打点各方势力，这才敢唱戏。由于初来乍到，没名没号，大戏园子不肯接纳他们，迫不得已在此搭台，无论怎么卖力气，也上不了几个座儿。窦占龙奇道："凭您戏班子里那个小角儿飞来凤，还愁挣不着钱？"他是话里有话，此类戏班子属于"浑门"，女角儿大多是卖艺又卖身，最擅长撩拨台下听戏的有钱人，飞来凤模样俊俏，嗓子脆生，又有一双勾魂的凤眼，怎么会不叫座儿呢？班主支吾道："大爷您……有所不知，飞来凤前一阵子才来搭班，这不是还没唱出名吗，而且这个园子不行，买卖不得地，必定得受气……"说着话，伸手一指里间屋："角儿在屋里候着呢，您往里请。"

窦占龙推门进屋，见飞来凤已然捶了头、卸了妆，虽然一脸狐媚相，说话也是娇滴滴燕语莺啼，却并非女戏子。搁在过去，男扮女装唱戏的比比皆是，窦占龙见怪不怪，慢闪二目四下观瞧，靠墙边一张破桌案，桌上供着乌木牌位，前头摆了两个香炉、七盏油灯。飞来凤起身相迎，给窦占龙行了个万福礼，请窦占龙落座，倒了杯茶，一手托杯底，另一只手的拇指和食指掐住杯沿，慢慢悠悠递过来。窦占龙冷笑一声，心说："你这么端茶，等同于掐着我的脖子，看来是想掂掂我的斤两，但我窦占龙几斤几两，岂是你能掂得出的？"当即接过茶杯，随手往地上一泼，溅湿了飞来凤的裤腿，按照江湖规矩来说，这可是半点面子也不给。飞来凤却不着恼，腰肢一摆，坐在窦占龙的大腿上，朱唇轻启、吐气如兰，妖里妖气地喷怪道："大爷，谁惹您了？"过去很多唱旦角的男戏子下了台行动坐卧也跟女人一样，加之保养得当，肤如凝脂、肉酥骨软，小脸蛋儿也是一掐一兜水儿，专门有一路听戏的大爷得意这一口儿，吹了灯盖上被，睡谁不是睡。窦占龙可没那个癖好，鸡皮疙瘩噼里啪啦掉了一地，当时牙床子发涩，脖子后边直起冷痱子，一把推开了飞来凤。

飞来凤让他推了个趔趄，再返转身来，手中已多了一面黑幡，高不过一尺，黑缎子底绣着"通天彻地"四个金字，下端缀有黄网子穗，捏着嗓子尖声喝问："窦占龙，你想敬酒不吃吃罚酒吗？"抬手一挥旗幡，从身后涌出一道黑气，屋中七盏油灯霎时亮了起来，亮可是亮，火苗子却变成了暗绿色，映在飞来凤惨白的脸上分外诡异。窦占龙一不慌二不忙，掏出裆裤中的乌金铁盒往桌上一放，冷着脸说道："我敢进这屋，就是没把你放在眼里，有什么戏台上使不出的能耐，尽管往窦爷身上招呼！"飞来凤骤然见到乌金铁盒，不由得打了一个冷战，脸上黑气退去，收去手中黑幡，对窦占龙拜了三拜，说自己从小孤苦，被卖到戏班子学艺，万幸成了胡家门的有缘弟子，拜着一位黑八爷，那是个狐獾子，最擅长挖地穴。一伙山匪在九个顶子挖出个宝棒槌，名为"七杆八金刚"，乃关东山的镇山之宝。当年的胡三太爷，正是借此宝灵气得道。如若让人挖了去，对胡家门一众弟子有损。飞来凤这才追到口北，引窦占龙到戏园子后台相见，意欲夺下宝棒槌，然则胡家门忌血食、修善道，并不想杀生害命，或是斗个两败俱伤，万望窦占龙高抬贵手，将宝棒槌完璧归赵。

窦占龙听罢了前因后果，寻思世间万物皆有限数，宝棒槌既然让山匪刨了出来，那就是该有此劫，如今落在我的裆裤里，凭什么还给你？不过自从他埋了鳖宝，一直竭尽所能克制着贪念，又有心归还宝棒槌，再加上他是讲究以和为贵的买卖人，既然对方是修善道的，又忌惮自己的手段，那也没必要撕破脸，于是说道："多个朋友多条道，多个冤家多堵墙，我也不想与你为敌。可是有来有往才叫买卖，你得助我一臂之力，除掉白脸狼之后，七杆八金刚我定当双手奉还，有负此言，天地厌之！"

飞来凤忌惮窦占龙手上的乌金铁盒，担心闹僵了无法收场，也知道憋宝的不敢轻易立誓，因此信以为真，而且白脸狼恶名昭著，为祸一方死有余辜，除之乃替天行道，唯有一节，胡家门弟子修道行善，手上不能杀生害命。窦占龙说："不要紧，你飞来凤只管插圈做套，杀人见血的勾当皆由我承担。"俩人商量定了，窦占龙叫来班主直言相告："我瞧上飞来凤了，您看这么着行不行，我来当戏班子的东家，咱重打锣鼓另开张，赁下口北最好的戏园子，捧飞来凤当名角儿，该出多少银子您尽管开口，不过我不懂戏，只当东家，前台后台的大事小事，全凭您拿主意，挣了钱咱们三七开，我拿三，戏班子拿七！"班主听完喜出望外，深施一礼："哎哟，我说我今儿个一早上起来，怎么眼皮子直蹦哒呢，敢情是要遇贵人啊！可不是顺着您说话，我好歹跑了几十年江湖，像您这么又仁义又敞亮的，那真是不多见，我跟我们这一戏班子的人谢谢您了！"窦占龙又道："那么一言为定，从今儿个起，先别唱戏了，该置办哪些行头，戏台上该有什么东西，您多费点心思，挑最好的买，尤其是飞来凤的头面，珠宝翠钻全用真的，勾脸用的粉脂松墨也要最贵的，花多少钱从我这里拿，戏园子和戏班子的住处，也由我安排，等东西备齐了，咱再择良辰选吉日开锣唱戏！"班主满心欢喜，带班子跑江湖的年头也不短了，头一次见着这么捧角儿的，他可不知道，窦占龙已在心中定下一条计策，凭着手上的天灵地宝和奇门镇物，再加上小角儿飞来凤，三件宝一个人，吃狼肉、饮狼血不在话下，却仍解不了心头之恨，因为白脸狼欠窦家庄的可不止一条命，只让他一死抵偿，那也太便宜他了，不将他满门妻小和手底下的爪牙杀绝了，再一把火烧了狼窝，销不掉这笔血债，这才要"设下万丈深渊计，只等鳌鱼上钓钩"！

3

草台班子对付着演容易，可要说往大了折腾，花的钱可就没数儿了。比如戏台上的十八般兵刃，虽然只是用木片、竹藤做的，却比打造真刀真枪还麻烦。就拿关老爷的青龙偃月刀来说，刀杆用藤子，先经火烤，涂抹猪血、桐油、贴上薄银片，上三道大漆，刀片得用椴木，当中加一条竹芯，外边包上驴皮，涂锡粉、擦水银、画龙形、加缨穗，这就成了光闪闪、冷森森的"冷艳锯"，分量不足一斤，耍起来得心趁手。再说上台唱戏，人人得戴盔头，皇帝戴王冠，文官戴纱帽，武将戴帅盔，秀才戴文生巾，武士戴罗帽，短了哪个也不行，那得去专门的靶子铺定做，最为费时费力的是凤冠，拿纸板搭出轮廓，用小刀把蓝软缎切成碎条，给凤冠长羽添鳞，这手活儿称为"点翠"，这还是"点假翠"，怎么叫"点真翠"呢？那得用翠鸟的羽毛，点完了色泽艳丽，千年不褪。他们这个戏班子常年东跑西颠，行头都糟了，长衫、短衣、裙袄、坎肩、四喜带、靴头……全得换新的。人手也不全，从别的班子雇了一堂文武场面，吹拉弹打全活，配上几个二路青衣、二路花脸、里子老生，着实下足了功夫，又重排了几出连本的大戏。反正是窦占龙出钱，班主可劲儿造。

窦占龙也没闲着，让朱二面子出去，上下使钱打点好各方势力，包下堡子里棋盘街上最大的"宝乐茶园"，找来能工巧匠大兴土木，前台后台，该添的添，该换的换，整修后的戏台方方正正，台板子底下埋上百余口大缸，以便台上传出的声音浑厚打远儿，头顶上横平竖直挂上二十盏彩绣的宫灯，照得戏台亮如白昼，云兜、云椅、翻板、转板，各式砌末一应俱全，三面有矮栏，四角明柱支撑台顶，涂金漆绿，金碧辉煌，大幕、二幕、边幕披挂彩绣。戏台两侧高挂一副对联，"顷刻间千秋事业，方丈地万里江山"，横批"承平雅奏"。台底下正面是池座，脚下方砖墁地，周围的立柱、四壁皆以藤萝雕刻，整整齐齐放置了二十张八仙桌配太师椅，桌子上成套的新茶壶新茶碗，端端正正摆在紫檀木的托盘中。戏台左右为两厢，位置稍差，桌椅板凳也没那么讲究，后边靠墙还摆着一排高木凳，不给预备桌子，这种位置被称为"大墙"，是最便宜的座位。二楼的两边有包厢，背面是明摘合页的门窗，挂着布帘儿，正面对着戏台，满是红帐围顶、朱漆栏杆，里边不仅摆设桌椅，还有专门的床榻，坐着听累了您能躺着听。茶坊、手巾把、卖糖果鲜货的"三行"也都找齐了，因为一台整戏动辄几个时辰，听半截儿饿了，包厢里可以叫来成桌酒席，散座也能当场买到包子、凉糕、馄饨、烧饼、羊爆肚、豆腐脑儿、牛奶酪。戏园子台上唱着戏，台下手巾把满天飞，小伙计手上有准头儿，甭管隔着多远，哪怕是楼上楼下，准能扔到手里，练得熟的还能使个花活儿，来个身段儿，什么叫张飞骗马、苏秦背剑、霸王举鼎、太公钓鱼，看得人眼花缭乱，那也是一景儿。不单看着热闹，用处也大，三伏天，戏园子里跟蒸笼一样，看戏的汗流浃背，离不了手巾把；即便在十冬腊月，外头寒风呼啸，沙尘漫天，园子里烧着暖墙，听戏的拿热毛巾擦把脸，那能不舒坦吗？

戏园子上上下下、里里外外，万事俱备，只等着开戏了。窦占龙提前雇了人，专门给口北八大皇商挨家挨户送戏帖，这叫"撒红票"。首演头一天，八大皇商送的各式花篮、幛子摆满了半趟街，宝乐茶园座无虚席，看戏的纷纷议论，看宝乐这个意思，大街小巷买卖铺户，连老百姓的民宅门口都贴满了戏报，这得是邀了什么名角儿？前边几出文武带打的帽戏过后，待至压轴的飞来凤出场，台帘儿要掀开还没掀开，一句闷帘导板，飘飘悠悠传出来，声音脆甜，听得人骨酥筋软、脑瓜顶子发麻，赢了一片碰头彩。其实这是窦占龙事先吩咐朱二面子领头，带了几个人，在底下叫好，这叫"领尖儿"。彩声过后再看台上，上场门帘轻挑，飞来凤步履轻盈来至当中，美目顾盼、娉婷婀娜，身着紫红色闪缎对襟小袄，盘金满绣，下身是青紫色长裙，边镶褐色锦缎，请头路的裁缝量着身裁剪，包臀裹胯，尽显身段。底脚下一双鸭蛋青色绣花皮底缎鞋，耳垂挂着玲珑剔透的金环翡翠耳坠，脖项上佩戴宝石项链，手腕上的金镯子足有半斤重，周身上下闪闪放光，耀人眼目，这一出场，底下看戏的都惊了，用不着朱二面子带头，顿时又是彩声如雷。亮住了相开口一唱，响遏行云，果然是肚子里有玩意儿，身上带功夫，看戏的鼓掌、跺脚，扯着嗓子喊好儿，恨不能把房盖儿震塌了。

简短截说，三天打炮戏结束，飞来凤在口北声名鹊起，来听戏的争先恐后抢着买票，宝乐茶园的大门被挤倒了三回。也招来不少巨绅富贾、纨绔子弟，有懂戏的，也有起哄架秧子的，各有各的目的，定下包厢，当场往台上撒钱，怕唱戏的分不清楚，用红纸包上，写着"某某赠送"，还有送匾的，乌木金漆、一丈有余，刻上"金嗓名伶""绝色佳人"，落款写上年月日和赠匾人的名姓，敲锣打鼓抬到戏园子门口。这么玩儿命花钱、转腰子买好儿，无非为了博美人一笑。飞来凤也真卖力气，使尽了浑身解数，唱的多是风月戏，像什么《酷寒亭》《万花船》《红梅阁》《梅绛雪》《合凤裙》，却是艳而不淫，身段、扮相绝佳，唱腔圆熟，一个人演满台戏，从头到尾不见瑕疵，走板、凉调、唱倒了音一概没有，随便哪个字儿，唱出来上戥子称一称，那也是分毫不差，真可以说是要哪儿有哪儿，越唱越红。宝乐茶园一家独起，挤对得别的戏班子连粥都喝不上了，走的走散的散，有点能耐的过来投山靠寨搭班子，没能耐气量小的成天躺在家里吐着血骂街。老百姓都这么捧，八大皇商肯定也不能落于人后，大把大把地使钱，轮番邀角儿上堂会，今儿个老太太做寿，明儿个小少爷过满月，实在没词儿了给祖宗过一回阴寿，反正找个由头就往家请。戏班子的班主一步登天，三天两头有人请客，忙着迎来送往打点应酬，朱二面子也天天泡在宝乐茶园，懂不懂地胡张罗，跟着到处去吃请，成天喝得五迷三道的，俨然成了二掌柜。

秋去冬来，年关将至，口北寒风呼啸，冰霜满地，却挡不住老百姓过年的心气儿，当地的有钱人家忙着采买裘皮绸缎，裁剪新衣，杀猪宰羊，灌血肠，炸丸子，熏猪头，姑娘要花、小子要炮。穷人家也拆拆洗洗，缝缝补补，洗刷掉污垢晦气，盼着时来运转，买来香火、神像、窗花、对联、麻糖，这叫"办大年"。顶到年根儿底下，白脸狼赴过罗圈坨子的鳇鱼宴，也在一众随从的前呼后拥之下，带着妻妾子女一大家子人来到了口北。关外苦寒之地，人烟稀少，吃的、喝的、玩的比不了关内，白脸狼是刀匪出身，不敢去京城，口北这地方不大，但是商贸兴盛，有钱人多，酒肆赌坊、娼寮妓馆，应有尽有。他不想住在城中招人眼目，便买下堡子外的一座山庄，年底下必定到口北猫冬，夜夜喝花酒嫖堂子，捧角儿玩戏子，听说当地出了一个色艺双绝的飞来凤，他能不去吗？

真可以说是"有臭鱼不怕招不来馋猫"，不出窦占龙所料，白脸狼来口北不到三天，便背着宝刀，带着几个随从，坐上一乘暖轿，来到宝乐茶园。他看戏不能开场就来，非得等戏园子满了座儿，这才背着宝刀趾高气扬地往里走，手下人前呼后拥伺候着，摆的就是这个派头。当天他包下离着戏台最近的一个包厢，又得听又得看。白脸狼坐在八仙桌子后头，有人给沏上一壶茉莉花茶，黑白瓜子、盐炒小花生、松子核桃仁，各式各样的小点心，外带着干果蜜饯，摆了一大桌子。等飞来凤挑帘登台，他刚呷了一口热茶，拿眼往台上一瞥，只这一眼，竟似中了邪，腾地一下挺直腰板儿，不错眼珠盯着台上，就见小角儿飞来凤：戴一顶翡翠冠百鸟朝凤，插一支碧玉簪北斗七星，瓜子脸高鼻梁樱桃小口，含秋水一双杏眼柳叶眉弯，耳垂下丁零当啷八宝玉坠，粉扑扑面似桃花三月鲜，珍珠衫鹦哥绿似露未露，琵琶襟蝴蝶领四角包云，黄丝带绿宫裙叠成百褶，莲花步红绣鞋若隐若现，也不高也不矮腰如弱柳，一不黑二不白红粉佳人，走三步抵得上黄金万两，笑一笑也能够倾国倾城，甩水袖真如同仙子下凡，又好比美嫦娥离了广寒。

白脸狼只看了一眼，就让飞来凤撩拨得百爪挠心，如坐针毡，眼珠子好悬没瞪出来，此人虽已六旬开外，但是腰不弓、背不驼、耳不聋、眼不花，色心更是不减反增，比当年的劲头儿还大，立马叫来戏园子管事的，给飞来凤上了八幅红幛，挂在戏台矮栏上。那是用红丝织成的幛子，类似娶媳妇儿时挂的喜幛，连工带料值不了几个钱，但是旧时戏园子里有规矩，一幅红幛十两银子，戏园子跟台上的角儿分账，有四六开的，也有三七开的，角儿越红，分到手的银子越多。除了一楼的池座，二楼包厢里看戏的人分坐在戏台三面，就在白脸狼对面的包厢里坐着一位，长得黑不溜秋，窄脑门细脖子，只有一只眼，穿得却挺阔，鯎着脸不可一世。白脸狼的红幛刚挂上去，这位也出手了，一口气儿挂了十二幅红幛。白脸狼不认得此人，其实他来到口北头一天，窦占龙便得到了消息，安排朱二面子天天在戏园子等着，只要白脸狼一到，便在一旁推波助澜，跟他比着砸钱捧角儿，不过千万别给他惹毛了。白脸狼财大气粗，又是头一次花钱捧飞来凤，怎肯让别人抢了风头？送红幛不过瘾，让跟班儿的直接拿银子往台上扔，扔银子不解恨，又扔珠串、玉佩，什么值钱扔什么。朱二面子心里偷着乐："你个老不死的跟我较劲？跟我比阔？你横是不知道，我扔出去多少钱，过后还能拿回来，你扔的钱也得归我，因为戏园子是我们家开的！"但他脸上不敢带出来，装作着急上火，撸胳膊挽袖子，一边叫着好，一边往台上扔银子。你也扔我也扔，不过银子有分量，谁出门也不能随身带着千八百斤的，银票又太轻，扔不到戏台上，那可就便宜头几排听戏的了。扔到最后，白脸狼恼羞成怒，口北虽不比关东山，可是凭着自己的名号，谁敢这么栽他？当场一抬手攥住刀鞘，啪地一下拍在八仙桌上，恶狠狠地瞪了朱二面子一眼。他这一辈子杀人如麻，眼中两道凶光射过来，登时吓得朱二面子心寒胆裂，屁滚尿流地跑了出去。

等到散了戏，白脸狼急不可耐跑到后台，点手叫来班主，掏出一锭金子拍在桌子上，当着一众人等，就要把飞来凤带走，其实以往他不这样，毕竟是窑子里的常客，什么样的女人没见过？来捧戏子无非是附庸风雅、调风弄月，今儿个送红幛，明儿个送花篮儿，后天送对稚鸡翎，再往后胭脂水粉、金钗玉佩，慢慢花着钱，哄得小角儿服服帖帖，主动投怀送抱，玩的是这个劲儿。可是这一次不同，一是飞来凤长得太俊了，燎得他欲火中烧，再者是刚才朱二面子那一出儿，扫了他的兴，所以闲话不提，直接砸钱要人。班主见来者不善，点头哈腰紧着作揖："大爷大爷，您听我说，我们这位角儿啊，有点小脾气，不……不陪客。"白脸狼凶相毕露："大爷我赏了那么多钱，这点面子都不给？"班主吓了一哆嗦，求告道："大爷，您可不能乱来，这不合规矩啊。"白脸狼怒道："什么规矩？白爷我就是规矩！"班主苦苦求告："您看您，也赖我们没本事，戏班子二十多张嘴，全指着飞来凤，要是让您带走了，传出去我们不成窑子了？今后还怎么唱戏啊？"白脸狼冷笑道："装他娘的什么大瓣蒜，一个戏子半个娼，就冲那个小娘儿们的骚样，说不陪客你糊弄鬼呢？当了婊子还想立牌坊？又不是黄花大闺女，嫌钱少是怎么着？开个价，她敢张嘴，我就敢接着！"说完又掏出一锭金子甩了过去。班主也是见钱眼开的主儿，双手接住金子，低声说道："我是真不敢驳您的面子，可台底下都是看戏的座儿，人多眼杂，传扬出去，明儿个可就没人看戏了，您开开恩，怎么着也得给我们留条活路啊。"毕竟是在口北，白脸狼不可能光天化日之下直接抢人，忍着脾气退了一步："腊月二十三那天大爷我做寿，要办堂会，你们整个戏班子都得给我到，一个也不能少，倘若是给脸不要，你们今后就甭想再唱戏了！"班主见眼前有了退身步儿，赶紧应承道："是是是，白爷您放心，到时候准得让飞来凤多敬您几杯长寿酒！"

书中暗表：白脸狼出身草莽，打小没爹没娘，哪有什么生辰八字？之所以给自己定在腊月二十三过寿，皆因他当年在这一天血洗窦家庄，挖走了窦敬山埋下的六缸金子，从此脱穷胎、换贵骨，摇身一变，当上了在关外呼风唤雨的白家大爷，娶妻纳妾生儿养女，堪称两世为人。每年腊月二十三，白脸狼都会在口北山庄中大摆寿宴，手底下的老兄弟、小崽子，全来给他拜寿。有财有势的大户做寿，唱堂会必不可少，白脸狼也不例外，一定要找当地最有名的戏班子来助兴，一是为了摆阔，二是图个热闹。窦占龙吃准了这一点，精心设下一套连环计，先砸重金捧红唱戏的飞来凤，又让朱二面子从中搅局，再让班主咬死了不放人，一步一步地引着白脸狼来点堂会。他和三个山匪，还有朱二面子，准备跟着戏班子混入山庄，在寿宴上搅闹一场！

4

闲言少叙，等到腊月二十三正日子，白脸狼在口北的山庄中到处张灯结彩，上下人等均已准备妥当。场院中有砖石垒砌的戏台，比不了戏园子里那般齐整，可也不赖，灰泥砂浆抹得又平整又光亮，底下是通膛的大灶，近似取暖的火炕，四梁八柱撑顶，上面滚垅卷脊，两侧棉布的幔帐直垂地面，挡住了寒风。台口正中悬挂黑底金字匾额，上书"别有洞天"四个大字。整个戏台后倚山墙，倒座一溜儿瓦房，进门居中一间堂屋，迎面几磴台阶，直通上场门、下场门，两侧贯通六间小屋，可在唱戏之时充当后台，屋内灯烛通明，镜子、脸盆、梳妆台，该有的全有了。台前搭了一个大暖棚，入口是红黄两色的喜庆牌坊，棚内挂着彩绘八扇屏，一扇一个典故，周围放置炭火盆，茶桌、板凳摆得整整齐齐，头一排正中间设一把金圈太师椅，上边铺着豹子皮。寿堂设在正房正厅，地贴猩红毡，堂列孔雀屏，宝灯高悬，朱彩重结，迎面挂着寿字中堂，两端对联无外乎福如东海、寿比南山之类的熟词熟句，几案上摆着纯金的寿星佬、青玉雕的麻姑上寿，另有蜡扦、寿烛，地上放蒲团，供小辈儿孙及一众下人给白脸狼磕头之用。有专门打关外带来的厨子，杀牛宰羊，备足了山珍海味，寿面、寿桃、寿糕，各色点心是一样不少。但是只请跟随白脸狼出生入死的老兄弟、替他盯着参帮银炉的大小把头，不请口北当地的宾客，也不对外声张，因为强龙不压地头蛇，口北不比关东山，这是八大皇商和锁家门丐帮的天下，该收敛的也得收敛，该打点的还得打点。另有一节，他们这伙乌合之众凑在一处斗酒，肯定是满嘴的黑话，再一喝多了，更免不了翻翻旧账，卖弄些个打家劫舍、杀人越货的手段，外人在场多有不便。

窦占龙的戏班子雇了几辆马车，拉着行头銮仪、刀枪把子、文武场面，一大早顶着门到了山庄。仆人将他们引至后台，请头角儿飞来凤到里间屋，沏上一壶好茶，端上四碟小点心，又帮着跟包的把戏箱抬进来打开。其余众人有条不紊，列出盔头、衣靠、靴子、髯口、车旗轿、刀枪架，逐一摆设勾脸所用的铜镜、色盒、色笔、粉囊，有道是"早扮三光，晚扮三慌"，登台的戏子们赶早不赶晚，勾脸、勒头、穿胖袄，蹭好了厚底儿，再穿上蟒，能扮的就扮上，余下的髯口、靠旗、刀枪、马鞭之类的，可以等临上场再带，分别找不碍事的地方，压腿下腰吊嗓子，班主带着人在前边装台搭景，文武场面调好了丝弦，让小徒弟蹲在一旁盯着，自去一旁歇息。倒不是怕偷，旧时戏班子里的规矩太多，开戏之前不许扒拉弦儿、呱嗒板儿，否则台上容易忘词儿。另外戏箱也得找专人看着，尤其是大衣箱，不许任何人倚靠，更不准坐在上边，因为里边搁着祖师爷的神位，坐上去是大不敬，但唯独唱丑角儿的这位可以坐，按照旧时的规矩，戏班子里的"丑儿"地位最高，有个吵架拌嘴、马勺碰锅沿儿什么的，均由他出头了事。

窦占龙等人暗藏利刃，外边罩上粗布棉袍，压低了毡帽檐充作杂役，跟着戏班子一通忙活，晌午时分，山庄之内大排酒宴，后厨的大师傅、小伙计忙得四脚朝天，前墩后墩一齐上阵，灶上炒勺来回翻，口蘑肥鸡、卤煮寒鸭、锅烧鲇鱼、醋熘肉片、扒肘子条、四喜丸子盛在花瓷大海碗里，中间一盆八鲜卤，一盆寿面，白家上下人等，不分主仆贵贱，连同贺寿的宾客，全吃一样的。单独给戏班子的艺人在后台摆了几桌酒菜，这个行当讲究饱吹饿唱，那些吹奏笙箫管笛的，必须吃饱喝足，吹起来才有底气，唱戏的要气沉丹田，吃得太多横在肚子里碍事，堵着声音出不来，上台之前得少吃，这叫"肚饿嗓宽"。吃什么也得注意，太凉太热的不能吃，以防激着嗓子；太咸太甜的不能吃，容易齁着嗓子；太油腻的不能吃，怕把嗓子糊上；太硬的不能吃，免得扎了嗓子，总之是该在意的全得在意到了。

戏班子怎么吃有规矩，白府的人可没讲究，大多是土匪草寇出身，一上来还有个人模样，提起杯来恭祝白爷"福如东海长流水，寿比南山不老松"，几杯马尿灌下去，一个个的原形毕露，撸胳膊挽袖子，蹬桌子踩板凳，划拳行令、淫词浪曲，闹了个乌烟瘴气。白府众人一直吃到下半晌，酒足饭饱，吉时将至，该准备祭祖了。仍跟往年一样，各房妻小、闲杂人等各回各屋，把门关严实了，听见什么响动也不许出来。白脸狼移步正堂，吩咐四个贴身的哑巴仆人，带来一个由他点名的小妾。说是祭祖，实为祭刀。白脸狼一辈子荣华富贵，皆拜那口宝刀所赐，因此每年做寿之前，他必然先祭宝刀。祭刀没有不见血的，杀鸡宰羊可不够瞧，他得杀个活人！

白脸狼落草为寇之前，穷得叮当响，衣不蔽体、食不果腹，上无片瓦遮身，下无立锥之地，孤身一人住在一间八下子漏风的破庙里，指着偷鸡摸狗勉强过活。有一次来了个过路的老头儿，背着一口带封条的长刀，到破庙里寻宿。白脸狼也没在意，破庙又不是他家的，有过路的、讨饭的进来对付一宿，那是再平常不过了，谁都不用跟谁打招呼。怎知道当天晚上，他梦见庙中趴着一头恶狼，让封条困着一动也不能动，直到半夜被一泡尿憋醒了，借着破屋顶上透下来的月光，只看见那个老头儿睡在墙根儿底，哪有什么恶狼？白脸狼心思一动，估摸着这是一口宝刀，悄悄搬上一块大石头，哐当一下，砸得老头儿脑浆迸裂，随后扯去了封条，将宝刀据为己有，从此成了啸聚山林的强盗。

杀的人越多，他的刀越锋利。当年他在关外一刀削下赛妲己的人头，凭着一股子杀气，率手下血洗窦家大院，抢去六缸金子，从此发了迹，所以他祭一次刀，就得杀自己一个小老婆。白脸狼贪淫好色，身边妻妾成群，他自己也不知道究竟娶过多少，走到一处看见谁家的女眷好，也不管有主儿没主儿，抢过来这就是自己媳妇儿，借人家的屋子当时就入"洞房"，顺着他的掏二两银子做聘礼，牙蹦半个"不"字，当场就是一刀。内宅中的女人多了，吃饱喝足没事干，免不了钩心斗角，找碴儿的、闹事的、打架的、传闲话嚼老婆舌头的，成天是鸡飞狗跳，搅得他心烦意乱。白脸狼的眼里揉不下沙子，更不懂得怜香惜玉，谁惹恼了他，翻脸比翻书还快，于是立下一个规矩：凡是他的小老婆，谁犯了过错，他看谁不顺眼，娶到家后悔了，或是怀不上他的狼崽子，便在腊月二十三这天，从中挑一个祭刀，对外只说是当着祖宗的面执行家法，将不守妇道的妻妾扫地出门，再不准回来了。一家子人蒙在鼓里，谁也不许问，也没人敢问，心里头可没有不嘀咕的，府里风言风语从没断过。

书不赘言，只说四个哑仆领命，带着那个小妾来到寿堂。白脸狼早已穿戴齐整，头戴貂皮暖帽，皮袍外罩着一件红马褂，上绣团花寿字，身披大红斗篷，脚蹬青缎子面镶如意皮条的薄底翘头尖靴。那小妾穿一身鹦哥绿棉裤棉袄，脸上的脂粉得有半寸厚，惯常在后宅甩闲话、骂闲街、打便宜人儿，劲儿大极了，此刻却是神色惶恐，跪在当场全身发抖，不等她开口说话，就被四个哑仆用麻绳绑了，嘴里塞上破布头。再看白脸狼，小心翼翼摘下宝刀，双手捧着，恭恭敬敬摆在供桌的刀架之上。他一辈子刀不离身，不论行走坐卧，骑马走路背在身后，坐着握在手中，躺着压在枕下，一年到头仅这一时片刻，将宝刀供在桌上。四个哑仆自知主子要杀人，唯恐被刀风带着，远远地躲到墙边垂手而立。白脸狼横眉立目，指着小妾的鼻子一通训斥，说她吃里爬外，挑拨是非，不守妇人的本分，外鬼好拿，家贼难防，怪老子瞎了眼，娶了你这么个倒霉娘儿们！白布做棉袄——反正全是他的理儿，越说越上火，随手拎出小妾口中的破布，厉声喝问："你还有何话讲？"小妾止不住地哆嗦，泪珠儿扑簌扑簌往下掉，纵有一肚子委屈，也不敢多说一个字。白脸狼数落完了，气也出了，转身焚上一炷香，插在香炉里，二目微合，口中念念有词，撩前襟下跪，磕头叩拜宝刀，然后缓缓起身，取下供在刀架上的宝刀。等他再一回身，一张狰狞的脸上已经布满了杀机，左手握着刀鞘，右手去拔宝刀，可是人有失手、马有失蹄，连拔了三下，竟没拔出刀来。小妾吓得花容失色，连声惊呼："老爷饶命……老爷饶命！"四个哑仆口不能言，心下也觉得蹊跷，他们多曾看主子杀人，哪一次不是手起刀落身首两分？这一次的刀怎么出不了鞘呢？

白脸狼也发慌，打他落草为寇以来，吃肉兴许咬着过舌头，拔刀杀人可没失过手，真比切瓜砍菜还快。本以为一刀下去，小妾的项上人头落地，怎知自己上了岁数，手钝足慢，居然拔不出刀了。他心中暗觉不祥，可也只是一转念，便即稳住了心神，匪首全凭威风压人，无论在什么地方，当着什么人的面，他都得端着架子，担心失了威风、显出颓势，今后难以服众。没等那几个哑仆明白过来，白脸狼心里头发着狠，二次攥住了刀柄，两下里一较劲，手中宝刀出鞘，紧接着寒光一闪，但见那个小妾跪在地上，两个眼珠子滴溜溜乱转，只看老爷拔刀在她眼前一晃，感觉这是要杀自己，赶紧磕头求饶，身子刚往前这么一倾，人头立即滚落在地，来了个血溅寿堂！

白脸狼杀完人收刀入鞘，若无其事一般，端坐在寿堂正中。四个哑仆抹去地上的血迹，收拾小妾的尸首，拿一床棉褥子卷了，从角门抬出去埋在后山，脑袋却不埋，扔到山沟里喂狼，使之身首异处，当了鬼也是找不着脑袋的无头鬼。这边抬走尸首，那边随即吩咐下去，点燃寿烛，高结寿彩，各房妻小、各路宾客候在门口，按着高下地位、长幼之序、远近之别，依次来给白脸狼磕头拜寿。

来给白脸狼贺寿的宾客，都得备足了寿礼，没有空着手来的。尽管白脸狼家财万贯，什么也不缺，但是你送的礼品贵重，才显得心里头有白爷，够朋友。如果说哪一位送的东西不受待见，可别怪白脸狼不拿你当人看。众人摸准了白脸狼的脉门，绝不会送字画古董、紫砂青铜、官窑瓷器，他白脸狼大字不识，不稀罕古玩瓷器，不论你花了多少银子，在他眼里狗屁不是。再有什么貂皮人参、虎骨麝香之类的，白脸狼一样看不上，关东山里最不缺山货，努努嘴就有人给他端到跟前，貂皮当尿戒子使，人参当水萝卜吃，送了等于没送。众人绞尽脑汁，投其所好，送上的寿礼也是五花八门，有活的有死的。死的是什么呢？白脸狼以抢来的六缸金子起家，最看重的仍是金货，寿礼之中不乏金碟子金碗金脸盆，还有一个纯金打造的夜壶……每亮出一件寿礼，都引得上下人等一阵喝彩，往寿堂上一摆，金光灿灿耀人眼目。活的又是什么呢？有人直接牵来一匹宝马良驹，膘肥体壮火炭红，金镶鞍，银裹镫，赤金的马镫子；另有人献上一名胡姬，一颦一笑风情万种，称得上千娇百媚，秀色可餐。搁到以往，你给白脸狼送来一个美人，那他肯定高兴，但是白脸狼今天一门心思惦记着飞来凤，瞧不上别的美女了。

一众人等轮番进来磕头献礼，有的亲支近派贺完了寿，还要再喝杯茶叙谈几句，礼毕已是傍黑时分，晌午的寿宴散得迟，有饿的有不饿的，两厢接着开流水席，谁想吃谁去，不想吃的进棚看大戏。白脸狼志得意满，对付了几口吃喝，随即来到暖棚之中，他手拎宝刀，端着架子往正当中一坐，谱摆得比王爷还足。几个小老婆争相讨好，知道今天是大喜的日子，香粉擦得格外厚，胭脂涂得格外红，嘴唇抹得跟刚吃完死孩子似的，个顶个打扮得花枝招展，什么金银首饰、珠宝翠钻，能戴的全戴上，走起路来叮当山响，嘴里头"老爷长老爷短"地叫着，有给他揉肩的，有给他捶腿的，其余的在一旁斟茶递水地伺候着。白脸狼专门吩咐仆人，拿出根上等的棒槌泡在茶壶里，助助自己的元气。此时戏台上亮起灯烛火彩，暖棚里点燃了羊角灯，班主见白脸狼坐稳当了，忙冲文武场面中的鼓老挥了挥手。戏班子的规矩，台底下听班主的，上了台全听鼓老的，他坐的这个位置称之为"九龙口"，从开戏到散席别人可以动，只有他不能动，他的鼓点不起，其余的响器一概不许动。只见鼓老手中两根罗汉竹的鼓键子往下一落，随着一阵紧锣密鼓，这叫"打通儿"，随着锣鼓点止住，台上先演了一出帽儿戏《天官赐福》，福德星君邀众福神下界，颁赐福禄，张仙送子，财神赠金。这出戏场面热闹、扮相喜庆，句句唱词离不开吉祥话，最主要的是人多，生旦净丑什么扮相的都有，最好的盔头、蟒全亮出来，这叫"亮家底"，一是为了卖弄卖弄戏班子的实力，再一个，上来先把戏箱全折腾开，往后随着唱随着往里收拾，散戏的时候就省事了。台上紧着忙活，朱二面子也没闲着，他之前跟白脸狼在宝乐打过照面，前台不敢去，压低了帽檐，眨巴着一只眼在山庄各处转悠，逢人便问："您怎么不去看戏呢？"看见有些仆役、厨子、老妈子手里的活儿还没干完，朱二面子便连拉带拽："我们可是京西头一路的戏班子，十年八年您也不见得赶上一次啊，如今送上门来了，您还等什么呢？赶紧去看几眼，看完了再接着忙活，什么也不耽误！"他要开三寸不烂之舌，说得人们心头长草，那些烧开水的、收拾灶台的、刷锅洗碗的、擦桌子扫地的、打更巡夜的、角楼上放哨的，全来暖棚中看戏了，前排的板凳座无虚席，后头也挤满了人，踮着脚尖直着眼往台上瞧。

帽儿戏过后，接的是几段折子戏，无非是《龙凤呈祥》《富贵长春》之类的吉庆戏码，再给安排几出靠戏、猴戏、箭衣戏看个热闹，场子热乎了，看戏的也来了兴头，飞来凤这才领衔登台，开演《调元乐》。讲的是三月三王母娘娘寿诞办蟠桃大会，各路神仙前来祝寿，领衔的飞来凤扮成麻姑，在绛珠河畔以灵芝酿酒献与王母。这出戏旦角儿众多，从白花、牡丹、芍药、海棠四仙子，再到王母娘娘身边的四宫娥，还有八仙里的何仙姑，扮相一个赛一个漂亮，满台水袖飞舞、罗裙飘摆，看得人眼花缭乱、目不暇接，却都不及飞来凤出彩，尤其是给王母娘娘拜寿这一场，借助台上的砌末机关，粉妆玉砌的飞来凤"从天而降"，仿若天女下凡尘，又似嫦娥离广寒，台下的一众人等，全张着嘴看入了神。一出大戏唱罢，飞来凤手捧灵芝仙酒，带着戏子们谢场，在台上站成横排，作揖行礼，拖着戏腔齐声道贺："恭祝白家大爷，年年有今日，岁岁有今朝！"台底下彩声雷动。白脸狼一双色眼直勾勾盯着飞来凤，一年到头板着的脸，总算露出了一丝笑模样，牙缝里挤出一个字："赏！"手下应了声"是"，立刻将堆得跟小山似的元宝放在红木托盘里，由四个仆人搭到台上，这是额外赏的，跟出堂会的钱两拿着。飞来凤是班子里的头路角儿，不能自己上手接银子，单有跟包的杂役来接，他自己飘飘下拜施礼称谢，羞答答瞟了一眼白脸狼，低头垂袖、轻摆腰肢退场下台。

　　按着窦占龙的吩咐，戏班子花足心思，提前排了几出大戏，飞来凤退场之后，台上接演《八仙祝寿》。山庄里的家眷宾客接茬往后看，白脸狼却坐不住了，打从今天一睁眼，脑子里就全是比花赛花比玉似玉的飞来凤，忍到此时，丹田中的一团火已经顶到了脑门子，抓上茶壶里的棒槌，嘎嘣嘎嘣狠嚼了几口，随即起身离座，吩咐下人不必跟随，背上自己那口宝刀，裹紧身上的斗篷，出了暖棚直奔后台。白脸狼心急火燎，一个人绕到后台入口，推门就要进。班主赶忙拦着："大爷留步，您不看戏了？"白脸狼冲他一瞪眼："看什么戏？我找飞来凤！"班主赔着笑说："大爷大爷，您可不能进去。"白脸狼眉毛一挑："在老子自个儿家，我还得听你的？"班主说："不是不是，我怕扫了您的兴啊，怪只怪我之前没跟您说明白，飞来凤他……"班主吞吞吐吐，白脸狼听着着急："有话快说，有屁快放，飞来凤她怎么了？"班主一跺脚："飞来凤他他他……他不是娘儿们！"白脸狼听得一愣，还以为自己耳朵上火听差了，一把揪住班主的脖领子："你待怎讲？"班主愁眉苦脸地又说了一遍："飞来凤……不是娘儿们！"白脸狼色迷心窍，让这股子火拿得五脊六兽，哪还顾得上那么多，怒道："滚一边儿去，你以为大爷我没见过娘儿们？是不是娘儿们我也得跟她热闹热闹！"

白脸狼不由分说，将班主推到一旁，一脚踹开屋门。进去的堂屋挺宽敞，几磴台阶通向前台，七八个戏子正在候场，见他面红耳赤背着刀闯进来皆是一惊。白脸狼不理会旁人，往左首一拐，挑开二道门帘子，径直走到最里面一间屋子跟前，推门往里一看，屋中点着几盏油灯，火苗子忽忽闪闪，靠墙摆放着两个戏箱，敞着盖，搭着几件戏袍，满鼻子的香粉味儿闻得人脑袋发晕。身形俏丽的飞来凤，正背对屋门站着，咿咿呀呀哼着小调。白脸狼心说："分明是个小骚狐狸，怎么可能不是娘儿们！班主吃了熊心豹子胆，敢挡白爷的道儿，等腾出手来非得把他收拾了！"他淫笑两声，反手关上门，冲上前去搂抱飞来凤，顿觉骨酥肉软、香气扑面。飞来凤不急不恼地回眸一笑，桃花脸杏花腮樱桃小嘴粉嘟嘟，带着一股子骚劲儿欲迎还拒："白爷您急什么啊，有劲儿留着炕上使啊，不差这一会儿啊，先容我求您一件事！"唱戏的有句话，"有戏没戏全在脸上，有神没神全在眼上"，飞来凤那一双媚眼，宛如玄月，顾盼生姿，勾得白脸狼欲火中烧，呼呼喘着粗气说："什么求不求的，那不生分了？要钱白爷有的是钱，要人白爷现在就给你！"飞来凤往白脸狼怀里一倚，纤纤玉指抵住白脸狼的下巴颏："我有几个关东来的亲戚，久闻白爷威名，想当面给您磕头请安，又怕惹您生气。"白脸狼温香软玉抱在怀中，对飞来凤有求必应："那生啥气啊？你家亲戚又不是外人，改天叫他们过来，磕了头挨个儿有赏！"飞来凤说："别改天了，他们已经到了，大爷您稍等！"不等白脸狼应允，飞来凤就跟条泥鳅似的，欠身从他怀中溜了出去，紧跟着棉门帘子一挑，从外间屋进来四个人，正是窦占龙、海大刀、老索伦、小钉子！

白脸狼稍稍一怔，马上认出了一对夜猫子眼的窦占龙，也认得海大刀，他一辈子杀人越货，仇家遍地，没少遭人暗算，又是草寇出身，担心遭官府缉拿，出门在外自是处处戒备，纵是艺高人胆大，也不敢出半点差池。可他这座山庄壕深墙高，大门一关，出不去进不来，他有宝刀防身，寿宴上一多半是杀人不眨眼的匪类，想不到还真有几个不知死的，竟敢跟着戏班子混入山庄。他不怒反笑，仰天打个哈哈："怪不得我的宝刀连夜在鞘中啸响，这是该见血了！"屋内空旷，他的嗓门儿又高，震得门窗打战，窦占龙等人身不由己往后退了两步。白脸狼狞笑一声，恶狠狠地说："来了就别走了，白爷重重有赏！"话音未落，他身形一闪，按雁翅推绷簧，锵啷啷宝刀出鞘。窦占龙睁开夜猫子眼闪目观瞧，分明见到他身后蹲着一头光板儿秃毛的恶狼，裹在阴风惨雾之中，一瞬间仿佛回到了鳇鱼

208

宴上，不由得毛发森竖。三个山匪望着白脸狼手中寒光闪闪的宝刀，也吓得全身发抖！

5

四个人皆是有备而来，相互使个眼色，齐刷刷给白脸狼跪下了。窦占龙从裆裢中捧出宝棒槌，战战兢兢地连声求告："白爷饶命，白爷饶命，我是杆子帮大东家窦敬山的后人，孙猴子本领再大，翻不出如来佛的手掌心，小的有自知之明，绝不敢与您为敌。这一次我们兄弟在关东山逮到个山孩子，拎着脑袋来此献宝，万望您刀下开恩，放我等一条活路！"

白脸狼常年把持着关东参帮，宝棒槌他可见多了，冷眼一瞥看得分明，窦占龙捧出的宝棒槌了不得，那是关东山老把头口中代代相传的"七杆八金刚"，堪称千载难逢的宝疙瘩，真是踏破铁鞋无觅处，得来全不费工夫！他的眼珠子都蓝了，撇着嘴角子一笑："东西我收下，你们几个的人头我也得要！谁让你们活腻了，自己送上门来找死，待我一刀一个，挨个儿给你们劈了！"说罢跟身进步，抡开宝刀要剁，窦占龙忙说："且慢，小的我还有一件宝物，如若您饶过我等性命，甘愿拱手奉上！"白脸狼疑心重，贪心更重，仗着宝刀在手，杀这几个人易如反掌，不信他们翻得了天，死死盯着窦占龙："你还有什么宝物？"窦占龙一手托着宝棒槌，另一只手拿出裆裢中的铁盒："我们老窦家祖传的乌金铁盒，铁锁用铜水浇死，谁也打不开，老辈子人供着它，才得以攒下六缸金子。"过去的人大多信这一套，家里供什么神龛佛像、镇宅的宝剑无非是为了求福求财，白脸狼也不例外，转念之间想到窦敬山不过一介凡夫俗子，肩不能担手不能提，论能耐与自己差之万里，凭什么他可以家财万贯、坐享清福，我却要亡命山林、刀头舔血，难不成真是有宝物相助？再看这乌金铁盒邈如旷世、年代颇古，錾刻在盒盖上的金角神鹿栩栩如生，绝非凡物，想必其中有宝！当下里冷哼了一声："打不开？我的宝刀削铁如泥，一把烂锁何足道哉？"紧接着不由分说，手起刀落。窦占龙只觉一阵罡风袭来，削断了他鼻子尖上的汗毛三根半，再看刀锋过处锁头坠地，铁盒中掉出一个尺许长的画轴。白脸狼不好兴古玩字画，但也不嫌保家发财的古画烫手，拿刀尖一指窦占龙："打开画让我瞧瞧，若真是宝画，留你个囫囵尸首！"

窦占龙将铁盒放在一旁，磕膝盖点地，爬上前来捡起画轴，对着白脸狼缓缓展开，只见破旧不堪的古画中，绘着一头吊睛白额大虫，行在崎岖的山岭之上，前爪搭着一块青石板，俯低了身形，做前扑之势，虎目圆睁、虎口怒张，露出剑戟般的獠牙。此画虽破，但气势森然，似能听到震撼松林的虎啸之声。画中猛虎也不是寻常草虎可比，但见此虎：背为天罡，腹为地煞；天有十万八千星斗，虎有十万八千毛洞；四个大牙按四季，八个小牙分八节；右耳一点红，避着太阴，左耳一点黑，避着太阳，尾巴上一点青，挂着压脚印；额头上一个"王"字，不吃忠臣；脖子上一个"孝"字，不吃孝子；前蹿一丈惊人胆，后退八尺鬼神忙；当年驮过汉光武，刘秀封它兽中王！

宝画中的松皮云纹，暗藏五雷符，画卷展至尽头，雷符就响了，画中猛虎尾巴一摇，带着一阵狂风扑将出来。白脸狼大惊失色，忙用宝刀去挡，但听咯嘣一声脆响，五尺长的宝刀断为两截！白脸狼惊恐万状，颓然跌坐于地，浑身有如中风麻木。而在宝刀折断的一瞬间，他的头发胡子掉了一半，整个人仿佛苍老了几十岁。窦占龙也拿不住《猛虎下山图》，宝画坠落尘埃，画还是那张画，只不过更加残破。

三个山匪见窦占龙得手，立刻蹿将起来，对着白脸狼抛出三张罗网，要将他兜头罩住，罗网以缠着藤丝的麻绳拧成，坚韧无比，边缘挂着铅坠儿，罩住了甭想再出来。不料白脸狼这个刀头舔血的悍匪，尽管伤了元气，手中半截宝刀仍是锋利无比，仗着久经厮杀，临危不乱，腰杆子发力从地上一跃而起，快刀劈开罗网，却也无心恋战，晃身形夺路而走。山匪岂能容他脱身，他们早把兵刃藏在飞来凤的戏箱里，此时各取兵刃一拥而上。海大刀抡起鬼头刀，老索伦挥动一柄开山斧，小钉子分持两口短刀，将白脸狼围在当中，走马灯似的战在一处！

前头戏台上锣鼓点一阵紧似一阵，后台屋子里打得更是热闹。论身上的能耐，三个山匪没一个白给的，海大刀勇、老索伦狠、小钉子快，到了这个节骨眼儿上，都拼着跟白脸狼同归于尽，连环相击，有攻无守。白脸狼可也不孬，他的宝刀折了一半，也仍是半长不短，使得泼风一般，攻守兼备，全无破绽。若是搁到以往，白脸狼身高臂长，手上的宝刀又长，刀法又快，那仨人早成了刀下之鬼。即便他只有半截刀，三个山匪也占不到便宜，老索伦被削去半个耳朵，小钉子嘴角豁开了花，海大刀肋上也被划开一道口子，满室的刀光斧影，鲜血飞溅。

窦占龙从不曾见过这等厮杀，只听人说白脸狼刀法娴熟，不想如此了得，不说出神入化，也够得上炉火纯青，再不出手，恐怕三个结拜兄弟就要横尸当场了，他急忙扔出金碾子，口中喊了一声"着"！混战之中，白脸狼忽见一道金光落下，他心急手乱，半截断刀抵挡不住，直惊得魂销胆丧，哪里躲闪得开？金碾子不偏不倚打在他头顶上，砸了个满脸是血，眼前一片腥红。常言道"要解心头恨，挥剑斩仇人"，三个山匪趁机冲上来，在白脸狼身上连搠了几十刀。此人啸聚山林一世枭雄，终成了刀下之鬼！窦占龙大仇得报，心中百感交集，说不出是喜是悲，半晌回过神来，仍将宝棒槌、金碾子、《猛虎下山图》收入裆裤，又从死尸手中抠出那柄断刀，割下白脸狼的人头。

　　说话这时候，前边戏台上《八仙祝寿》正唱到裉节儿上，戏子们倒扎虎、翻筋斗、劈叉、打旋子……为了讨赏挣钱，一个比一个卖力气，台侧的文武场面也是有多大劲儿使多大劲儿，随着鼓乐齐鸣，八仙共赴瑶池，轮番给西王母献宝。挤在暖棚中的人们，只顾扯着脖子喊好儿，对后台的乱子全然不觉。正眼花缭乱的当口儿，窦占龙拎着血淋淋的人头走上前台，身后跟着三个满身血迹的山匪，吓得台上的王母娘娘和八位大仙慌里慌张往两厢躲，铁拐、玉板、横笛、花篮等法宝扔了一地，锣鼓点也停了。暖棚中离得远的，看不那么清楚，乱哄哄的，不知台上加了什么戏码，哪位大仙拎着血葫芦祝寿？前排有眼尖的，已看出窦占龙手中的半截刀，似乎是白脸狼的宝刀，那个龇牙咧嘴狰狞可怖的人头，也像是白脸狼的首级。窦占龙将白脸狼的人头往上一提，半截宝刀指着台下众人："你们瞧好了，白脸狼恶贯满盈，这就是他的报应！"

　　窦占龙拎着人头使劲一扔，落在地上骨碌碌乱滚，这一下可炸了营，丫鬟老妈子及一众女眷吓得花容失色，连声惊叫。戏台底下的那么多人，至少有一多半是刀不离身的亡命徒，睡觉手里都得攥着刀，他们可不干了，当家主事的顶梁柱死了那还得了？登时凶相毕露，纷纷拔出利刃，叫嚷着要往台上冲，恨不能把窦占龙等人当场剁成肉馅儿。紧要关头，飞来凤从后台闪身而出，祭起那面彻地幡，卷着一道黑烟坠地，正插在人群当中。众人来不及分辨，但听轰隆隆一阵巨响，尘埃陡起，齐着暖棚的四个边，地面塌下去七八尺深。白脸狼的妻妾儿孙、走狗爪牙、前来贺寿的山贼草寇，加上丫鬟、奶妈、伙夫、车把式、轿夫、门房……连同暖棚里的桌椅板凳炭火盆，一齐陷在坑中，你压着我、我砸着你，吃了满嘴的碎土，谁也爬不上来，有被踩在脚底下的，当时就咽了气。

　　原来窦占龙早已托付飞来凤，焚香设坛，拜请黑八爷，调遣七十二窟擅长钻沙入地的獾子，从四周穴地而入，挖空了戏台前的场院。另有两条地道，从山庄外直通进来，埋伏着老索伦从关外找来的二三十号山匪。这伙人跟白脸狼不共戴天，得知要来宰杀他的满门家小，个个提着十二分的血气，正等得焦躁，忽听场院中天塌地陷一般，碎土坷垃稀里哗啦往下乱掉，心知海大刀等人得手了，立刻从地道口钻出来，直扑戏台前的场院，其中一半与海大刀等人兵合一处，争着砍杀陷在土坑中的对头。海大刀、老索伦、小钉子也杀红了眼，纵身跃下戏台，踩着陷坑中的人，不问男女，不分良贱，见人就杀，逢人便宰，如同割麦子一样，有脑袋的就往下扒拉。陷坑里人挤人人摞人，纵有悍勇擅斗之辈，也苦于挣扎不出，只得眼睁睁地抻长了脖子等着挨刀，惨呼哀号之声不绝于耳。飞来凤暗觉杀戮太过，有心劝海大刀等人放过无辜，怎奈山匪杀得兴起，根本拦阻不住，只得听之任之。一众山匪从陷坑这边杀到陷坑那边，身上、脸上、发辫上、兵刃上沾满了鲜血，跟打血池子里捞出来似的，还觉得不解恨，又翻回头挨个儿补刀，这叫按住葫芦抠籽儿——一个不落！

另一半山匪由朱二面子引着，杀奔摆流水席的厢房。此时仍在划拳斗酒的匪类，无不是贪杯嗜酒之辈，喝了整整一天，一个个醉眼乜斜，坐都坐不稳当，也想不到山庄里会出乱子，被一众山匪杀了个措手不及，转眼间横尸遍地，抱着酒坛子就去见阎王爷了。腥风血雨过后，海大刀又带着兄弟们在山庄里四处搜寻，遇上喘气儿的就是一刀，杀了个鸡犬不留，墙窟窿里的小耗崽子都扒出来挨个儿掐死。朱二面子人尿货软不敢抡刀使枪，跟在山匪身后煽风点火，叫骂助威，也不知道他从哪弄来个大口袋，瞪着一只眼珠子，看见什么值钱的捡什么，什么金碟子、金碗、金夜壶……半夜摘茄子——有一个算一个，全塞进了他的大口袋。众山匪也是贼不走空，杀人之余能划拉多少就划拉多少，将白府上下洗劫殆尽。

出了这么大的乱子，杀了这么多人，窦占龙不敢让一众山匪在此久留，指点他们带着劫掠来的财货，连夜北返，躲到关外避一避风头，只留下三个结拜兄弟，等这阵子风头过去，设法卖了棒槌再回关外。他见戏班子的人躲在台边上，玉皇蹲着，王母缩着，灵官抱着脑袋，天王的宝塔也扔了，甭管什么扮相的，到这会儿全不灵了，胆小的眼都不敢睁，只剩下哆嗦了。窦占龙忙将班主拽过来，塞给他一沓银票："出了这么大的乱子，谁也兜不住，趁官府还没追究下来，你们赶紧远走高飞，重打锣鼓另开张，再也别来口北了。"班主怎敢不应，接过银票，行头锣鼓全不要了，带着戏班子几十号人逃出了山庄。

一切安排妥当，众人做鸟兽之散。窦占龙带着朱二面子、飞来凤先回皮货栈，海大刀、老索伦留下放火，想把这么大的山庄烧连了片，那多少也得费点力气。小钉子则趁着月黑风高，把白脸狼的人头挂到堡子门口，使得天下皆知。走在半路上，窦占龙望见身后火起，直烧得毕毕剥剥，烈焰腾天，心下一阵怅然："想想当年白脸狼怎么血洗的窦家庄，再瞧瞧他这一庄子人是怎么死的，真可谓因果相偿，一报还一报！我擅取天灵地宝，会不会也有报应？凭着我这一身神鬼莫测的本领，再加上那头宝驴，能不能躲得过报应？"正当窦占龙患得患失之际，飞来凤对他说道："窦爷，此间大事已了，按咱们之前说定的，你该交出七杆八金刚，由我再次埋到九个顶子。"窦占龙以前琢磨不透，为什么憋宝客贪得无厌？直到将鳖宝埋在自己身上，他才洞悉其中的秘密，鳖宝是可以聚财，但你得拿天灵地宝养着它，否则自身精气血肉，迟早会让鳖宝吸干，那还有个完吗？为了杀白脸狼报仇，他迫于无奈用了鳖宝，仗着埋得不久，三五年载之内剜出来，还不至于变成鳖宝的傀儡。再加上之前应允了飞来凤，杀掉白脸狼之后，甘愿奉还宝棒槌。说出去的话，如同泼出去的水，自不肯食言而肥，因此告诉飞来凤："你尽可放心，大丈夫一言既出，驷马难追，绝无反悔之理，只不过宝棒槌是我三个结拜兄弟千里迢迢从关外背来的，容我跟他们打个招呼，再让你把东西带走。"

屋子里说话外边有人听，大道上说话草坑里有人听，朱二面子背着一口袋金银细软走在后头，飞来凤问窦占龙要宝棒槌的话，他可听得一清二楚。一行人前后脚回到皮货栈，朱二面子悄悄跟三个山匪嘀咕了几句。经过一夜厮杀，个个一身血污，也顾不上多说，忙着烧水沐浴换衣裳，又点火焚化了血衣。朱二面子摆出提前备下的酒肉，六个人围桌坐定。经此一事，窦占龙早成了众人的主心骨，他斟满一杯酒，举杯说道："咱们联手杀了白脸狼，不仅报了仇出了气，也替关东老百姓除了一害，当真可喜可贺，我敬各位一杯。"三个山匪和朱二面子，酒到杯干，齐声称快。小钉子挑着大拇指对窦占龙说："咱往后都是好日子了，应当我们敬你才对！"海大刀也说："老四指点咱们找到棒槌池子，刨出那么多棒槌，让兄弟们发了财，又经你布置，干掉了咱的死对头。哥哥我做一个主，不论这一次卖棒槌能得多少银子，你拿一半，我们仨拿另一半，带回关东山给大伙分了。"窦占龙却不敢居功："只凭我一个人，可干不成这么大的事。三位兄长如若瞧得起我，我有一个不情之请。"海大刀笑道："老四你咋还客气上了？有什么话尽管开口！"窦占龙说："能不能把宝棒槌让给我？其余的卖多卖少我分毫不取，全是你们仨的！"

　　三个山匪闻言均是一愣，你看看我我看看你。怎奈海大刀刚才的弓已经拉满了，话赶话说到这儿，他又是个红脸汉子，怎么可能不答应？哈哈一笑："我当啥事呢，没你指点，谁逮得住山孩子？那就该是你的，卖棒槌的银子也得分给你！"老索伦心眼儿多，他问窦占龙："白脸狼已死，没人挡道儿了。宝棒槌非同小可，卖给八大皇商，银子要多少有多少，献给朝廷，高官厚禄也是唾手可得。我想问老四你一句，你拿了宝棒槌，打算干啥？"窦占龙跟他们一同出生入死，心中早就没有了芥蒂，当下直言相告："不瞒三位兄长，我之前跟飞来凤说定了，他助咱们杀掉白脸狼，事成之后，让他带走宝棒槌！"三个山匪听罢，脸都沉了下来，相互厮觑着，谁也没吭声。

　　飞来凤打坐下来就没说话，毕竟诛杀白脸狼是人家哥儿几个的事，他出手相助为的是七杆八金刚，所以一直在旁边捏着酒杯察言观色，发觉情形不对，忙对海大刀等人说："七杆八金刚乃关东山镇山之宝，不可擅动，还望几位大哥高抬贵手，让我带走宝棒槌，今后有缘，定当回报。"没等别人开口，朱二面子头一个不干了，猛地一拍桌子，指着飞来凤破口大骂："我早看出你没安好心了，光着屁股串门——忒不拿自己当外人了，宝棒槌是你种的？关东山是你堆的？山里生土里长的棒槌，谁抬出来就姓谁的姓，跟你有什么关系？你是想恶吃恶打，当下一个白脸狼啊？少廉寡耻的烂货，还他娘的捏着半拉装紧的，宝棒槌喂了狗也不能给你！"别看飞来凤是久走江湖的"老合"，可也没听过这么牙碜的脏话，被骂得脸上青一阵白一阵，牙关咬得嘎嘣响。窦占龙没想到朱二面子横插一杠子，说翻脸就翻脸，赶紧拦着他，不让他乱掺和。朱二面子这才刚骂上瘾，不顾窦占龙的劝阻，梗着脖子叫嚷："舍哥儿，不是我这个当姐夫的说你，你怎么能让飞来凤迷了心窍？头一次见着他，我就瞧出他不是个好鸟，你随便玩玩我不管，来真格的可不行。他飞来凤整天拿仁义礼智信当戏唱，抠着腔脐爬墙头——自个儿抬自个儿，两河水儿养出来的鳖羔子，烂莲藕坏心眼儿，猴拉稀坏肠子，娄西瓜一肚子坏水，黑心萝卜坏透腔了，凭什么让他带走宝棒槌？"朱二面子一脸狰狞，穷凶极恶，三分不像人，七分倒像鬼，挥着两条胳膊，十指如同钢叉，口吐莲花滔滔不绝，唾沫星子满桌子乱飞。他常年管横事，嘴上没有把门儿的，何况又喝了不少酒，脑门上暴起青筋，脸变成了猪肝色，一句比一句难听，您甭看刚才杀人放火时显不出他，论着骂人，他单枪匹马能骂退十万天兵天降。直骂得名伶飞来凤手捂胸口，浑身打哆嗦，气儿也喘不匀了，眼瞅着眉头直竖，印堂上泛起一阵黑气，伸手拽出了彻地幡，当场便要翻脸！

这么一闹，窦占龙落了个里外不是人，只得说好话打圆场，屁股变成了捻捻转儿，劝完了这边劝那边。三个山匪早有防备，趁窦占龙拦着朱二面子，互相使了个眼色，小钉子突然纵身上前，飞起一脚踹倒了飞来凤。海大刀腕子一翻，手中已多了一柄牛耳尖刀，他不容飞来凤起身，左手抓住发髻，右手将刀往心口窝子搠下去，这一刀又稳又狠，避开肋条骨插心而过，扎了个透膛。飞来凤当场毙命，彻地幡落地化为乌有。老索伦扯开飞来凤背上的包袱，翻出一个乌木牌位，扔在地上拿斧子劈了。窦占龙拦得住一个拦不住四个，眼瞅着人也杀了，牌位也砸了，急得他一抖落手，心说："飞来凤助众人报仇，却惨遭横死，这个祸可闯大了！"

海大刀擦去了刀头上的鲜血，让老索伦和小钉子将尸首抬去烧了，见窦占龙脸上不好看，劝道："兄弟，飞来凤身上有邪法，哥儿几个不能眼睁睁看着你被他迷了心窍，将七杆八金刚拱手送人。可不是为贪图你的东西，既然定下来宝棒槌给你，绝没有变卦那一说。"朱二面子也跟着敲边鼓："舍哥儿，你可不能怪他们，更不能怪我，我得替你姐看顾着你啊，正所谓'发财遇好友，倒霉遇勾头'，你仔细想想，谁轻谁重，谁远谁近？千万别胳膊肘往外拐犯了糊涂！"窦占龙心说："我早知道飞来凤是胡家门的香头，这还用得着你们告诉我？换二一个人引得出白脸狼吗？挖得了那么大的陷坑吗？"老话说"临崖勒马收缰晚，船到江心补漏迟"，事已至此，窦占龙也无话可说了，因为海大刀等人救过他的命，又是一个头磕在地上的生死弟兄，只怪自己擅作主张，没跟兄弟们商量，便即应允了飞来凤。无奈之余，又抬起头来狠狠瞪了一眼朱二面子，甭问也知道，肯定是他在背后撺掇的！

此后一连几天，窦占龙右眼皮时不时地乱跳，愈发觉得心中有愧，始终是神不守舍，一到夜里就恍恍惚惚，总能看见飞来凤的身影在眼前乱晃，满脸是泪，边哭边唱！

第九章　窦占龙赴宴

1

　　吃羊吃到尾巴尖儿才是最肥的，书到此节，最热闹的地方也该来了！且说窦占龙等人躲在皮货栈中暂避风头，只派朱二面子去堡子里打探消息。天一亮城里就传遍了，即便口北不是关东山，试问谁不知白脸狼是杀人无数的刀匪？落得此等下场，正是他的报应！以往没人敢说，如今血淋淋的人头挂在城门口了，山庄也烧了，树倒猢狲散，谁还怕他？衙门口以前收了白脸狼的银子，只顾着闷声发财，反正他也没在此地杀人越货，眼见这个人死了，只当断了一条财路，宣称是刀匪分赃不均引发内讧，胡乱抓几个顶命鬼砍了销案。

　　接下来的几天，海大刀等人留在皮货栈陪着窦占龙，没事儿就劝他，说什么江湖险恶，吃饭防噎，行路防跌，飞来凤一身邪气绝非善类，一刀宰了才是永绝后患，用不着往心里去。朱二面子遭了窦占龙的冷眼，惹不起躲得起，仍是早出晚归，可着口北转悠，茶楼酒肆，窑子宝局，哪儿人多往哪儿扎，想听听人们怎么议论此事。马上该过年了，各家各户门口贴满了对联、横头、大纸、常千。所谓大纸，通常是七寸见方的五色彩纸，一幅四块，写上"天官赐福、春满人间、抬头见喜、四季平安"，贴在门头上，两个下角粘上三四寸长的红纸条，小风一吹，沙沙作响。常千比大纸略小，上有镂空刻花，年味十足。街巷间明灯放炮，敲锣打鼓，堡子外的老百姓赛马迎喜神，马鬃马尾都拴着红布条，远处燃起大堆旺火，过往之人争相给火堆上添柴。腊月将尽，军民人等忙着过年，民不举官不究，谁还在乎掉了脑袋的白脸狼？

朱二面子回到皮货栈，不提自己如何花天酒地挥霍钱财，只将在堡子里所见所闻说了一遍，各人心里一块石头落了地，只有窦占龙心神不宁。朱二面子兴冲冲地告诉众人："正月十五灯节，口北八大皇商在玉川楼摆酒设宴，要跟咱们商量商量，那两百多斤棒槌怎么卖。"海大刀也对窦占龙说："老兄弟，咱从九个顶子刨出来的两百多斤棒槌还得卖，深山老林里那么多穷哥们儿，全指望着这个吃饭呢。俺们几个又不是买卖人，不会跟做生意的打交道，你老四可不能当甩手掌柜的！"窦占龙这才明白，又是朱二面子出的馊主意，打着海大刀的旗号，跟八大皇商做起了买卖，恼怒之余不禁扪心自问："山匪虽然抢了不少财货，却仅是浮财而已，没什么宝条银票，贺寿的金碟子金碗，还都落在了朱二面子手上。我取宝发财易如反掌，可是各有各命，你给山匪和朱二面子搬来金山银山，使之一朝暴富，对他们来说反倒是祸非福。我不妨再帮他们一次，全了救命之恩、结义之情。做完这桩买卖，我算是对得起他们了，到时候我远走高飞，今后让朱二面子跟着他们仨混就得了！"朱二面子只想卖完宝棒槌跟着分一杯羹，见窦占龙不吭声，便在旁劝道："八大皇商手握龙票，替朝廷做生意，个个财大气粗。在人家看来，咱那两百多斤棒槌的买卖，小是不小，可也大不到哪儿去，杀鸡用不着牛刀，不至于八个大东家全到场。之所以在玉川楼摆酒设宴，无非是想让咱带着七杆八金刚过去，给他们开开眼，沾一沾宝气，咱可不能驳了人家的面子。"海大刀等人也连声称是："有宝棒槌做底，不敢说跟八大皇商平起平坐，他们也得高看咱一眼，咱这是墙头儿上拉屎——露大脸了！"窦占龙见朱二面子和三个山匪正在兴头上，不便再泼冷水，寻思着："八大皇商总不至于明抢，做生意的和气生财，给他们看一看倒也无妨。何况七杆八金刚在我手上，谁又抢得走了？大不了兵来将挡、水来土掩，纵然搬来都统衙门的官军，又能奈我何？"

　　玉川楼是口北数一数二的大饭庄子，坐落在堡子里最繁华的中街上，门楼高耸、堂宇宏丽，大门两侧挂着一副对联："闻三杯状元及第，饮两盏挂印封侯"，一楼为散座，楼上设两排雅间，后头是个大花园，可赏亭台水榭，难得的雅致，这可不是给老百姓预备的，能进雅间的无不是达官显贵、富商巨贾。到了正月十五这天，仍是十分寒冷，天上阴云密布，北风卷起碎冰碴子，打在脸上跟针扎刀刺一般。日暮时分，窦占龙等人身穿大皮袄，头戴暖帽，耳扇放下来捂住耳朵，跨马骑驴来到堡子里。按旧例说来，这天算是一个小过年，天上云遮月暗，雪霰霏霏，各家商号门前高挂花灯，五色装染，灯火绰约。奶奶庙前香客云集，堵住了庙门口。街面上踩高跷的、扭秧歌的一队紧接着一队，大闺女小媳妇儿拎着从糕点店买来的元宵、南糖，三五成群有说有笑，小孩举着冰糖葫芦来回跑，一派安逸祥和的景象。窦占龙等人穿街过巷来到玉川楼，今天他们是八大皇商的贵客，掌柜的带着堂倌远接高迎，给这几位让到楼上最大的雅间落座，牲口牵到跨院饮喂。八大皇商已经等候多时了，八个大东家，个个面色红润，穿着滚金绣银的长袍马褂，纽襻上拴着手串、胡梳、金杠各有不同，腰间挂着荷包、吊坠、锦绣的香囊。其中有一位范四爷，正是去年收他们棒槌的皇商大东家，玉川楼也是人家捎带脚开的，不为挣钱，只为交朋聚友，办事方便。双方逐一引荐，分宾主落座。小伙计递上热毛巾，沏上茉莉花茶，摆上俗称"开口甜"的四干果四点心，四个干果碟有黑白瓜子仁、去皮的糖炒栗子、裂口的榛子、核桃仁又叫长寿果，四碟点心分别是高佛手、马蹄云、五蜜蜂糕、绿豆酥，额外还给每人上了一小碗元宵。不是财迷舍不得多给，粘食不能多吃，吃多了跟酒犯冲，应个节尝尝就得了。吃完了元宵，再换杯茶水漱漱口。随着东家一声吩咐，跑堂的铺罢了糖碗、压桌碟，吆喝着搬酒上菜：酒是当地"明缸坊"上等的红煮酒，烧酒里泡上青梅、冰糖，入砂锅煎煮，酒液呈紫檀色，甘醇浓郁；菜也体面，蛤蟆鲍鱼、炖大乌参、通天鱼翅、一品官燕、桂花干贝、口蘑膏肝……皆为当地难得一见的珍馐，八大皇商再有钱，平常也不敢这么造，这都赶上招待王爷了！

朱二面子厚着脸皮反客为主，眯缝着一只眼睛，又给这个斟酒，又给那个布菜，点头哈腰地说着奉承话，来来回回不够他忙活的。酒过三巡，范四爷神神秘秘地卖了一个关子："诸位诸位，你们听没听说，咱口北出了一件大事——白脸狼死了！"朱二面子装傻充愣：“白脸狼？谁是白脸狼？”范四爷"哎"了一声："你们几位不是常年在关外刨棒槌吗？怎么会不知道把持着参帮的白脸狼？"朱二面子故作吃惊，瞪大了眼珠子："噢……那位白家大爷啊，不能够吧，他……他怎么死了？"范四爷呵呵一乐："我还能骗诸位吗？脑袋让人剁下来了，挂到城门楼子上了，眼珠子凸凸着，舌头吐出半尺来长！"众人有的吃惊，有的诧异，也有的不屑。

范四爷看了看几个山匪，话锋一转："当着明人不说暗话，白脸狼到口北，可不是奔着我们来的，他是死是活，都不耽误咱们之间做买卖。俗话说'家有千口，主事一人'，我冒昧地问一句，你们几位谁做得了主？"朱二面子嘴上没把门儿的，又抢着说："海大刀海爷是大把头，他以前做过骁骑校，在关东山一呼百应！"范四爷之外的七位皇商，纷纷冲海大刀抱拳拱手，连称："失敬失敬，闻名不如见面，见面胜似闻名；海爷相貌魁伟，拳头上立得人，胳膊上走得马，一看就是办大事的；白脸狼这一死不要紧，关外的参帮群龙无首，我们今后只能找海爷收棒槌了！"这就叫生意人，尽管身份地位相差悬殊，可为了赚钱，说几句拍马屁的客套话还不容易？唾沫星子又不费本钱。海大刀一介武夫，身似山中猛虎，性如火上浇油，这么多年一直受着白脸狼的气，钻山入林、餐风饮露，耳朵里几时听过这么顺溜的话？让八个大东家这么一通捧，都快找不着北了，端起杯来一饮而尽。范四爷站起身来，端着酒壶酒杯走过去，又亲自给海大刀斟了一杯酒，满脸堆着笑说："海爷，听说几位在关外刨了不少棒槌，其中还出了个老山宝，号称是七杆八金刚，虽然还没见着货，可我们老哥儿几个信得过海爷您，咱以往打过交道，又都是敞亮人，您这批货无论多少，我们全要了，您看成吗？"海

224

大刀见范四爷一脸诚恳，心想："人敬我一尺，我敬人一丈。人家财大气粗，拿着龙票替皇上做买卖，能跟挖棒槌的坐一桌喝酒，还那么客气，我可不敢妄自尊大，虽说宝棒槌许给老四了，他不是也得卖吗？卖给谁能有八大皇商出的价钱高？"念及此处，他连忙起身，满应满许地答道："行啊，只要价钱合适，它就归您了！"范四爷喜出望外："海爷爽快！那咱一言为定了，您尽管开个价，咱不着急啊，想好了再张嘴，只管蹦着脚往高了要，绝不能够让您几位吃亏。来来来，咱们先干了这杯酒，等待会儿吃饱喝足了，咱再换个地方，我带你们几位寻点乐子去！"

海大刀暗自得意，谈买卖也不过如此，手上的货硬，不愁卖不了大价钱。刚要举杯，窦占龙突然起身，拦住他说："大哥且慢，咱可有言在先，你把宝棒槌许给我了，带到玉川楼，只是让八位大东家看上一看，我可没说过要卖，你不能替我做主！"

范四爷莫名其妙，攥着酒壶端着酒杯，满脸尴尬地愣在当场，站也不是坐也不是，人家刚才问得清楚，海大刀是当家主事之人，怎么还有不认头的？这是要耗子动刀——窝里反了？其他几个皇商也大眼瞪小眼，闹不清盐打哪咸，醋打哪酸。海大刀也没想到窦占龙会当众让自己难堪，眼瞅着闹僵了，一张脸憋得如同紫茄子皮，半晌说不出话。朱二面子忙打圆场："舍哥儿舍哥儿，你喝大了，怎么见了真佛还不念真经？口北八大皇商富可敌国，咱的宝棒槌不卖给他们卖给谁去？谁出得了那么多银子？"窦占龙只觉一股子邪火直撞顶梁门，两个夜猫子眼一瞪："你是哪根葱？轮得到你拿主意吗？"朱二面子闹了个不吃烧鸡吃窝脖儿，却不敢顶撞窦占龙，因为他比谁都明白，自己能在这一桌人里混，全指着窦占龙，真翻了脸没法收场，以后没了靠山，吃谁喝谁去？只得自己给自己找台阶下："怎么冲我来了？行了，全怨我了，舍哥儿你也别着急，我不掺和了还不行吗？"说完话，臊眉耷眼地出了雅间。

范四爷碰了个钉子，在座的皇商一齐把目光投向肖老板。他是八大皇商之首，五十多岁的年纪，个头儿不高，横下里挺宽，一张大圆脸，长得挺富态。口北的牲口驴马市都是肖家的买卖，皮张、棒槌、药材生意做得也大。肖老板不知道先前的事儿，适才也并未留意窦占龙，见此人岁数不大，但是话语轩昂，十分的硬气，一双夜猫子眼冒着精光，吃不准是什么来头，可既然刚才说了是海大刀当家主事，那也犯不着跟你多说，还得挑一挑事儿，卖主乱了方寸，这个买卖才好做，便转过头来问海大刀："我说海爷，你们几位当中，不该是您说了算吗？"海大刀看了看老索伦和小钉子，又看了一眼窦占龙，他让窦占龙撅了几句，上不去下不来的，也觉得颜面扫地，可是当着外人，怎么着也不能跟自己兄弟唱反调，他给肖老板赔了个不是："实不相瞒，没我这老兄弟，我们刨不出这个宝棒槌，之前我也是说过，宝棒槌给他了，只怪我刚才多喝了几杯，嘴上一秃噜，又许给你们了，一个闺女找了两个婆家，这……这可咋整？"

多大能耐多大派头，肖老板听懂了其中的缘由，一不急二不恼、三不慌四不忙，只是略一点头，笑着对窦占龙说："这位兄弟，你甭看外人叫我们八大皇商，名号连在一块，其实我们各忙各的生意，三两年也聚不齐一次，为什么今天全来了？一来是想开开眼，见识见识你的七杆八金刚，沾一沾宝气；二来你再好的货也得有买主儿不是？我们是为挣钱，你也是为挣钱，俗话说'人要长交，账要短算'，你抬抬手，把宝棒槌让给我们，咱一份生意一份人情，来年接着做大买卖，别的地方不敢提，在口北这个地界，我们哥儿几个多多少少还能说了算！"肖老板张了嘴，说出来的话半软半硬，另外几位东家也跟着帮腔，死说活劝非要买下宝棒槌不可。窦占龙刚才一怒之下赶走了朱二面子，他自己也挺别扭，觉得不该发那么大的火，可一说到"七杆八金刚"，就仿佛要摘他的心肝一样，是无论如何不肯卖。肖老板不明白窦占龙为什么这么死心眼儿，索性把话挑明了："你是信不过我们，觉得我们出不起价钱？还是说打算献给朝廷，求一个封赏？要不然咱先不谈买卖，你把宝棒槌拿出来，让我们几个见识见识行吗？"窦占龙只是摇头，你有千言万语，他有一定之规，按着褡裢不肯放手。

有星皆拱北，无水不朝东，凡是到口北做生意的，谁不踪着八大皇商？尤其是肖老板，在口北德高望重，手里攥着龙票，替朝廷做生意，有几个人敢驳他的面子？以往的买卖，都是别人求着他们，而今反过来求别人，这就够可以了，见窦占龙一个外来的行商，竟然如此不识抬举，不由得暗暗恼怒，大圆脸越拉越长，明明像个西瓜，此时却跟竖起来的冬瓜相仿。可终究是生意人，心里头再怎么恼火，场面上的话也得交代几句。当下站起身来，冲窦占龙和三个山匪一拱手："买卖不成仁义在，既然各位不肯卖，我也不便强求。我们先回去，稍后有商号中的大柜二柜过来，再谈谈其余的棒槌怎么收，当然了，卖与不卖也在你们。行了，你们吃着喝着，都记在我账上，恕不奉陪了！"说罢袖子一甩，带着另外七个财东，气哼哼地出了屋。

一场酒宴，不欢而散，雅间里只剩窦占龙和三个山匪了。窦占龙没想到八大皇商重金利诱，海大刀他们仨没一个吐口说要卖掉宝棒槌的，虽是落草为寇的山匪，却不是因利结交的小人，心下十分感激，换了几个大碗，搬起坛子倒上酒，端着酒碗给海大刀赔罪。海大刀已经喝多了，满嘴酒气地说："宝棒槌是你的，你说不卖，那指定不能卖。咱一个头磕地上，同生共死，不能够为了银子，损了兄弟之间的义气！俺们仨为啥跟飞来凤过不去？不是舍不得宝棒槌，而是担心你着了他的道儿！俺们在山里那么多年，啥玩意儿没见过？一块砖头也能绊倒人，白脸狼尚且让飞来凤坑了，何况是你呢？迟早不得吃亏吗？"窦占龙心下感激，有大哥这番话，不枉兄弟们结拜一场。小钉子为人也爽快，说话办事喊里咔嚓："什么八大皇商，大不了不跟他们做买卖了，没了白脸狼把持参帮，咱刨了棒槌还愁卖吗？"老索伦却说："老四，二哥问你一句，你为啥不肯卖宝棒槌？"窦占龙说："二哥是明白人，看出了我的心思。你听他们那个话说的，价钱由咱们定，要多少钱他们给多少钱，你让他们给咱一座金山，他们拿得出来吗？八大皇商财势再大，钱也不是大风刮来的，买卖人我最清楚，做生意将本图利随行就市，绝不可能这么论价。咱跟他们狮子大开口说了价钱，他们掏不出钱怎么办？在我看来，他们根本没打算买，正所谓'酒无好酒、宴无好宴'，十之八九是包藏祸心！"老索伦点了点头："八大皇商盘踞口北已久，在当地的势力不小，明枪易躲，暗箭难防，咱可得多加小心！"海大刀心性耿直，想不到那么多，听他们二人说完，这才觉得不对劲儿："口北不能待了，咱连夜走，留得青山在，不怕没柴烧！"小钉子满不在乎："你们是江湖越老，胆子越小，八大皇商又不是山贼草寇，怎能明抢暗夺？一旦传扬出去，以后谁还敢跟他们做买卖？"老索伦一摆手："世道险恶，人心叵测，不可不防！"

正说话间，忽听楼下传来几声劈着音儿的驴叫。窦占龙打开窗子，探头往楼下一看，不禁倒吸了一口冷气。此刻西北风刮得呼呼作响，天上黑云遮月，长街灯影摇晃，两端冲出几千个要饭花子，手持火把围住了玉川楼，逛花灯的人早都跑没影了。海大刀见势头不对，招呼三个兄弟赶紧走，话没落地，已有许多恶丐蜂拥而入，楼梯被震得咚咚咚直响。小钉子抬脚把门踹开，只见过道上挤满了恶丐，一个个蓬头垢面、龇牙咧嘴，一个比一个丑，一个赛一个脏，手中拿着打狗棍、铁绳、铁索、钢刀，如同森罗殿前的阴兵鬼将。为首的是个大胖子，约莫五十来岁，脸上松皮垮肉，长了无数脓包，有的往外流黄脓，有的结了暗红色的血痂，两个眵目溜丢糊的眼珠子眯缝着，四五层下巴叠在腔子上，脑后梳着一条金钱鼠尾的发辫，一手攥着四尺多长的杆棒，粗如鹅蛋，亮似乌金，另一只手上托着个破砂锅子，肩搭一件团龙褂子，身上的棉袄上打了两个补丁，天寒地冻也不嫌冷，露着半截小腿肚子，光着两只大脚，腿上、脚上长满了脓疮，比癞蛤蟆皮还恶心，晃着身子咣咣咣往前一走，踏得楼板突突乱颤，只听他哇呀呀一声怪叫："不识抬举的球货，透你娘的牙叉骨，方才交出七杆八金刚，尚可给你们留个囫囵尸首，如今也甭交了，等爷爷我抢了宝棒槌，再将尔等千刀万剐，剁碎了喂狗！"

2

一个家一个主儿，一座庙一尊神，为首的那个大胖子，正是口北丐帮锁家门的鞭杆子"老罗罗密"！窦占龙没见过也认得出来，之前让朱二面子打探过，提到祭风台二鬼庙的老罗罗密，整个口北，乃至宣化、大同，无人不知，无人不晓。此人祖上本是一位王爷，长得又高又胖，膂力过人，却染了一身怪病，脚底流脓，身上长癞，他这毛病还传辈儿，子孙后代也是如此，请了京里多少名医，喝了多少汤药丸散，用了多少砭石针灸，始终治不好。民间谣传，说这是冲撞了癞蛤蟆精，染了无药可治的毒疮，俗称"花子疮"。据说得了花子疮的人只许受罪，不能享福，吃残羹冷炙，穿粗布裤褂，睡干草垫子，出门不能骑马乘车，稍微舒坦一点，癞疮便严重一分，直至最后全身溃烂而死。当年风言风语传遍京城，老皇上传下口谕，贬他当个世袭罔替的"穷王爷"。当时口北乞丐甚多，时常骚扰商户，结伴强讨，卧地诈伤，官府也管不了，长此以往，恐成大患，派他去口北，统领丐帮锁家门，管束地方上的流民乞丐。皇上金口玉言，王爷不愿意去也得去，带着一肚子怨气来到口北，当上了锁家门的鞭杆子。毕竟是上马管军下马管民的王爷，文韬武略有的是手段，他也是让癞疮拿的，憋着一肚子毒火，执掌锁家门以来，便立下一个规矩——凡在他管辖地盘上讨饭的乞丐，有一个算一个，一律先打上三十杀威棒，打得皮开肉绽，哭爹叫娘，挺不过去的当场毙命，相当于剔除了老弱病残，仅留下悍恶之辈。

锁家门占据了城外祭风台二鬼庙，穷王爷从花子堆里挑出一伙恶丐充当打手，跟着他吃香喝辣，其余的叫花子过得猪狗不如。祭风台四周有很多荒废的砖窑，地上铺一层烂草，几十个叫花子挤在一间破窑里，站不能直腰，躺不能伸腿，白天分头出去乞讨，按时回来点卯，哪个违反帮规，轻则罚跪、打板子、剁手指、割耳朵，重则抽筋扒皮、剜眼珠子，绝不姑息，一众乞丐为了活命，只得逆来顺受。在穷王爷的统领下，锁家门的势力越来越大，招亡纳叛来者不拒。传至这位老罗罗密，同样是一身癞疮，脾气比祖上还暴躁，而且阴狠歹毒、喜怒无常，横行口北不可一世，论耍赖谁也比不了他，门下弟子成千上万，比官府势力还大，俨然是个土皇帝。八大皇商的买卖做得再大，银子挣得再多，也惹不起老罗罗密，口北各个商号都有锁家门的"飞来股"，什么叫飞来股？一不投银子，二不出人，年底下还得给他分红付息，少给一个大子儿，轻则搅黄了你的买卖，重则让你家破人亡，口北的八大皇商得拿他当祖宗一样供着。

前几天，朱二面子到处吹嘘，说他们手上有关东山的天灵地宝七杆八金刚。锁家门的乞丐遍布口北，大街小巷无孔不入，成天竖起耳朵听着风吹草动，消息传到老罗罗密耳中，恨不能立时吞了宝棒槌，治他身上的癞疮，有心直接抢夺，又怕损了天灵地宝，因此按兵不动，等待时机。窦占龙他们怎么杀的白脸狼，怎么放火烧的山庄，瞒得过官府，可瞒不过锁家门的乞丐。老罗罗密吩咐八大皇商，在玉川楼摆酒设宴，让那伙人带着宝棒槌过来，借着谈价的机会抢下来，他率领手下恶丐布下天罗地网，只等抢了宝棒槌，再把那几个关外来的球蛋赶尽杀绝，不料对方起了疑心，说什么也不肯拿出宝棒槌，酒宴之上气走了八大皇商。老罗罗密暴跳如雷，招呼群丐围住玉川楼，一马当先冲了上来！

窦占龙等人见恶丐来势汹汹，又听为首的老罗罗密大声叫嚣，才明白锁家门的恶丐盯上了天灵地宝，怪自己一时疏忽，没想到螳螂捕蝉，黄雀在后，八大皇商身后还有个老罗罗密。此时过道上、楼梯上挤满了乞丐，个个咬牙切齿、横眉立目，有如酆都城中的索命鬼卒，再想走可来不及了。只听老罗罗密一声令下："拿下四个球货，酒肉管够！"群丐为了抢头功，争先恐后往上冲，登时挤塌了半边木板墙。海大刀和老索伦出来赴宴，身边没带长兵刃，情急之下一人抓起一把椅子，抡开了往冲在前边的乞丐头上乱砸，二楼雅间里的椅子皆为实心硬木，上头还镶着铜边，挨着谁，谁就是头破血流，打得那些乞丐连滚带爬，哭爹叫娘。小钉子身法迅捷，手持两柄短刀，围着桌子东钻西绕，也一连捅伤了三四个对手。怎奈乞丐来得太多，在楼上摆开了"肉头阵"，其中不乏亡命之徒，又有手持掩身棒子的老罗罗密坐镇，哪个胆敢后退？

窦占龙见势不妙，想扔出金碾子去打老罗罗密，但是酒楼上过于狭窄，人又太多，根本施展不开。四个人且战且退，撤到窗户底下，有心跃下去夺路而逃，可是玉川楼下也是密密麻麻的乞丐，早把道路插严了。窦占龙急中生智，招呼三个兄弟上屋顶，堡子里宅院紧凑，屋顶墙头连成了片，上了屋顶分头跑，总不至于让人一锅端了。正在此时，忽听老罗罗密一声令下，群丐纷纷掏出五毒药饼塞到嘴里，嚼烂了往四个人身上吐唾沫。海大刀猝不及防，手臂上、脸上沾到口水，瞬间乌黑溃烂，剧痛难当，疼得他倒在地上直打滚儿。不等其余三人接应，蜂拥上前的恶丐早已刀枪并举，在海大刀身上一通乱砍乱戳，转眼剁成了肉泥！

群丐一招得手，齐声大喝，打狗棒猛戳楼板，结成一道人墙，一步一步压上前来！小钉子、老索伦奋力拼杀，前边的乞丐刚倒下，后边的就踩着人顶上来，桌子椅子全翻了，地上杯盘酒肴一片狼藉，残汤剩饭洒了一地，脚底下打滑，站都站不稳。小钉子两眼冒火，有心一刀捅死老罗罗密，替他大哥报仇，仗着身手灵活，躲过打下来的棍棒铁索，埋身往前一滚，竟从人墙中钻了过去，顺势到了老罗罗密近前。他一个鲤鱼打挺，从地上蹿起来，只见面前的老罗罗密比自己高出多半截，身形臃肿，遍体流脓，担心捅不穿此人的一身肥膘，当下双刀一分，挟着仇裹着恨，直取对方两肋。怎知老罗罗密手持掩身棒子，别人打不了他，他打别人是一打一个准，活鬼躲不开，死鬼避不过，一棒子抡下来呼呼挂风，正打在小钉子头上，登时口鼻喷血，摔了个四仰八叉。老罗罗密抬起毛茸茸臭烘烘的大脚，一下踏扁了小钉子的脑袋，红的白的流了满地！

老索伦已经杀成了血人，眼瞅着折了两个兄弟，他也不想活了，使劲推了窦占龙一把："你赶紧走，留下一条命，给兄弟们报仇！"窦占龙略一迟疑，老索伦额头上又挨了一刀，伤口皮开肉绽、深可及骨，呼呼冒着血，眼前一片猩红，正吃疼的光景，小腿被一个恶丐用铁索套住，紧跟着往怀里一带，拽了他一个趔趄。老索伦趁机抓起掉在地上的一柄钢刀，对着围上来的乞丐拼命劈砍，势如疯虎。窦占龙一狠心蹿出窗子，在外檐上立足。只听楼底下喊杀声震耳，锁家门一众乞丐手举灯球火把、亮籽油松，挥动着利刃棍棒，将玉川楼围得水泄不通，屋顶上也有百余个恶丐，真可以说是上天无路，入地无门。扭头再看，屋中的老索伦已经倒在血泊之中。老罗罗密指着窦占龙大叫："宝棒槌在这个球货身上，不可放走了此人！"玉川楼中的乞丐一拥而上，全伸着手来抓窦占龙，楼底下成群结队的恶丐听得号令，也大河决堤一般扑了上来，搭着人梯往楼上爬。

窦占龙心中发狠："宝棒槌在褡裢中，谁也拿不走，凭我的本事，真说要走，锁家门的乞丐再多也拦不住，三位兄长放心，我来日必报此仇！"口中打个呼哨，只听呱嗒呱嗒一阵声响，跨院牲口棚里的黑驴挣脱缰绳，撞开成群结队的乞丐，直冲到酒楼下。窦占龙咬紧牙关，纵身往下一跃，不偏不倚落到驴背上。他这头识宝的黑驴，翻山越岭如履平地，应名是驴，实则有个名号，唤作"金睛骞"，憋宝客一旦骑上黑驴，无异于鸟上青天、鱼入大海！

楼下的乞丐从四面八方围拢上前，窦占龙两腿一夹，催动胯下黑驴，正待冲出重围，没想到肉重身沉的老罗罗密也从酒楼上跃了下来。有如从半空中掉下一个大肉球，随着嗨的一声巨响落在街心，震得地动山摇。那头宝驴也吓了一跳，惊得直立嘶鸣，又往后倒退了几步。窦占龙扯着缰绳，稳住胯下黑驴，趁老罗罗密立足未稳，抬手扔出金碾子，霎时间风云变色，一道金光闪动，直奔老罗罗密面门！

老罗罗密一不慌二不忙，手中掩身棒子一挥，早将飞来的金碾子打落在地。窦占龙暗道一声"不好"，抖开缰绳要跑。说时迟那时快，老罗罗密的棒子又到了。黑驴驮着窦占龙腾空跃起，刚蹿上去三尺高，就让这一棒子打翻在地，也给窦占龙摔出去一溜儿跟头。锁家门群丐见老罗罗密得手，齐声鼓噪呐喊。老罗罗密不容窦占龙挣扎，甩大步抢至近前，抡着掩身棒子就打。窦占龙躲无可躲，避无可避，心中万念俱灰！

值此千钧一发之际，忽听一声叫骂："傻么糊眼的臭货，敢打我们家舍哥儿，你也忒不是人揍的了！"一风撼折千竿竹，十万军声半夜潮，压不住他这一嗓子，话到人到，朱二面子冲将过来，挡在了窦占龙身前。原来他刚才离了酒楼，并没往远处走，一直在门口转悠，琢磨着怎么给自己找个台阶下，忽见来了许多要饭的乞丐，他没往心里去，以为是来玉川楼取折箩的叫花子，但是街上的乞丐成群结队，围在玉川楼下越聚越多，周围的商号忙着关门上板，过路看花灯的男女老少也不见了踪迹，怎么看这些乞丐都不是来讨饭的，紧接着楼上乱成了一锅粥。朱二面子暗地里揣摩，怕是八大皇商勾结了锁家门恶丐，前来抢夺宝棒槌？念及此处心头一颤，恐怕窦占龙他们有什么闪失。说到对骂，朱二面子以一当十，真动上手，那算是豆腐坊的盐面儿——白饶的，有心跑去通风报信，奈何群丐堵住了酒楼大门，根本闯不进去。正自心急火燎的当口儿，黑驴疾冲而至，撞得一众乞丐屁滚尿流，窦占龙跃下玉川楼，骑着黑驴正要逃，老罗罗密也追到了，一棒子打翻了黑驴，又去打窦占龙。朱二面子胡混了半辈子，还指望跟着窦占龙享福呢，怎能看着他挨打？又觉得自己皮糙肉厚，挨几棒子不要紧，正所谓"聋子不怕雷，瞎子不怕刀"，朱二面子不知深浅，当即分开群丐，冲上来挡在窦占龙身前，伸手去夺老罗罗密手中的掩身棒子。他可没想到，锁家门的掩身棒子非同小可，擂上一下非死即残！但听砰的一声闷响，朱二面子脑袋上结结实实挨了一棒子，直打得他口鼻喷血，三昧真火都冒了，仅有的一只眼珠子也凸了出来，口中兀自喃喃咒骂："他奶奶个臭货的……疼疼疼……疼死老子了……"还没骂完，就俩腿一蹬咽了气，抓着掩身棒子的两只手却至死也没撒开。

　　窦占龙心里一阵难过，朱二面子搭上一条命，替他挡了一棒子，让他缓了口气。此刻大敌当前，他无暇多想，急忙捡起刚才掉落在地上的金碾子，再次对着老罗罗密扔了出去。金碾子是天灵地宝，拿在手中是一个大小，扔出去又是一个大小，往下落着随风长。老罗罗密本以为稳占上风，骤然间一道金光从天而降，他手中的掩身棒子却被朱二面子死死抓着，甩也甩不掉，只不过稍一耽搁，已被金碾子砸中了天灵盖，"啊呀"一声惨叫，肥硕无比的身躯晃了三晃，轰然倒地，如同砸倒了一座大山！

锁家门一众恶丐大惊失色，愣在原地手足无措。窦占龙趁乱捡起金碾子，转身跃上黑驴，仗着是头宝驴，虽然挨了老罗罗密一棒子，仍硬撑着站了起来，在周围的乞丐当中撞出一道口子，抻长脖子，蹬开四蹄，拼了命往前蹿，踩着乞丐冲开一条路。此刻已近子时，口北不比江南，冷风瑟瑟，寒气袭人，看灯的人们让乞丐这么一闹，早都跑光了，住家商号关门的关门，上板的上板，各条街道空空荡荡、死气沉沉，唯有两侧花灯仍是流光溢彩，宛如一座灯火通明的鬼城。窦占龙紧催胯下黑驴，风驰电掣一般冲到城门口，城门紧闭，城墙高达数丈，黄土夯垒，外侧包砖，墙下筑有马道，直通城楼。黑驴三蹿两纵上了马道，来到城墙上，徘徊了几步，眼见城外一道护城河，吊桥高悬，此时天冷，抽干了河水，露出一层铁蒺藜。守城的军卒上前拦阻，黑驴一扑棱脑袋，纵身跃下城头，蹿过护城河，驮着窦占龙逃出口北，一阵风似的狂奔不止。

跑到后半夜，黑驴渐渐放缓了步子，四条腿突突打战，脑袋也耷拉了，身上的汗珠子啪嗒啪嗒往下掉。窦占龙连忙下驴，四下里踅摸，要给它找口水喝。可是一转眼，黑驴已然倒在地上，吐着血沫子死了！

3

窦占龙看见路旁有块石碑，上刻"小南河"三个字，才知黑驴驮着自己，一口气跑出了几百里地，世人常说"宝马良驹日行一千夜走八百"，黑驴只在其之上，不在其之下。他一屁股坐在地上，夜猫子眼几乎瞪出血来，恨透了锁家门的老罗罗密和八大皇商，不将此辈碎尸万段，难解心头之恨，想起老窦家祖上留下话，憋宝的贪得无厌，不许后辈儿孙再吃这碗饭，为了除掉白脸狼，他不得已埋了鳖宝，至此才明白窦老台为什么住寒窑穿破袄，因为憋宝的不饥不渴、不疲不累，吃什么也尝不出味儿，铺着地盖着天也不觉得冷。真正贪得无厌的不是人，而是身上的鳖宝，有多少天灵地宝也喂不饱它！他之前想得挺好，杀完了白脸狼，趁着埋得不久，三五年之内还能自己下手剜出来，免得越陷越深。不承想玉川楼赴宴，三个结拜兄弟和朱二面子全死了，世上再无可亲可近之人，剜出鳖宝也得等到报仇之后再说了！

四下看了一看，恰巧路边有座土地庙，窦占龙想起一件事，宝画《猛虎下山图》还在褡裢中，此画杀气太重，画中下山的猛虎过于凶恶，真可以说是"三天不食生人肉，摇头摆尾锉钢牙"，又没有铁盒封着，带在身边有损无益，恐会误了他去口北报仇，尽管宝画已然残破不堪，留着也没什么用了，但是奇门镇物，毁之不祥，唯有送入庙宇道观方为正途。当即从褡裢中掏出古画，顺手放在了庙门口。

书中代言：转天一大早，有个老石匠途经此地，看见地上扔着一幅破画，展开一看，尽管残破不堪，但是画中猛虎挺威风。以前在乡下，几乎家家户户贴年画，门口贴门神，灶上贴灶神，炕头上贴五子登科，墙上要么贴福禄寿三星，要么是王小卧鱼，要么是文王爱莲、麒麟送子，很少有猛虎下山、关公抡刀之类的图画，因为戾气太重。老石匠一脑袋高粱花子，扁担横地上认不得是个一，也不明白什么上山虎、下山虎，只是觉得挺气派的一幅画扔了可惜，拿到家挂上几年，省得自己掏钱买了。到后来"群贼夜盗董妃坟"，又因《猛虎下山图》引出一段惊魂动魄的事迹，留下一段奇奇怪怪的话柄。

不提后话，只说窦占龙扔了宝画《猛虎下山图》，咬牙切齿地寻思怎么报仇，心说："你有初一，我有十五，用不着多等，我立马去找你们，此一番你们在明，我在暗，不愁找不到下手的机会！"正当此时，忽听身后有人叫他："窦占龙！"他心神恍惚之际，不自觉地应了一声，话一出口，已知不妙："黑天半夜的旷野荒郊，怎么会有人呢？再说了，我以前从没来过此地，谁又认得我呢？"没等他转过这个念头，就伸过来几只手，有搂胳膊的，有扯大腿的，有薅脖领子的，有揪发辫的，不由分说，将他塞入一乘纸糊的小轿，两个纸人抬着便走。窦占龙身在其中，但听风声呼呼作响，有如腾云驾雾一般，晃得他五脏六腑挪窝，脑子也似散了黄的咸鸭蛋，哪还脱得了身？

不知过了多久，纸轿子突然落地，窦占龙一个跟头摔了出来，跌得七荤八素，又有一阵阴风卷着鬼火，将纸轿子和纸人烧为灰烬。飞灰打着转，紧紧缠住了窦占龙。只听一个刺耳的声音问道："来人可是窦占龙？"窦占龙心中有如十五个吊桶，七上八落地响，还以为自己死了，三魂七魄入了地府！转念一想，又觉得不对，听说鬼差往地府中拿人，是用勾魂牌往人额头上一拍，三魂七魄即出，拿锁链子一套，拖死狗一般拽了去，哪有用纸轿子抬的？他可不想伸脖子等死，索性把心一横，拔出插在腰间的长杆烟袋锅子，点指对方说道："不必装神弄鬼，既然认得你家窦爷，尽可显身来见！"

那个人怒斥道："窦占龙，我看你是不撞南墙不回头，死到临头了，还敢如此猖狂？"窦占龙骂道："去你奶奶的，我是死是活，轮不到你个没头鬼来做主！"那个人说道："料你今日不能脱吾之手，嘴再硬也是枉然，你们憨宝的自以为神鬼莫测，岂知道天理难容？什么叫冤有头债有主？我黑八爷让你死个明白：当年你在獾子城胡三太爷府，放走林中老鬼，此乃其一；擅取关东山天灵地宝，不肯归还，此乃其二；背信弃义残杀胡家门弟子，此乃其三！我胡家门修的是善道，不肯轻易杀生害命，可是三罪并罚，你活不成了，还不跪下受死？"

窦占龙这才知道自己落在狐獾子手上了，当初在破戏园子后台，头一次看见飞来凤焚香设坛，拜的牌位正是黑八爷。只怪自己疏忽大意，扔下了奇门镇物《猛虎下山图》，宝画再怎么残破，也尽可震慑此辈，刚把宝画扔掉，这玩意儿就找上门了！他本想交出宝棒槌，换自己一条命，可是天灵地宝一旦进了憨宝的裤裆，再让他往外掏，那是无论如何也舍不得，当时一摇脑袋，反驳道："不对！你说的那几件事，赖不到我窦占龙头上！"黑八爷恨恨地问道："你个敢做不敢当的厾包软蛋，冲这话也该天打雷劈！不赖你还能赖谁？"窦占龙分辩道："我夜入獾子城胡三太爷府之时，还不过十几岁，胎毛未退乳臭未干，根本不懂那是什么地方，憨宝的窦老台只说其中有没主儿的天灵地宝，我才敢进去，更不知困在府中的林中老鬼是谁，正所谓不知者不怪，我也几乎让他害死，这笔账凭什么算到我头上？咱再说这二一个，正所谓靠山吃山靠水吃水，放山的刨棒槌天经地义，宝棒槌埋在深山老林里，它让放山的刨出来，既是劫数相逼，又是物遇其主，合该被人挖到，何况是我三个结拜兄弟刨出了宝棒槌，我又没去。三一个，飞来凤助我杀了白脸狼，我也应允了让他带走宝棒槌，是我那几个结拜兄弟突然下手，我在一旁阻拦不住，那能怪我吗？有心为善，虽善不赏；无心作恶，虽恶不罚。你说的三件事，哪一件是我的错？鸭子嘴扁不是榔头砸的，蛤蟆嘴大不是刀子拉的！我窦占龙行得正立得端，没干过伤天害理的缺德事，你想让我背这个黑锅，只怕没那么容易！倒背着手撒尿——我他妈不服！"

黑八爷怒骂一声："你自作孽不可活，居然还敢跟我胡搅蛮缠，拿着不是当理说？三件事哪一件不是因你而起？不是你财迷心窍，听信了林中老鬼的花言巧语，怎么能把他背出胡三太爷府？不是你给山匪指点九个顶子，又说了那地方埋着宝棒槌，他们怎么挖得到七杆八金刚？飞来凤在路上问你索要宝棒槌之时，你贪心发作，借故推搪，否则哪有后来的祸端？纵然是别人牵了驴，你个拔撅儿的也脱不开干系，今天你认也得认，不认也得认，土地佬儿打玉皇——你个瘪犊子还敢犯上作乱不成？"窦占龙料定对方不会善罢甘休，他早听关东山的猎户说过，"狗怕弯腰狼怕摸，狐狸怕的是撸胳膊"，当下撸胳膊挽袖子，愤然说道："嘴长在你身上，你非给我泼脏水，也由得你，我没处说理去，窦某的人头在此，且看你有多大能耐摘了去？"

愁云惨雾中传来一阵阵邪笑，旋即伸出十几只毛茸茸的狐狸爪子，从四面八方来抓窦占龙。窦占龙心大胆也大，不信一个狐獾子能够只手遮天，眼见着四下里黑沉沉、冷飕飕，使不上金碾子，便抡着长杆烟袋锅子一通胡打乱砸。直打得狐狸爪子连连往后缩，暗处传来吱吱惨叫。窦占龙用力过猛，居然将长杆烟袋锅子打折了，铸着"招财进宝"的铜锅子也不知滚到哪儿去了，一气之下扔在地上，随手又将那杆半长不短的抽出来接着打，又僵持良久，再也没有爪子伸过来了。只听对方恨恨地说道："窦占龙，我整不死你，你也跑不了，此处即是你的葬身之地！"说话间，打着转的阴风散去，窦占龙身子落地，摔了个四仰八叉。他爬起来四下里一望，远处山山不断，岭岭相连，别说人影，连只飞鸟也见不着。自己置身于一片坟茔之中，或大或小的坟头不下几百个，有的似乎刚埋不久，坟土还没干，有的塌了一半，黑黢黢的坟窟窿看不到底，坟丘之间沟沟坎坎，连一根荒草也没有，不远处立着石碑，得有一人多高，歪歪斜斜地刻着"狐狸坟"三个大字！

窦占龙身上埋了鳌宝，认得出狐狸坟。相传关外地仙祖师胡三太爷门下弟子众多，其中有善有恶，凡是不修善道的、兴妖作怪的弟子，遭雷打火烧之后的骸骨，一律埋入狐狸坟。他不知黑八爷使的什么坏招，心说："狐狸坟既不是泥潭沼泽、万丈深渊，又没有铜墙铁壁、天罗地网，无非是一片坟地，怎能困得住我？"窦占龙急着去口北，找八大皇商和锁家门的乞丐算账，没心思跟个狐獾子纠缠，当下迈步而行，往前走了没多远，猛然发觉不对，脚下的地竟似活了一般，他走一步，地长一步，他走两步，地长两步，走得越快，地长得越快，随走随长，无穷无尽，不由得心头一紧——照这么走下去，下辈子也出不了狐狸坟！

如若换一个人，必然是插翅难逃了，可窦占龙身上埋着鳌宝，争的是机缘，夺的是气数，所谓大道五十，天衍四十九，总会留有一线生机，东河里没水往西河里走，岂肯坐以待毙？他夜猫子眼一转，计上心头——人有三魂，一为天魂，二为地魂，三为人魂，天魂是大数中的生机，地魂乃轮回中的机缘，人魂为祖辈累积的业力，少了哪个也不成，埋了鳌宝却可"身外有身"。窦占龙自己困在狐狸坟中出不去，但可驱使一个分身，从外边破了狐狸坟。不过使用一次分身，必须舍掉一件天灵地宝。他褡裢中的两件天灵地宝，七杆八金刚是天灵，金碾子为地宝，孰轻孰重，一目了然，为了逃出狐狸坟，只能舍了金碾子。窦占龙咬牙割开脉窝子，从鳌宝上剜下一块肉疙瘩，取了金碾子的灵气，抬手往上一掷，一道金光冲天而去。怎知黑八爷还在狐狸坟外盯着他，拼着道行丧尽，暗中祭出彻地幡，挡了那道金光一下。霎时间金光坠落，彻地幡化为乌有，黑八爷也被打回原形，毙命在狐狸坟外。

窦占龙的三魂丢了一魂，金碾子已经变为了一块磐石，他褡裢中还有个七杆八金刚，但是无论如何不敢再用了。因为他之所以能够不饥不渴、不疲不累，全凭埋在身上的鳌宝，那玩意儿得拿天灵地宝养着，万一再有个闪失，搭上最后一件天灵地宝，又逃不出寸草不生没吃没喝的狐狸坟，他自身的精气就会被鳌宝吸干！

窦占龙临危不乱，一计不成，又生一计，掏出褡裢中的账本，翻开来一看，夹在册页间的不再是白纸驴，而是黑纸驴，心知倒毙在小南河的黑驴，已然返灵入纸。捏了纸驴往脚下一扔，落地变成一头活驴，浑身油黑，鞍鞯缰绳齐备，还是他那头识宝的黑驴！自古骑驴的高人不少，张果老骑驴过赵桥，赵匡胤骑驴得天下，李太白骑驴游华阴，孟浩然骑驴寻蜡梅……个个千古留名，那么说天底下什么地方的驴最厉害？搁到过去来讲，春秋战国那阵子，卫国的驴了不得，大致在太行山东南一带，抽一鞭子能跑几十里地，翻山越岭如走平地，最绝的是能在夜里叫更，比巡夜更夫的梆子还准。

窦占龙的黑驴也出在卫地，但见此驴：周身如黑缎，遍体没杂毛；后腿弯如弓，前腿直似箭；赴汤蹈火不乱，追风赶月嫌慢；上山能斗猛虎，下海可战蛟龙；此驴不是凡间种，飞天遁地金睛塞！

窦占龙打十几岁就认识这头驴，也得说处出情分了，他跨上驴背，摸着鬃毛说道："老伙计，生死关头我可瞧你的了！"黑驴扭头瞥了一眼，两只大耳朵竖了起来，甩了几下大长脸，"咴"地打了一个响鼻，呱嗒呱嗒往前走。驴走地也长，仍似在原地没动。窦占龙一看这可不行，得快点儿跑，双腿夹紧驴肚皮，屁股往下一使劲，黑驴立时会意，身子一长，撒开四蹄飞奔，踢起一层尘埃。可是驴跑得快，坟地长得也快。窦占龙心中叫苦，倘若黑驴再跑不出去，他也没咒可念了，只能活活困死在狐狸坟中，口中大声吆喝，连磕脚蹬子，催促黑驴快跑。黑驴肋上吃疼，在狐狸坟中发力狂奔，窦占龙还嫌它跑得慢，咬着牙抡开烟袋锅子，一下接一下狠抽驴屁股，给黑驴打急了，口内喷云吐雾，连蹿带蹦，蹄下生风，越跑越快，到后来四个驴蹄子几乎不着地了。窦占龙只觉黑驴快到了追光逐电的地步，他脑中一阵阵眩晕，只得俯下身子，双手紧紧抱住驴脖子不敢撒手，耳边呼呼抖动的风声，逐渐变成了一阵阵锦帛撕裂的怪响，又过了一阵子，声响没了，四周的坟头也没了，日月无光，混沌不明，仿佛一切都湮灭在了虚无之中，仅有他的黑驴还在往前飞奔，如若说"光阴似箭，日月如梭"，那黑驴跑得比箭快，比梭疾！

似乎只在一瞬之间，只听一声驴叫，恰似晴空打个炸雷，震得窦占龙耳根子发麻，再一睁眼，头顶上烈日炎炎，眼前是青松翠柏，流水潺潺。黑驴缓下脚步，呼哧呼哧喘着粗气，汗珠子滴滴答答往下掉。窦占龙松了口气，心中暗暗得意："小小一个狐狸坟，到底困不住我！"他牵着黑驴到溪边饮水，对着溪水一照，吓了自己一大跳，但见一个又黑又瘦的中年汉子，头发胡子一大把，两只爪子指甲老长，衣服碎得一缕一条的，全身污垢，跟个野人相似，只有那双夜猫子眼，仍是之前那么亮。再打开裆裤一看，宝棒槌七杆八金刚的皮都蔫巴了，须子也掉光了，变成了一个萝卜干，灵气全让他身上的鳖宝耗尽了。

　　窦占龙从深山里出来，遇见人一打听才知道，距他在玉川楼赴宴夜困狐狸坟，已经过去了整整二十年！他心头涌上一丝凄冷，同时暗自庆幸，全仗着黑驴跑得快，慢一步他也出不来，又多亏身边有个宝棒槌，换一件别的天灵地宝，哪撑得了那么久？可是二十年的光景一眨眼没了，花有重开日，人无再少年，人生于天地之间，高不过八尺，寿不过百年，即便能活一百岁，打下铁斑鸠折去一半阳寿，那也就五十岁。窦占龙逃出狐狸坟之后，自觉灯碗要干，怕没几天能活了，而且魂魄不全，不可能再把鳖宝剜出来扔了，但是当年的仇不能不报，否则去到九泉之下，也消不掉胸中这口怨气，此事刻不容缓。当即骑上黑驴直奔口北，一路上边走边寻思："虽说已经过去了二十年，八大皇商有的换了，有的没换，锁家门的老罗罗密更不知是死是活，不过老子死了儿子还在，你们一个也跑不了，非给你们连根儿拔了不可！"

　　书说至此，《窦占龙憋宝：七杆八金刚》告一段落。咱这部大书说全了叫《四神斗三妖》，《窦占龙憋宝》仅是其中一本，四神指天津卫四大奇人：说书算卦的殃神崔老道、追凶擒贼的火神刘横顺、点烟辨冤的河神郭得友、骑驴憋宝的财神窦占龙。那该有人问了，窦占龙一个外来的憋宝客，骑着黑驴走南闯北到处跑，也不是九河下梢土生土长，怎么会是天津卫四大奇人之一呢？还有他怎么去口北报仇，怎么收魂入窍，怎么得了金蟾，又为什么要躲九死十三灾呢？有道是"穿衣离不开袖子，说书少不了扣子"，诸多热闹回目，且留《窦占龙憋宝：九死十三灾》分说！

第十章　崔老道说书

1

　　民国年间，天津卫的大小书场子多到什么程度呢？仅在前文书提及的河东地道外一带，就不下三四十家。蔡记书场可称个中翘楚，是最早开业并且规模最大的一家，牌匾上的正经字号是"盛芳茶社"，以此为中心，前后左右陆陆续续开设了幸福茶社、卿和茶社、立通茶社、会友茶社、新芳茶社、顺新茶社、乐园茶社、双台茶社……这都是能坐一两百人甚至两三百人的大场子。容纳六七十人的小书场、野书棚也不在少数。站立在地道外十字街上，四下里一望，幌子、布招、水牌子星罗棋布，几乎将说书这个行当推至了空前繁荣的程度。有了财源地，短不了能耐人，随便在地道外溜达一趟，打头碰脸的准能遇见几个说书人。不止天津卫本地的先生，五湖四海的评书艺人也纷纷投奔至此，有能耐的借着这方宝地大红大紫、名满津门，也有没能耐的，要么改行转业另谋营生，要么被困于此潦倒落魄，要么抱着脑袋滚出天津卫。

说书的艺人们为了能够站稳脚跟，自然是各尽其能，施展出浑身解数：嘴皮子利索的擅使贯口，开脸儿、摆砌末、诗词赞赋，说得是行云流水、一气呵成，让听书的字字入耳，直呼过瘾；身上练过的，刀枪架摆得漂亮，说到紧要之处，拉云手、扎马步、铁门槛、双飞燕，抬胳膊动腿，要哪儿有哪儿；还有嗓门儿亮堂的，南昆北弋东柳西梆，抄起来就能唱，要文有文，要武有武，文起来婉转动听、韵味十足，武起来铿锵顿挫、气吞山河，一嗓子将整个书场子灌满了堂，听书的能不捧吗？也有人别出心裁、另辟蹊径，占据一家野书棚子，一早买几张八卦报纸，从中挑一两段小道消息，提前看明白记住了，吃完晌午饭往小桌子后头一坐，手上的醒木一拍，掰开了揉碎了讲这件事，连批带讲再加上一通胡吹海侃，老百姓管这个叫"念报纸"，说得越玄乎，听的人越多，看似有凭有据，实则不靠谱！

传了多少辈子的长篇大书是不错，读报讲实事也能抓人，怎奈天津卫老少爷们儿的耳音越来越高，总恨不得听点出奇的玩意儿，尤其是发生在九河下梢的奇闻异事，编撰成评书故事，出在哪条街哪条胡同哪间屋子，哪条河道哪个码头哪处水洼，都有具体的方位，似听过似没听过，真假参半，有鼻子有眼儿的，那才能够叫座。只要听书的掏了钱，那就是衣食父母，人家爱听什么就得给人家说什么。艺人们为了多挣钱，全都卯足了劲，眼睛勤踅摸，耳朵多扫听，什么奸情人命、沉冤奇案、风土人情、奇谈怪论，一车不嫌多，一句不嫌少，甭管是头八百年，还是后五百载，能揉的就往一块儿揉，能凑的就往一堆儿凑，转着腰子剜着心眼儿推陈出新！

一个将军一道令，一个神仙一套法，单以这方面来说，当属在天津城南门口算卦说书的崔老道最为出类拔萃，他这个没门没户没正经学过的海青腿，凭着自己半生的离奇际遇、肚子里的陈芝麻烂谷子，外加胆大包天，别人不敢想的他敢想，别人不敢说的他敢说，穿针引线、抽撤连环，愣是前赶后凑胡编乱造出了一部皮子厚、瓤子杂的《四神斗三妖》，前后勾搭得不说滴水不漏，却也有头有尾足够严实，还有不少外插花的"飞来笔"，篇幅顶得上好几套长篇大书，把一众听书的腮帮子勾得结结实实！

按说这可是祖师爷赏饭吃，如同当初的京剧名家"麒麟童"周信芳先生，十五岁倒仓哑了嗓子，于唱戏的而言，最要命的莫过于此，说不定这辈子干不了梨园行了，可人家周先生因势利导，重吐沙音、行腔苍婉，自创出苍劲浑厚的麒派唱腔，迷倒了多少听戏的？这不就是祖师爷恩赐的能耐吗？

崔老道的《四神斗三妖》也是如此，随便拿给二一个门里出身的，凭着这一套书，可以足吃足喝混一辈子，甚至说上到北京城、下到济南府，走哪儿都有饭吃，不过崔老道是何许人也？九河下梢人称"殃神"，生下来左手写着"活该"，右手刻着"倒霉"，什么好事搁到他身上也成不了！

好比头些日子，崔老道应蔡九爷之邀，去蔡记书场说"灯晚儿"，风吹不着、雨打不着，提前给定金，按场拿份子，这对一个杵在街边说野书的来讲，无异于祖坟上冒了九色烟，做梦都得乐醒了。眼下有了正经事由，您给人家好好说不就得了吗？不成！崔道爷毕竟在龙虎山五雷殿看过两行半天书，身为天津卫四大奇人之首，能跟凡夫俗子一样吗？为了多混几天安稳饭，恨不得把一碗疙瘩汤改成两盆抻条面，门口水牌子上写的《窦占龙憋宝》，他非拿《岳飞传》对付书座儿。其实在正书前边说点别的，铺平了垫稳了再入正活，拿行话讲叫"铺纲"，本来也没什么，可自打祖师爷创下说书这个行当，就没见过敢拿整本书垫话的，况且"说岳"他也不好好说，胡编乱改掺汤兑水，要多稀溜有多稀溜，还越说越没人话，瞎诌白咧、满嘴胡吣，看见什么说什么，想起一出是一出，存心故意地扯闲词儿。听书的忍无可忍揭竿而起，把个崔老道打得跟烂酸梨似的，抱着脑袋滚出了蔡记书场。

崔道爷的脸皮再厚，他也不能再去地道外蒙吃蒙喝了，无奈又拖着瘸腿，回到南门口算卦说书。其间听闻蔡记书场又来了一位先生，每天夜里开书，说的正是自己这段《窦占龙憋宝》。崔老道生气带窝火，觉得这是有人从自己嘴里抠饭吃，当即乔装改扮了一番，藏着损、憋着坏，意欲前去搅闹。哪知道头一天去就给听傻了，台上赤红脸的说书先生太厉害了，不知姓字名谁，也不知师从哪家，一张嘴是口若悬河、天衣无缝，连着说一个多时辰，连口水也没喝过，说的全是崔老道肚子里那本《窦占龙憋宝》，而且人家台风端正、神足字清，无论坐在书场子哪个角落，都让你听个清清楚楚、明明白白，而且擅长运用人物赞、景物赞，赶板垛字、语调铿锵，说到书外书，也是剖情入理，精批细讲，换了崔老道登台，真不见得能比人家说得高明。崔道爷越听后背越凉："如若是台上那个说书的赤红脸，自己编出一部《窦占龙憋宝》，那也不足为奇，怪就怪在他说的那部书，从头到尾全是我编的，我又没在外边说过，他是从哪儿得来的传授？"

有了勾魂摄魄的玩意儿，又不收进门钱，前来捧场的书虫子自然乌泱乌泱的。肉烂嘴不烂的崔道爷，从来是心胸狭窄、目中无人，居然也被那位书扣子拴得死死的，白天他还得去南门口摆卦摊儿，挣下个仨瓜俩枣儿的就来听书，没挣到钱也觍着脸往里混，自己揣着空茶壶进来，专蹭别人的茶喝。虽然他没穿道袍，又拿帽檐遮住了半张脸，但是去的次数多了，难免露了行迹。在场的书座儿谁不认得他？免不了挖苦几句："崔道爷，您偷艺来了？串同行的门可不规矩啊！"崔老道泰然自若："那什么……台上是我徒弟，我给他把把场子、择择毛儿。"谁都知道他这是放屁拉抽屉——遮羞脸儿，大伙是奔着听书来的，也懒得跟他较真儿。

书场子有个不成文的规矩，先生说的最末一场书，刨去茶水干货，挣的钱全归先生。一晃过了三个月，《窦占龙憋宝：七杆八金刚》告一段落了，当天赤红脸先生说完了最后一场，又将下一本《九死十三灾》的内容交代了几句，相当于拴上一个大扣子，醒木往书案上一摔，台底下彩声如雷，经久不息。小伙计手捏笸箩，道着辛苦穿梭于人群之中打钱，有的书座儿为了捧先生，连明天早上的锅巴菜钱都掏出来了。经过崔老道面前的时候，不知这个向来一毛不拔的铁公鸡瓷仙鹤怎么想的，竟也从怀中摸出了几枚铜钱，撒舌咧嘴地往笸箩里一扔。当时乱乱哄哄的，给先生打钱的书座儿又多，谁也没注意崔老道扔的什么钱。

赤红脸说书先生在台上鞠躬道谢："劳您诸位破费，学徒我经师不名、学艺不精，又是初来乍到，难得老少爷们儿这么捧，我给您行礼了！"说完抱拳拱手，一躬到地。此时小伙计刚好走过一圈，笸箩里的铜钱已经装满了，高高兴兴摆在了书案上。赤红脸先生往笸箩里瞥了一眼，却似受了多大的惊吓，如触蛇蝎一般，急忙往后躲闪，几乎是与此同时，书场子里卷起一阵黑风，灯盏骤灭，台上台下一片漆黑，什么也看不见。听书的人们立时炸开了锅，胆小的争着往门口跑，奈何台底下人挨着人、人挤着人，根本跑不出去，这个踩了脚，那个扭了腰，喊的喊叫的叫，整个书场子乱成了一锅粥！

不过转瞬之间，悬在屋顶的电灯灭而复明，再往台上一瞅，说书先生却已踪迹全无，一笸箩铜钱仍摆在书案上，旁边的那盏铜灯也灭了。书座儿们一脸茫然，七嘴八舌地议论："这是唱的哪一出？唱戏的戏台上有砌末机关，大活人变没了不出奇，书台上可没有，先生这是什么手段？怎么一眨眼人没了？说完书白饶一段变戏法？"鸡一嘴鸭一嘴正乱着，忽听台上有人高诵一声道号："无量天尊！"众人定睛一看，登台的不是旁人，竟是自称"铁嘴霸王活子牙"的崔老道，只不过今天没穿道袍，乍一看没认出来。

崔道爷那是久战街边儿的功底，云遮月的嗓子窜高打远，当时是一鸟入林，百鸟压音，痰嗽一声说道："诸位，实不相瞒，说书的赤红脸乃是江湖同道，来咱天津卫闯码头，久闻我铁嘴霸王活子牙崔道成的名号，下了车没找别人，先求到我这儿来了。虽说艺不可轻传，但是咱多仁厚啊，念在吃着同一口锅里的饭，拜着同一位祖师爷，一笔写不出两个说书的，能看着他饿死吗？贫道便给他一番指点，传授了他一本《窦占龙憋宝：七杆八金刚》！然则《四神斗三妖》是贫道我的顶门杠子，不可能传给他一整套，够他说上三个月，赚够了吃喝路费也就差不多了。您看那位问了，《窦占龙憋宝》

他也没说全，怎么突然跑了呢？不是还有一本《九死十三灾》吗？那不奇怪，再往下他不会说了，不跑还等着台底下往上扔茶壶吗？大伙没听过瘾不要紧，还想接着听后文书怎么办呢？您明天上南门口来，贫道我伺候各位这本《窦占龙憋宝：九死十三灾》！"说完兜着衣裳前襟，端过书案上的笸箩，哗啦一下把钱倒进去，真是不客气，一个大子儿也没剩。小伙计不干了，众目睽睽之下，这个牛鼻子老道竟敢抢钱？赶紧跑过来拦着："哎哎哎……这是我们书场子的钱，你怎么明抢呢？"崔老道理直气壮："休得胡言，谁不知道末场书的进项全归先生？他那点玩意儿都是我传授的，特意留下末场钱来孝敬我，与你们书场子何干？"小伙计急道："你说是你传授的，何以为证？"崔老道伸手往外一指："可着天津卫你扫听去，谁不知道《窦占龙憋宝》是我崔老道的书？我不教他，他能会吗？不信你把那个说书的赤红脸找回来，让他跟我当面锣对面鼓地掰扯掰扯，快去快去！"小伙计手勤嘴笨，如何说得过崔老道？只得看着他兜上钱，下了台扬长而去。

书中代言，崔老道说的是真话吗？那怎么可能呢，狗嘴里吐得出象牙吗？何况他也不敢吐露实情，据他事后所言，头一天来听书的时候，心里边就纳着闷儿，自己在肚子里编纂的《窦占龙憋宝》，又没对别人说过，赤红脸怎么会说这部书呢？况且上坡下坎、明线暗线，连拴的扣子都差不多，只怕肚子里的蛔虫也没知道得这么细致。他越想越觉得古怪，忍不住开了道眼定睛观瞧，但见书案上的铜灯中显出一缕黑气，化作人形在台上说书！

蔡记书场桌案上的这盏灯，铜壳琉璃罩浑然一体，做工说不上有多精致，但也颇为古旧。有人说是蔡老板他爹从北京城琉璃厂买回来的，也有人说还要早，是蔡老板的爷爷从火神庙里拎回来的。其实都不对，老蔡家祖籍河南登封蔡家村，他们那个村子里，有一座古窑，烧出来的瓷器明如镜、声如磬。窑火千年不灭，谁家闹了不干净的东西，或有什么邪祟作怪，用油灯接一个火头，搁到屋里摆上几天，家宅即可安稳。后逢战乱，村民们被迫东投西奔，各寻活路。临走之时，挨家挨户从窑口接了一点灯头火。蔡老板的祖上便是其中之一，他们家的灯头火续在一盏铜灯里，不分昼夜，从没让它灭过。岁月更迭，一直传到蔡老板祖父手上，带着铜灯辗转来至天津卫，开了一家书场子。起初将铜灯摆在书案上，只是为了照亮，后来场子里拉上了电灯，铜灯却还天天点着，按时往里添油，久而久之成了蔡记书场的惯例。那一点长明不灭的灯头火，照着一位又一位的说书先生登台献艺，得了那些个说书人的精、气、神，年久而通灵。崔老道在蔡记书场一连说了两天书，他身上的能耐，也不免被灯头火收了去。书场子座位有限，赶上叫座儿的书目，很多人会提前包月，半道不说了，或是说不下去了，你得退一赔三。赔钱事小，砸了招牌事大，愁得蔡老板茶饭不思，整天摇头叹气。灯头火方才显化人形，变成一个赤红脸的说书先生，出来给蔡老板救场。

崔老道看破了灯头火在台上说书，心下愤恨不已："我一个有胳膊有腿的大活人，龙虎山上看过两行半的天书，五行道法在身，移山填海不在话下，岂能让它抢了饭碗？"他之前没有轻举妄动，无非是怕遭报应，可眼瞅着再不出手，下一本书也得让人家说了！

虽不敢擅用术法，铁嘴霸王活子牙那一肚子坏水，也有的是损招。他家里存着九枚老钱，穷得腮帮子当肉吃也不敢拿出去花，因为那是给死人垫背的魔钱，想花也花不出去。此钱却有来历，还是当年天津卫七绝八怪之一的孙小臭惹了官司，逃至山东地界，从棺材中盗出的九枚魔胜冥钱。魔古道混元老祖大闹三岔河口铜船会，火神庙警察所的飞毛腿刘横顺，凭着九枚冥钱，破了混元老祖的邪法。后来有打鱼的从河里捞出了冥钱，见之不祥，顺手扔在地上。别人见了躲着走，崔老道却不在意，他是批殃榜的火居道，捡回家去万一有用呢？话虽如此，这么多年全凭耍嘴皮子混饭吃，从来没使过，眼下刚好派上用场，趁末场书伙计打钱之时扔入笸箩。那九枚辖地的魔胜冥钱，可以凑成鬼头王的形势，千年老狐狸尚且避之不及，一个灯头火受得了吗？当场化成了一缕残烟，形神俱灭再也点不着了！

2

转过天来，南门口热闹非凡，真有不少听书的一早过来等着，眼睁着赤红脸的说书先生走了，除了他崔老道，天津卫再没别人有这块活儿了，听书看戏最怕看了开头，没看着结尾，大伙被《窦占龙憋宝》勾得百爪挠心，没着没落的，吃不上灵芝草，只得找狗尿苔，如若他还是拿《岳飞传》糊弄人，大不了再揍他一顿，一个个摩拳擦掌，等着听崔老道开了书说什么。崔老道心里一清二楚，再不说点儿正格的，今天准得竖着出去横着回来。头天晚上捣鼓了半宿的活儿，一早起来洗漱已毕，他忙着准备说书，有了钱也顾不上吃点儿顺口的，凉饽饽就着热茶，啃了半块咸菜疙瘩，对付着吃罢了早点，翻箱倒柜找出一身最干净的道袍换上，戴好九梁冠，蹬上如意履，将拂尘的马尾巴毛一根一根捋顺了背于身后，找了张白纸，研了块碎墨，舔好了笔，刷刷点点，龙飞凤舞，右边写一行小字"长篇大书——《四神斗三妖》"，左边是一行大字"《窦占龙憋宝：九死十三灾》"。又在面缸里刮了老半天，弄出些白面渣子打成糨糊，把字纸贴在卦车上，权当水牌子。崔老道说书可是真不易，里外里就他一个人，老板、伙计、说书的活儿全得自己来。推着小车吱吱扭扭地出了家门，一步三晃来到南门口。刚站住脚步，卦车还没停稳当呢，就凑上来一两百人。崔老道瞧见来了那么多听书的，得意之余心中暗骂："姓蔡的你个老小子不厚道，当初人家追着打我的时候，你在后台看了半天才出来，还他妈以为我不知道呢！君子报仇十年不晚，再给多少钱我也不去你的场子说了，还得把书座儿都抢过来，否则你也不知道锅是铁打的！"

实际上根本不必呛行市，自打他灭了铜灯，蔡记书场的生意是一天不如一天，别的书场子人满为患，他家则是门可罗雀，无论邀请哪路的说书先生，始终叫不来座儿。到后来实在撑不下去了，蔡老板穷困潦倒，迫于无奈自己下海说书，最拿手的书目是《活埋崔老道》，号称津门实事！

后话不提，只说眼目儿前的，围着崔老道听书的人越多，他越沉得住气，弯腰捡了两块砖头，塞到轱辘底下稳住卦车，摘下背后的拂尘，冲着一站一立的诸位老少爷们儿打了一躬，口诵道号："无量天尊！"一众听书的看见卦车上分明贴着"《窦占龙憋宝：九死十三灾》"一行字，心里头却没底，这个牛鼻子老道满嘴跑舌头，说不上三五句正文，保不齐又给你拐到什么地方去了。有起哄架秧子的问他："崔道爷，我可等了不下三五年了，您今天舍得说这段书了？"旁边又有人嚷嚷："崔道爷，为了听下一本的窦占龙，我是一宿没睡踏实，天不亮就出门了，由河东到南门可不近啊，走得我腿肚子直转筋，您可不能让我白跑一趟！"崔老道故作高深微微一笑："贫道留着《窦占龙憋宝》不说，那是有意而为，为什么呢？得让各位先听听我那个红脸儿的学徒是怎么说的，听完了他的，您再听我的，才分得出谁的玩意儿地道，也知道知道什么叫'人比人得死，货比货得扔'。不是咱刨人家，就他说的那点儿东西，枉费了贫道我一番传授！如若我接着他的书给您往下说，按着书梁子走该是二一本的《九死十三灾》了，可是头一本的《七杆八金刚》让他说得缺须短尾，很多褙节儿没交代清楚，我不给您讲明白了，您各位等于没听过这部书！"

此时又有听书的插话："崔道爷，您何必打肿脸充胖子呢？人家那位先生说的有头有尾，甩了一个大扣子留到二本书，怎么会没说全呢？"崔老道侃侃而谈："咱说书的褒贬忠奸评善恶，非得是善有善报恶有恶报，那才说来使人口快，听来使人心快！别的不提，单说白脸狼和老窦家的恩怨。窦敬山身为杆子帮大东家，只不过养下一房外宅，搁到以往来说，有钱人三妻四妾的太多了，天津卫城厢内外比比皆是，他也没做过什么恶事，没杀过人没放过火，更没把谁家孩子扔井里，最终落了个引狼入室惨遭横祸的结果，死得冤不冤呢？您让贫道我说，那是一点不冤！且不论此人在生意上恃强凌弱、官商勾结，您瞧他东窗事发之际，扔下妻子儿女一人逃命，看到全家老小死于非命他也没怎么样，瞅见六缸金子没了才呕血而亡，足见此人贪财负义，天意必然不佑！咱再说天底下有钱的这么多，为什么白脸狼不去抢张三李四王五赵六，偏去抢杆子帮的大东家窦敬山呢？前后两次血洗窦家庄，这得是多大的仇？想那白脸狼杀人如麻，却抢了六缸金子，在关外当了几十年的大财主，虽然最后落了个乱刀分尸的下场，但这报应是否来得也太迟了？铁斑鸠又是从哪儿来的？为什么会落在窦家庄呢？窦家庄那座七爷庙是怎么来的？还有在窦氏宗祠的祖宗影儿中，憨宝发财给儿孙留下六缸金子的那位老祖宗，跟窦占龙一样，也长了一对夜猫子眼，此人到底是不是骑着黑驴收元宝灰的老馋痨？如果说是同一个人，老馋痨又怎么长着一双睁不开的死耗子眼？那不是对不上吗？不瞒您各位，这其中可有一段大因果在内！正所谓'说书不说帽，等于不开窍'，贫道我权且将这一段当成书帽子，做个得胜头回，引出下一本《九死十三灾》，得嘞，我说说，您听听……"

秤砣虽小压千斤，磨盘再大寸难行；青砖便宜焚不尽，黄金值钱遇火熔；蟒长丈八钻山洞，龙生七寸会腾空；英雄出自草莽辈，豪杰年少多白丁！道罢几句闲词，咱们说上一段《窦占龙憨宝》的书帽子：早在清朝初年，八旗铁甲入关，王公贵族跑马圈地，很多庄稼人被迫弃农经商。相距北京城不远的乐亭县也是如此，占着房躺着地的土财主不着急，地没了家里的存项也足够吃喝，顶不济举家远迁，接着置产业吃地皮钱，土里刨食的穷人可就麻烦了，有许多人沦落街头乞讨过活，稍微宽裕点的典卖牲口农具，换成了货郎担子一肩挑，走街串巷、赶集上庙做小买卖。怎奈"人离乡贱、货离乡贵"，当乡本土的东西本儿小利薄，顶多落个温饱。其中有脑子活泛的，买通了给朝廷送贡品的马队，挑着货物随他们到关外贩卖，一路上山高水险、谷深林密、饥餐渴饮、晓行夜宿，多遇虎狼之险，不过往返一趟获利颇丰，足以养活一家老小，还凭着货真价实、童叟无欺，挣下一份千金难换的口碑。老百姓称乐亭一带的口音为"台儿腔"，将挑担叫卖的乐亭行商叫作"老台儿"，姓什么就叫什么老台儿，大伙认为凡是操着台儿腔的货郎，卖的东西肯定地道！

在众多跑关东的小贩中，有一个精明能干的窦老台，中等个儿，圆乎脸儿，一双眼又黑又亮，看着就比别人多个心眼儿，天生是做买卖的料。说话这一年，窦老台二十来岁，出去跑买卖一走一年，家中妻小无人看顾，便托给一个朋友代为照料。此人姓白，比窦老台小不了几岁，长得浓眉细眼，有点连鬓胡子，生得人高马大身子板结实，为人忠厚质朴，打小跟窦老台对脾气，出来进去形影不离，一个馒头掰开吃，一碗粥转圈喝，两个人合穿一条裤子长起来的，所以他才放心托妻寄子。

窦老台在外跑了几年，道儿越走越熟，买卖越做越顺，家中一切安稳，尽管够不上富裕，倒也不缺吃穿。有一年他从关外回来，招呼这个姓白的朋友下馆子喝酒。酒桌之上窦老台可就说了："如今哥哥我挣着钱了，你的侄子们也立起个儿了，家里头不用人照顾了，你又是无牵无挂的光棍儿一条，不如跟我出去当个行商，多挣些个银子，往后娶妻生子，延续香火。"姓白的往常凭着两膀子力气，给人家打八岔干零活儿，不说是有上顿没下顿，反正十天半个月见不着一次荤腥，得知窦老台要带他出去跑买卖，自是感激不尽，端起酒杯一饮而尽："承蒙哥哥提点，粉身碎骨相报也不为多！"窦老台也挺高兴："你这一叫哥哥，我倒想起来了，咱哥儿俩从小好到大，一直以兄弟相称，可还未曾结拜，不妨趁此机会义结金兰！"

两个人喝得醉醺醺的，付过了酒钱，摇摇晃晃来到路口的土地庙，在香炉里插了三炷大香，跪下指天指地："磕头三次入祖坟，好比同胞一母亲，不求同年同月同日生，但求同年同月同日死！"随即磕了三个响头，说不尽掏心挖腹的热乎话。由打土地庙出来，窦老台告诉姓白的："我在关外人称窦老台，兄弟你去了就叫白老台，打从今儿个起，咱哥儿俩摽着膀子做买卖，同心戮力发大财，往后再也不受穷了！"

　　从此他们二人合伙做买卖，一人挑一个货郎担子，装满了针头线脑、胰子手巾、红绿颜色、虾酱糖块，亚赛挑着个杂货铺子，在关外各处串游，一口锅里吃着，一张炕头睡着，真可以说是情逾骨肉，不分彼此，又跟小时候一样了。窦老台能说会道，骨子里透着精明，擅于寻找商机；白老台也是个能做买卖的勤快人，干活儿不惜力气，背的背扛的扛，逢山开道遇水搭桥，遇上捣乱的、抢行市的他挡在前头。出门跑买卖，不说风波之险、虎狼之厄，起码免不了两件事：吃瘌痢碗，睡死人床。吃也吃不干净，住也住不干净。可这哥儿俩堪称一文一武，彼此有商有量，苦不觉苦，累不觉累，钱是越挣越多。然而能做买卖的跟会做买卖的不同，白老台是能做买卖的，踏实肯干、任劳任怨，不怕起早贪黑，认头挣一份辛苦钱。窦老台则不然，他属于会做买卖的，吃一望二眼观三，有如下棋一般，走一步看三步。有一次他跟白老台说："卖力气管饱不管老，等咱将来上了岁数，腿脚跟不上了，还怎么做行商？我寻思着要想挣大钱，咱哥儿俩得分开！"白老台闻听此言眼睛瞪得溜圆："哥哥，您这是什么意思？我什么地方让您不称心了？"窦老台笑道："你先听我说，咱是人分买卖不分，你看啊，你光棍儿一条，家里没个老小，不如拿一半本金留在关外开个小商号，不单卖咱的货，此地应时当令的山货皮张，该收的你也得收。等我转年过来，把老家的货给你备足了，再带着你收的山货回去卖，咱不就两头儿赚钱了？"

主意是不错，但白老台心中多有不舍，他不在乎一个人在关外吃苦受累，但是如此一来，哥儿俩一年到头也见不了几面，难叙手足之情。窦老台看出了兄弟的心思，劝道："说实话，我也跟你没好够，眼下辛苦几年，等到攒足了本金，咱哥儿俩当个甩手掌柜，就不必撇家舍业在外奔波了。"两个人合计定了，托当地的牙侩到处找铺眼儿，最后赁下一家，位于大集东口，门面不大，前明后暗两间房，前头卖货后头住人。小买卖人能省则省，哥儿俩自己动手粉刷墙面、裱糊顶棚，又置办了栏柜、货架、账本、算盘、床铺、被褥，桌椅板凳能用的凑合用，不能用的换新的，各色货品码放整齐，再请人算定了吉日吉时，噼噼啪啪放过鞭炮，门口挑上布招，买卖就算开张了。以往讲究老例儿，说是"开张的饺子散伙的面"。开业头一天，送走了前来道贺的左邻右舍，哥儿俩提早上板，到集上买了两斤羊肉、两斤白面、四根沟葱、一坛烧刀子，在商号里包了一顿饺子，醋碟里调足了辣椒油，支上砂锅子，煮十个吃十个，这叫"一烫顶三鲜，一辣解三馋"！

在此之后，窦老台关内关外两头跑，白老台留在关外守着商号。这几年下来，白老台算盘打得滚瓜烂熟，记账盘账不在话下，里里外外一个人全包了，没见他有闲着的时候。他也没少琢磨买卖道儿，比方说卖鞋，来买鞋的人要上脚试试，就得看脚拿鞋，别怕拿大了，穿着大再换小的，如若一上来先拿小的，容易把鞋穿走了样。再有一个，卖货你要勤拾掇，早来的货靠外摆紧着卖，避免压货太久砸在手里。兄弟二人的买卖风生水起，最初只卖些鱼干虾酱、针头线脑、帽子鞋袜，后来也倒腾布匹、砖茶、生烟，逐渐地再收点皮货、山珍，货硬利就足，白花花的银子流水般往账上进。

钱是越挣越多，窦老台的野心也越来越大，有道是"钱滚钱不费难"，如今有了这么多的本金，不接着做买卖不成冤大头了？他胆子比别人大，敢想敢做，遇事豁得出去。这一年他看商号里的货底子出得差不多了，让白老台拢一拢账，把能带的钱全带上，跟着他到山里收皮货。白老台一向对兄长言听计从，将铺子关门上板，拿上所有的银票、铜钱、散碎银子，去到银号兑成整锭的元宝，因为深山老林中的猎户不认银票，只认现钱。二人仍是货郎打扮，各自挑着担子，装上沉甸甸的银子、货郎鼓、杆秤，雇了一个领路的老军，带着一条猎犬进了山。

窦老台明里寻暗里访，货比三家，收了不少上等皮张，还有灵芝、棒槌之类的山货。哥儿俩兴高采烈满载而归，心里估算着这一趟能挣下多少银子。不承想刚回到集上，恰逢贼寇劫掠，到处杀人放火。来的还是一票狠心贼，劫了财还不留活口，红着眼杀人放火，亏得窦老台和白老台跑得快，逃到山里躲过了一劫，可是财货两空，多年的心血打了水漂。连绵起伏的关东山，自东北到西南呈卧龙之势，山高林密、千峰百嶂，山外既有守龙脉的八旗老兵，又有打鱼、采珠、狩猎、挖参为生的丁户，从关内来的行商，如若没有买通当地人跟着，一旦被他们撞见，不是当场丢了性命，就是被强行充作垦荒的奴隶，耕不完的功臣地、随缺地，一辈子翻不了身，直到活活累死为止。人迹罕至的深山老林里更是凶险莫测，一脑袋扎进去，鬼知道遇上什么东西！

3

窦老台和白老台侥幸逃入山林，饥餐野果渴饮山泉，躲了三五天不敢出去。窦老台愁眉不展，苦心经营了这么多年的买卖，如今落了个血本无归，待在老家当个小贩不也饿不死吗，何必不远千里上赶着给人家送钱来？悔得他恨不能找棵大树一头撞死。白老台在旁紧着劝他："买卖是人干起来的，留得青山在，不怕没柴烧。只要咱兄弟的命在，不愁没有东山再起之时。"窦老台听罢满眼是泪："兄弟，你哥哥我是一朝棋错满盘皆输，连累得你也折尽了本钱，你不恨我？"白老台满不在乎："生意人爱财，却也懂得惜命，想那飞灾横祸，又不是你我二人的过失，咱哥儿俩是磕过头的结拜兄弟，有什么恨不恨的？何况由始至终我也没出本钱，不是哥哥你带着我做买卖，我上哪儿挣钱去？丢了只当没挣过罢了！"窦老台长叹一声，明白兄弟这是给自己解心宽，低头抹了抹眼泪，又对白老台说："如今我这脑子全乱了，你看咱下一步该作何打算？"白老台做买卖不及窦老台精明，可也不是傻子，遇事有个计较："贼匪作乱不过一时，多半已被官军打退了，眼下这山里头一天比一天冷了，咱二人又跑得慌促，身上衣衫单薄，一旦延误了时日，说不定得活活冻死，应当尽快寻一处山口出去，白手起家接着做买卖！"

窦老台连连称是，跟着白老台掉头寻路，怎奈莽莽林海，进来容易出去难，东走西绕看见林子里有条若隐若现的小道，还以为有了人踪。哥儿俩心慌意乱，寻着断断续续的路径闯入一片老林子，周遭尽是插天蔽日的苍松，又见路径泥痕上全是爪子印，方知误拿兽迹当人踪了，再往前无路可走，身后的狐狸小径也找不到了。两个人嘴上不说，心里边都起急，尽管没碰上虎豹豺狼，可是按照关外说法，"走麻答山"也了不得，深山密林中潜灵作怪之物甚多，慢说藤精树怪、蛇仙山鬼，够年头儿的黄鼠狼子放个屁也能把人迷晕了！

二人脑门子直冒冷汗，白天有心火顶着不觉知，眼见夜幕渐合，此时让寒风一拍，不由得全身颤抖。正踌躇间，深林中忽然走出一个人。窦老台和白老台吓了一跳，定睛打量来者，头顶黑帽，身穿黑袍，长得五短身材，尖脑壳、细短腿，肚大腰圆，手捋两撇小黑胡，瞪着一对小眼珠子，冲他们施了一礼："二位贵客，来到我黑老七家门口了，怎么不进屋坐会儿呢？"

哥儿俩见来人形貌怪异，哪里敢跟着他走？那个身形肥硕的黑老七却不由分说，一手一个抓着他们俩的腕子，使劲往松林中扯。窦、白二人挣脱不开，只好半推半就跟着往前走，似乎也没走几步，便已出了松林。窦老台见地势豁然开阔，心里庆幸不已，以为此地真有住家，可再借着月光一看，顿觉毛骨悚然，前边是座孤零零的大屋，后边有谷仓，不远处则是一片坟地，大大小小的坟头东一个西一个，光秃秃的寸草不生。

黑老七伸手一指那间屋子："请二位到寒舍一叙！"哥儿俩面面相觑，跑是不敢跑了，也别敬酒不吃吃罚酒，提心吊胆地跟着黑七爷进了门。但见屋中摆设简陋，桌子上放着一根粗麻杆子、一块腰牌、一沓子火纸，四角点着四支泥蜡烛，也没插在蜡扦子上，就这么立着。黑老七让二人坐下，给他们沏了一壶香茶，又端来两碗热腾腾的素面。窦、白二人又冷又饿，多少天没吃过正经东西了，看碗中只是寻常的面条，闻着也喷香，并非蚯蚓长虫，便狼吞虎咽地吃下肚，心里头踏实多了，自己宽慰自己："估摸黑老七是住在深山里守坟的，却不知这么一大片坟地，埋的都是什么人？"

黑老七等他二人吃喝完了，这才说道："实不相瞒，此地名为狐狸坟，我是给胡家门看坟的！"窦老台嘴里正含着一口热茶，想咽还觉得有点儿烫，闻听此言噗地一下喷了出来。黑老七告诉二人："祖师爷曾许下我，守坟三十年，便可到獾子城胡三太爷府中拿上一粒灵丹。不过狐狸坟一般人进不来，在此守坟一不吃苦，二不受累，等于一份闲差，怎知有一个骑着黑驴的憋宝客找上门来，想讹我的粗麻杆子、火纸冥钱、古旧腰牌，妄图以此打开獾子城胡三太爷府取宝，我与之相斗良久，不分高下，他怀恨而去，不久又将卷土重来，仅凭我一人，只恐拦挡不住，还望你二位助我一臂之力！"

哥儿俩相顾失色，白老台硬着头皮问道："黑七爷，恕我直言，听说憋宝的皆为旁门左道，我们两个凡夫俗子帮得上您什么忙？"黑老七说："憋宝客二次来狐狸坟，会引着一只怪鸟，名为铁斑鸠，我得借您二位的手，打下这只怪鸟！"窦老台到底是行商出身，做买卖的那股子机灵劲儿一上来，怕也不觉得怕了，反倒以为是个东山再起的机会，冲着黑老七一揖到地，口中千恩万谢："没有您带路，我们走不出老林子，又吃了您的面喝了您的茶，给您帮个忙那是应该的，本不当计较，不过我们兄弟二人跑关东做买卖，却才遭了贼匪劫掠，折尽了财货，自顾尚且不暇，哪有余力给您帮忙？"

黑老七立刻说："二位有恩于我，不论你们折损了多少财货，我定当如数奉上！"白老台喜出望外，以为天上掉馅儿饼了，当场就要给黑七爷磕头。窦老台心念一转，买的没有卖的精，怎么着不得再讲讲价？忙扯住白老台，又对黑老七一拱手："按您所言，我们打下铁斑鸠，可不止是助您一臂之力，还保了胡三太爷府，您不能拿小恩小惠打发我们。别的不敢求，您带我们去胡三太爷府里走一趟，让咱开开眼，见识见识什么叫奇珍异宝，我们哥儿俩不贪多，一人只挑上一件！"黑老七脸色一沉："不行不行，胡三太爷府岂是常人进得去的？你们不怕遭了天打雷劈？"窦老台吃准了黑老七有求于己，能要跑了不要少了，笑呵呵地说道："买卖生意，许我高开，就许您低给，行与不行咱不得有个商量吗？"他不愧为买卖人，凭借伶牙俐齿，跟黑老七商量来商量去，最后谈妥了，只要打下铁斑鸠，黑老七愿保他们哥儿俩一人十年财运！

　　窦老台心中窃喜："什么叫十年财运？吃香喝辣穿绸裹缎可够不上发财，这十年我要多少钱，你就得给我多少钱！"白老台心直，只是在想如何才能不负所托，他问黑老七："您尚且对付不了铁斑鸠，我们兄弟赤手空拳，如何打得下来？"黑七爷告诉他："凭我的四个泥蜡烛，不见得斗不过憋宝客，但必定是两败俱伤，谁也活不了。有你们哥儿俩给我助阵，方可稳操胜券！至于如何对付憋宝客呢？说来也不费难，我给你们一个石匣、一把铁尺，你们俩一个人拿石匣，一个人拿铁尺，只须如此这般、这般如此，打下他的铁斑鸠易如反掌。可千万记着我的话，一个人打下铁鸟，另一个人捡起来封入石匣，绝不能俩人一起动手！再有一节，打下铁斑鸠，憋宝客有死无生，你们将此人的尸身抬到远处，他的财物取之无妨，但是一定要将尸首烧毁，切不可妄动贪念拿他身上的鳖宝，此人大有来头，他那个鳖宝并不是从黄河老鳖脑袋里抠出来的，而是得自外道天魔，入了此道，万劫不复！"窦、白二人听得一头雾水："什么是外道天魔？"黑七爷闭目摇首："此非吾辈所能知也！"

待到黑七爷交代完了，从箱子中拿出一个遍刻咒文的石匣，还有一把乌黑锃亮的铁尺，上边錾着七个窟窿，匣是地官匣，尺是七星尺，分别交给二人。窦老台自己接了铁尺，又让白老台拿了石匣。三人击掌为誓，有负今日之言，愿遭雷打火焚！

窦老台利令智昏，有了十年财运的指望，不觉有些飘飘然了，问黑七爷："您不找别人帮忙，单找我们哥儿俩，是不是看中我兄弟二人福大命大造化大了？"黑七爷说："咱立过誓了，我不能瞒着你们，铁斑鸠是一件至邪之物，打它一次或动它一下，或是折福，或是损寿，至少也会折损一半，一个人担不住，所以才让你兄弟二人一个打一个捡，至于说谁折福谁损寿，我也看不透。"窦老台大惊失色，暗骂黑七爷太鸡贼了，立誓之前不说，到这会儿才吐露实情，福分还好说，福大之人一辈子享不完。阳寿可是万金难换，我已经三十岁了，再折去一半的阳寿，那还有几年能活？可若当场反悔，一来怕惹恼了黑七爷走不出深山老林，二来觉得机不可失，先前跟白老台合计着，出了山接着跑买卖，大不了再辛苦十年，仍可东山再起，不过我们哥儿俩那座东山本来也不高，再折腾十年，不也还是个做小买卖的行商？况且再过十年，黄土也该埋住半截身子了，怎及这一朝富贵来得快当？窦老台琢磨来琢磨去，他是一不想折福，二不想损寿，更不想丢掉十年财运，这可如何是好？

哥儿俩受人之托忠人之事，按着黑七爷说的，在狐狸坟大屋中一连住了几天，渴了喝饿了睡。那天夜里，黑七爷说时候差不多了，二人才从屋里出来，通往狐狸坟的山口处，有一棵粗达三围的枯树，他们俩在树后边一隐，等着憨宝的上门！

此时天气转凉，透膛的山风打在身上，砸得人遍体生寒。窦白二人哆哆嗦嗦等到后半夜，天上月影西斜，突然从高处传来一阵怪响，乍一听似是小孩嬉笑，却又格外刺耳，比夜猫子叫得还难听。兄弟俩心知有异，抬眼往树上一看，但见树杈子上坐着一个童子，形同庙里的小鬼儿，蒜锤子脑袋，尖嘴猴腮，斗鸡眉，三角眼，盯着狐狸坟一脸狰狞。窦老台只觉脊梁沟里一道寒气上下乱窜，一时间惊得呆住了。亏得白老台胆子壮，拿手一扯窦老台，叫了声："快打！"窦老台忽然动了个心思，手一抖掉下铁尺，一屁股跌坐在地上。白老台以为兄长吓蒙了，急忙抢上一步抓起铁尺，瞅准了方位，使劲往上一扔。七星尺跟长了眼似的，挂动金风打中了树杈上的童子。耳轮中只听噌啷一声响亮，小鬼儿似的童子化为一缕黑烟，紧接着从枯树上坠下一物，月光下看得分明，是个锈迹斑斑的铁鸟，一拃多长，铁嘴尖锐，利爪如钩。白老台手疾眼快，抓住铁鸟扔入石匣，随即合上了匣盖。

窦、白二人定住惊魂，再到山口一看，地上倒着一个七窍流血的黑脸大汉，已然气绝身亡了，身上背着蓝布褡裢，背后插着一杆挺长的烟袋锅子，旁边还立着一头黑驴，想来这个黑脸大汉，正是引来铁斑鸠的憨宝客。两个人你看看我、我看看你，四鬓冷汗直流。黑七爷之前千叮咛万嘱咐，憨宝客的尸身不能埋在狐狸坟，一定要抬到远处烧成灰，尸身上的东西也不能留，否则必有祸端！

二人不敢耽搁，胆战心惊地抬上尸首，搭在黑驴背上，趁着茫茫夜色，寻了一处避风的地方，又将尸首卸下，正待引火焚烧，窦老台又动了心思。其实他早已想得一清二楚，刚才故作惊恐，丢下七星尺，正是想让白老台一个人把活儿全干了，折福损寿落不到自己头上。他也是占便宜没够，见那个长杆烟袋的铜锅子玛瑙嘴儿十分精致，顺手拿了，插在自己后腰上，又打开蓝布褡裢翻看，里边有一柄带鞘的短刀、五六锭金子、几件零七八碎的东西，还有一册账本，上面的字他一个也认不得。窦老台身为行商，在外闯荡多年，听说过憋宝的行当，凡是干这一行的，脉窝子里都埋着鳌宝，有用不尽的气数、使不完的造化，个个是大财主。当即拔出短刀，从憋宝客的脉门里剜出一个肉疙瘩，捧在手中余温尚存，不禁暗自思忖："有了这个鳌宝，岂不是想发多大的财，就能发多大的财吗？"白老台见他盯着鳌宝出神，急忙劝道："哥哥，你可不能打这个东西的主意，黑七爷说了，此人身上的鳌宝得自外道天魔，万万碰不得！"窦老台愣了一愣，又咽了咽口水，迟迟不肯放下手中的鳌宝。刚才他拿走了憋宝客的长杆烟袋锅子和褡裢，白老台就已经看不下去了，虽然黑七爷说过可以取走憋宝客身边的财物，但憋宝的皆为旁门左道，拿了这些东西不怕招灾惹祸吗？此刻又见他攥着鳌宝不撒手，怎么劝也劝不住，白老台心里担不住事儿，情急之下便要上前来夺。窦老台见白老台脸色变了，哥儿俩在一起混了这么多年，可从没见他翻过脸，忙说："兄弟放心，我留着死人身上的东西干什么？你来瞧……"跟着一抬手，将鳌宝扔到了一旁。白老台一看那可不行，还是得按黑七爷的吩咐，投入火中焚化了才是！说话扭头去找，怎知窦老台扔出的只是一块石子。《摩诃僧祇律》中有云，一刹那者为一念，二十念为一瞬，二十瞬才为一弹指，足见人的念头何等之快。

窦老台正是在闪念之间起了杀心，白老台刚一转身，他就拔出短刀，狠狠插入了结拜兄弟的后心！

4

窦老台原本只贪图十年财运，想让结拜兄弟一人承担折福损寿之厄，却因白老台不让他拿鳖宝，那无异于断他的财路，黑老七许下的十年财运虽好，十年之后怎么办？得了鳖宝，那可是一辈子发不完的财！俗话说"贪心起，歹念生"，心中的贪念一起，哪还有兄弟之义、手足之情？结拜的兄长，变为取命的恶鬼，在兄弟背后下了绝情手。他一刀捅死了白老台，全应在一个"贪"字上！"贪"字怎么讲？"今贝"为"贪"，"今"为眼下，"贝"指钱财，窦老台眼下见财，岂能不贪？

窦老台一不做二不休，抬鞋底子蹭干净刀头的鲜血，拖着死不闭眼的白老台，与憋宝客的尸首一并烧了。

书中代言，白老台应允黑七爷，一人打下铁斑鸠，一人捡起铁鸟封入石匣，他自己一个人全干了，所以他是头一个应誓的。窦老台看着两具尸首烧成灰烬，牵了黑驴驮上石匣去狐狸坟复命。走过去一看，坟前哪还有什么土屋瓦舍，地上只有一个深不见底的大窟窿。窦老台为了求财，什么也不怕了，跪下来磕头如捣蒜。

再抬头的时候，黑七爷已然到了他面前："姓窦的，你可太阴险了！"窦老台咬着后槽牙说："仁不统兵、义不行贾，我是买卖人，论利不论理，咱可有约在先，不能出尔反尔，如今我兄弟已死，他那十年财运就该归我!"黑七爷满面怒容:"我修的是善道,岂能保你这个奸狡小人?"窦老台说:"此言差矣,真要论个是非曲直,也是您耍心眼儿在前,跟我们哥儿俩揣着明白装糊涂,等到击了掌立了誓,再也不能变卦了,方才说出打下铁斑鸠的后果。举头三尺有神明,你修善道的这么干,不怕遭报应吗?所以咱谁也别说谁了,正所谓'人不为己,天诛地灭',又道是'量小非君子,无毒不丈夫',谁敢说他白老台没动过杀我的念头?事已至此,您许下的二十年的财运给谁不是给?您保着我二十年大富大贵,我给您造庙宇塑金身,香火不断供奉不绝,岂不是两全其美?"

黑七爷沉吟半晌,对窦老台一点头:"行,我保你二十年财运,但须约法三章!其一,你回到老家,给我造一座庙,金身法像、供桌香炉,别的庙里有什么,我的庙里就得有什么,一件不能缺,一样不能少,唯独不必点油灯,只用四根泥蜡烛照亮即可;其二,你把装着铁斑鸠的石匣贴上封条,供于自家佛堂,使之不再作恶害人,或可积攒阴功;其三,我只保你二十年富贵,一天也不多,一天也不少,二十年之期一到,咱俩的账该怎么算怎么算!"

窦老台为了发财,把自己的结拜兄弟都宰了,别说这三件事,再来三十件事也不在话下,当场一一应允,在黑七爷的指点下,骑着驴出了山,回到老家乐亭县。白老台光棍儿一人无亲无故,这几年在关外盯着商号,村里人几乎把他忘了。倒是窦老台的媳妇儿心细,当家的这趟走之前说了,今年要带兄弟一道回家过年,此刻却只身而返,怎能不问问他白老台的去向?窦老台亏着心,遮遮掩掩地说自己兄弟在山里让狼给掏了,唬得他媳妇儿信以为真。又在离家不远的河边,挑选了一处上风上水的宝地,他砸锅卖铁连赊带借,再

270

加上憋宝客褡裢中的金锭子，给黑七爷造了一座庙，塑金身供牌位，四个泥蜡烛分列左右，摆设香炉供果。家里媳妇儿孩子看着直犯嘀咕，不知当家的撞了什么邪，他一贯不信神佛，家里连财神码都不供，怎么出门这一趟，再回来如同变了个人似的，整天跟庙里磕头？家人一再追问，窦老台却不理会，问急了他眼珠子一瞪，来上一句："妇道人家头发长见识短，你懂个屁！"噎得大奶奶嘁喽嘁喽的。不过窦老台的香可不白烧，头也没白磕，从此他的买卖打着滚儿挣钱，牛角越长越弯，买卖越大越贪，倚仗着黑七爷的护佑，他又置办车马、成立商队，在关外罗圈坨子开设总号，当上了杆子帮的大东家！

穷日子难熬，富日子过得可快，一转眼过了十九年，窦老台早不是当年那个吃苦受累跑生意的行商小贩了，低矮破旧的土屋瓦舍，换成了富丽堂皇的大院套子，娶了三妻四妾，生下九女十男，开枝散叶、金玉满堂，热热闹闹一大家子人，手底下的使唤人不下几十个，那真叫衣来伸手、饭来张口，整天眯缝着眼在家享福，烧香磕头自有庙祝来做。整个乐亭县这一带，提起他们老窦家，谁不是流着哈喇子高挑大拇指？

窦老台不敢忘了黑七爷的恩惠，三番五次修整黑爷庙，每逢六月十五黑老七的寿诞，还要连开三天庙会。门口搭台唱戏，请来什样杂耍，足足演上三天三夜，引来方圆左右的善男信女络绎不绝，求财的、求药的、求姻缘的、求子嗣的，求什么的都有，外带着赶集逛庙，真比过年还热闹。尤其是腊月二十三这一天，不仅祭灶过小年，还要恭送黑七爷回狐狸坟巡山，当天也是窦老台做寿的日子。说话这一年，又到了腊月二十三，窦老台该做寿了。如今家趁人值，身为杆子帮的大财东，他过五十大寿，能是一碗单勾卤、一头红皮蒜打发了的吗？那肯定不行，家里人从头一天就着手准备，门口净水泼街、黄土垫道、大院套子里边悬灯结彩、布置寿堂，怎么忙活的不必细表，单拿吃寿面来说，那就不简单，乐亭靠着海，当地人最得意三鲜卤，老窦家的三鲜卤远不止三鲜，蟹黄、瑶柱、鱼翅、虾仁、海参、鲍鱼全得搁齐了，腊月里罕有鲜货，用提前备下的干海货，该泡的泡，该发的发，泡得了剁碎，加上肉丁、香干、木耳、花菜，用香菇水熬煮，煮得差不多了勾上芡，淋入鸡蛋液，出锅之前还得再浇上一勺滚汤的花椒油，吱啦吱啦的响声过后，那个香味儿窜着鼻子在屋里绕，岗尖儿岗尖儿的来上一大碗，一边吃一边挨板子，你都顾不上喊冤！

腊月二十三正日子，天上阴云密布，压得人喘气儿都别扭，看似将有一场大风雪，可挡不住老窦家的热闹，打从一早上开始，就没断了来人，远亲近邻、各个分号的掌柜，有过往来的乡绅富户，纷纷穿红挂绿登门贺寿，带来的寿礼五花八门，嘴里说不完的吉祥话。本家大少爷带着两个使唤人在门口迎着，旁边摆了桌案，有管账的先生写礼单。窦老台穿上里外三新的衣裳，坐在正厅之内等着，做买卖的有几个不势利？贺客也让他分了个三六九等，有那年纪长的、腰里阔的、势力大的，提前多少日子就得下请帖，骑马坐轿来到大门口，手底下人一声连着一声往里通禀，窦老台还得从寿堂迎出去，叙过礼携手揽腕一同进屋，让到客座上喝茶。辈分小的或者财势差的，不用他起身相迎，坐在太师椅上，等着来人给他作揖行礼，再由仆人带到客房稍坐。比这再不如的，连寿堂也进不了，跪在院子里磕几个头，就去场院中等着开饭了。老窦家腾出两排厢房，拆去隔断的门窗，一间屋里摆上四张八仙桌子，场院里也搭了暖棚。后厨紧着忙活，三鲜卤打好了拿小火煨着，墩儿上的菜切丝的切丝，切块的切块，锅铲刷得干干净净，旁边摆好油盐酱醋各式作料，眼瞅着到了晌午，宾主均已落了座，飞也似的开上四碟八碗共十二个菜的流水席，丫鬟、老妈子、小伙计里忙外端汤上菜，摆布碟，拿空碗。这边吃到一半，那边灶上开始忙着煮面，大锅里开水烧得咕嘟咕嘟翻花冒泡，抓起面条不许揪断，讲究越长越好，扔到锅里煮得了，泡在大瓷盆中端上去。宾客们自己过来盛，一边盛一边捡好听的说："咱给窦老爷挑寿了！"不过这顿饭不算正经的寿宴，重头戏还得看晚上那顿，有那没出息的，故意不吃饱，留着肚子等晚饭。

　　宾客们连说带聊，晌午饭吃了不下两个时辰，仆人们撤去残席，端上瓜子、麻糖、京糕、瓜条、萨其马、蜜麻花之类的各色零嘴儿、点心，壶里沏好了香片，大伙接着谈天说地，有困乏的可以去客房里睡一会儿，额外还留出几间屋子，摆上麻将、天九、骰子，供喜欢耍钱的贺客消遣。搁到往年，窦老台通常要去卧房眯瞪一会儿，起来之后洗洗脸，换一身寿袍，寿宴摆设齐整之后才会出来。今年却一反常态，挎上憨宝的褡裢，拿着长杆烟袋锅子，将正支嫡长的几个儿孙叫到后堂，睁开一对夜猫子眼告诉他们："我憨宝发财，创立了杆子帮，给咱家埋下六缸金子，你等不可轻动，以此为本金，从银庄票号借贷货款，哪怕买卖赔光了，仍可东山再起。记住了我的话，老窦家的后辈儿孙不许憨宝，佛堂里的石匣也不许开！"众人听得莫名其妙，过五十大寿的当口儿，老爷怎么跟交代后事似的？可窦老台在家从来说一不二，谁也不敢多言。

　　等到晚上开饭的点儿，东西两侧的厢房里华灯高悬，各摆下二十桌燕翅席，杯盘碗盏罗列，烧黄二酒齐备，宾客们相继落座。

窦家大少爷一使眼色，让下人去请老爷出来。过不多时，那个下人去而复返，惊慌失措地跟大少爷回禀："老爷没了！"窦家大少爷让这句话气得脸色铁青，一巴掌甩过去，打得下人原地转了三圈，骂道："你个不长眼眉的东西，不看看今天什么日子，有他妈这么说话的吗？你爹才没了呢！"下人捂着脸叫屈："大少爷，我没胡说八道啊，真找不着老爷了！"

贺寿的宾客中不乏老成练达之辈，有人站出来打圆场："大侄子，大喜的日子何必扫兴呢？没必要跟个下人一般见识，你自己去一趟，将令尊请出来。"窦家大少爷也抹不开面子，当着这么多宾客，我们家老爷子闹的是哪儿？亲自带着几个下人，去到后宅足足找了三遍，可连窦老台的影儿也没见着，这不要了命了！臊眉耷脸地转回来，冲着年高位重的叔叔大爷们摇了摇头，在场之人无不诧异，做寿怎么把寿星佬做丢了？老窦家的几位少爷，又分头带着下人四处找寻，连茅坑里都打着灯笼照过了，却是活不见人死不见尸。那边厢老夫人一阵急火攻心，坐在椅子打着挺儿晕了过去，贴身丫鬟忙给她捶脊梁、拍心口，过了半天才缓上来。正乱的时候，忽听外边雷声如炸，众人皆是一惊，北方哪有冬天打雷的？惊魂未定之际，紧跟着又是天塌地陷般一声巨响，不知出了什么变故。有几个胆大的跑到庄外一瞧，登时傻了眼，黑爷庙陷下三尺多深，塌成了一大片洼地，庙顶被雷火击出个大窟窿，冒出阵阵青烟！

撂下老窦家如何收拾残局不表，咱再说说窦老台。当年他在狐狸坟跟黑七爷说定了，黑七爷保他二十年财运，他嘴上不说，心里头可跟明镜似的，二十年之期一到，黑七爷必定会来祸害自己，听说保家仙从来是兴一家、败一家，或是保一代、败一代。怎么兴家呢？

金条银锭可不是凭空变出来的，无非挪过来移过去，这一家多了多少，另一家就得少多少。等你气数一尽，必然躲不过"衰家败运、命丧财散"的下场，之前怎么保的你，到时还得怎么祸害你！窦老台知道黑七爷忌了血食，却贪恋杯中之物，吩咐庙祝天天供奉陈年老酒。黑七爷受了香火，一年到头烂醉如泥，哪还盯得住他？他也装得若无其事，该怎么发财怎么发财，该怎么享福怎么享福，却无时无刻不在想如何躲过此劫！思前想后没别的招了，索性一不做二不休，借着去分号盘货的机会，偷偷将随身带了多年的鳖宝，埋入了自己的脉窝子，在地窖子中躲了整整一百天，再出来变了一对夜猫子眼，跟两盏明灯相仿，整个人也似脱胎换骨了，之前那位憋宝客的所见所识，皆如他亲身所历一般，褡裢中那些零七八碎的东西，在他看来也是八件地宝，乃地八仙所化！

到得腊月二十三这天，窦老台扔下一众贺寿的宾客，到牲口棚牵出黑驴，由打后门出来，骑上驴直奔黑爷庙。窦老台身上埋了鳖宝，看得见粗麻杆子、火纸冥钱、古旧腰牌藏于何处，趁着黑七爷不在庙里，值守烧香的庙祝当天也歇了，他扒开庙底下的獾子洞，轻而易举地拿到三件法宝，黑老七守坟三十年进一次獾子城胡三太爷府，一次取一粒灵丹，一直攒着没舍得吃，他也顺手拿了，尽数吞入腹中。自以为得计，忽听头上雷声炸响，将庙顶击出一个大洞，霹雳闪电一道亮似一道，窦老台心惊胆战，三步并作两步蹿出庙门，骑上黑驴就跑。

刚刚跑出来，庙中突然腾起一股黑烟，裹着四点烛火紧紧追来，一瞬间将窦老台卷住，他张着嘴没来得及闭，肺腑中呛入一口黑烟，猛地一阵咳嗽，好悬没把肺叶子咳碎了，眼珠子也几乎熏瞎了，一对夜猫子眼变成了死耗子眼。那头黑驴也被地火烧急了，拼命往前一跃，驮着窦老台冒烟突火而出，撒开四蹄越奔越快，那四个蜡烛头却如影随形似的追在身后，黑驴跑得快，蜡烛头跟得也紧，怎么甩也甩不掉。窦老台为求自保，逐一抛出粗麻杆子、火纸冥钱，刻着"足登龙虎地，身入发财门"的古旧腰牌可以一分为二，也让他先后扔了出去，扔一件宝物打落一个蜡烛头，四件宝物扔完了，身后的四道烛火也都不见了。但是黑驴跑得发狂，仍是往前疾奔，窦老台拽不住缰绳，只觉耳朵根子发疼、脑袋瓜子发涨，五脏六腑挪移，恍惚中不知自己是死是活。等他从驴背上摔下来，才发觉自己衣衫褴褛、蓬头垢面，比个要饭的还埋汰，褡裢里的八件地宝均已化为飞灰，若不是吃了黑爷庙中的续命金丹，他也得死在半道上。几经辗转回到乐亭县，此时他给后人留下的六缸金子，早已让关外的刀匪劫掠一空。老窦家被杀得血流成河，封着铁斑鸠的石匣也在祸乱中让人砸开了，铁鸟沾了死人血，不知飞到哪棵树上躲了起来，杆子帮大东家也不姓窦了，不过窦家庄祠堂里还有后辈子孙给他绘的祖宗影儿——骑黑驴挎褡裢，长着一对夜猫子眼，不禁感叹世事如尘，皆是过眼云烟！

5

黑七爷当年为了躲过一劫，指使窦老台和白老台二人对付铁斑鸠，又贪受香火供奉，保了窦老台二十年财运，怎知搬得过来，挪不回去，到日子找不着窦老台，只能自己还债，最后也遭天雷击顶，死尸埋入狐狸坟，这又是一个应誓的！

窦老台也躲不掉因果相偿，埋了鳖宝才觉得后悔，如若找不到天灵地宝，迟早让脉窝子里的鳖宝吸成枯骨。怎奈逃出黑爷庙的时候，他被一口黑烟呛入心肺，咳嗽起来直不起腰，一双睁不开的死耗子眼，再也无从观形望气，唯一的指望是偷入獾子城胡三太爷府，说不定还有活路可寻。于是扮成一个收元宝灰的老馋痨，在窦家庄附近住下来，打算从后辈子孙中找一两个帮手，就到处找夜猫子蛋，给窦家庄的小孩洗眼，并在暗中打探粗麻杆子、火纸冥钱、古旧腰牌的下落。终于得知那几件打开獾子城的宝物，还有四支泥蜡烛，最后落在了敲锣的贼头儿、冥衣铺裁缝、当铺的掌柜兄弟手上。窦老台依照上一个憋宝客的法子，打算以铁斑鸠相挟，迫使那四个人交出三件宝物，又怕折损寿数不敢轻取，这才引着打下铁斑鸠的窦占龙，到县城里走了一趟，这个孩子生来一双龙爪子，还用宝蛋洗过眼，轻而易举地拿到了粗麻杆子、火纸冥钱、古旧腰牌，又想借窦占龙之手，拿朱砂笔圈定壁画中的七杆八金刚，逮到这个天灵地宝，他尚有一线生机。只因窦占龙一念之仁，没将铁斑鸠留在当铺，以至于功亏一篑！

书说至此，估计您各位也听出来了，血洗窦家庄的白脸狼，正是那个白老台的后人。白老台在关外经营商号那阵子，跟一个大户人家的闺女暗生情愫，私定终身，却阴差阳错未能凑成一段姻缘，他自己也不好意思跟窦老台念叨。殊不知那个闺女已有孕在身，爹娘一怒之下将她赶了出来，跑到商铺寻夫之时，正赶上白老台去关东山收皮货了，从此活不见人死不见尸。她也是个耿直脾气，咬着牙再不登娘家门了，寻一处破瓦寒窑存身，给人家浆洗缝补，将就着把孩子生了下来，负着气一辈子也没告诉孩子他爹是谁。老窦家传了多少辈，老白家也传了多少辈。到得乾隆年间，窦敬山成了杆子帮呼风唤雨的大东家，白脸狼则背着宝刀做了啸聚山林的草寇，说起来也是造化弄人，身份地位相差如此悬殊，却借着窑姐儿赛妲己，使这二人有了交集。他们俩谁也不知道其中的前因后果，可是白脸狼瞅着老窦家的人就来气，如同有不共戴天的深仇大恨一般，他前后两次血洗窦家庄，抢走六缸马蹄子金，仍恨不得斩草除根，非要将窦占龙置于死地不可，正是出于这段因果！

当年有一个书生，作了一段有说无唱的鼓词，说的是"纣王无道，多少忠臣扶保；文王有德，却遭食子之殃；妲己祸国，受的是女娲娘娘差派；姜后贤德，剜眼烙手而亡；奸党费仲尤浑，死后为天上星宿；忠臣梅伯比干，难逃炮烙挖心之殇"！那么说世间万物只有因果，没有对错吗？依贫道所言，那只是书生愚见，凡夫俗子看不透大数。咱搬演故事，讲昔时兴废，正是为了抑恶扬善，替佛道传名！说完这一段书，满给您合上龙门了。想来您各位也听明白了，窦占龙身上埋的鳖宝得自外道天魔，再往后他的祸可惹大了，欲知后事如何，且听二本《窦占龙憋宝：九死十三灾》！

崔老道在天津城南门口撂地说书，道袍当大褂，拂尘当扇子，卦车当书案，法尺当醒木，随着他手中法尺往下一拍，这本《窦占龙憋宝：七杆八金刚》告一段落了。围着听书的人们无不称奇，不仅仅是他的扣子拴得大，主要是谁也没想到，崔老道竟然没扯闲篇儿，足足说了一天的正书，如若搁在以往，这段书帽子足够他糊弄个一年半载的，崔道爷这是不打算过了？

一众听书的有所不知，崔老道为什么这么卖力气呢？一是怕挨揍，二是昨天晚上，他卷走了蔡记书场满满一笸箩的赏钱，回到家数了七八遍，夜里做梦都乐得直翻跟头。他媳妇儿崔大奶奶让他把钱搁箱子里收好了，他这人又鸡贼，家里搁那么多钱不放心，鼓鼓囊囊全揣在自己身上，坠得直不起腰来，说几句书摸一下，心里头一得意，嘴上可就收不住了，干脆说了整整一段书帽子。

当天来听书的围得里三层外三层，大伙听得过瘾，一人掏上一个大子儿也不算少了，何况腰里有闲钱的那几位，一高兴免不了多赏两个。崔老道赚得盆满钵满，不比昨天卷走的钱少，喜笑颜开收了卦摊，寻思着昨天在书场子敛了一笔，再加上今天赚的，够买多少大米白面的？半年不出来也饿不着了，家中有粮心中不慌，不如歇上几天，跟家包饺子擀面条、捏馄饨蒸包子，给老婆孩子换换季，置办几身新衣裳，再带着老的小的，到大饭庄子、小饭馆子解解馋，完事儿咱也找个大书场子，点上一壶香茶、两碟瓜子、四盘水果、八样点心，让台上的说书先生好好伺候我一段……

此刻已是晌午，该到吃饭的时候了，听书的纷纷散去，却有这么几位没走，抱着肩膀看着崔老道，不是听书没听够的，全是他赊欠吃食的账主子，卖炸糕的、卖烩面的、卖浆子的、卖乌豆的、卖烧饼的、卖卷圈儿的、卖嘎巴菜的、卖煎饼馃子的……以往的崔老道穷家破业，兜儿比脸干净，同在南门口混饭吃，低头不见抬头见的，穷人懂得穷人的难处，赶上手短的时候，让你赊上几次没什么，今天眼看着你挣了钱，总不能再欠着了，趁着钱还没捂热乎，纷纷上来要账。崔老道无可奈何，都是天天打头碰脸的熟人，再欠着账不还委实说不过去。这才心不甘情不愿地掏出钱来，挨着个还给人家。甭看是路边小吃，没什么大开销，架不住他欠的次数太多，费尽唾沫说了一上午，钱是没少赚，可这一下就去了一多半，心疼得崔道爷直嘬牙花子。

推上卦车刚要走，又过来一个卖挖耳勺的，走到跟前笑嘻嘻地看着他。崔老道暗叫倒霉，脸上却不敢带出来。同在江湖上做生意，卖挖耳勺的这位他可惹不起，过去那个年月，但凡撂地做生意的，都有说说道道的管着，尤其南门口，这是上买卖的头等好地，地皮子也不硬，大小生意一个挨一个，没个牵头的还不乱了套？

卖挖耳勺的"宿歪嘴子"，正是南门口一票生意人的会头。各地都有"长春会"，也有人说是"常春会"，会头管着江湖上四大门八小门的各路生意，常言道"宁带千军万马，不带什样杂耍"，不是精得流油黑白通吃的人物，绝对干不了这个。当然了，闲事儿没有白管的，南门口的各处江湖生意，得按月给宿歪嘴子交一份"柜钱"，用于打点官私两面黑白两道，多余的全归他。

崔老道的生意一贯不行，仗着能耍舌头，经常赖着钱不给，这一次崴了泥了，刚置下一份海杵，讨账的就上门了，只得赔着笑脸，给宿歪嘴子作了个揖："宿会头，您怎么这么闲哪？哪阵香风把您吹来了？"宿歪嘴子圆滑至极，讨债之事一字不提："崔道爷，您今天可发了大财，我给您道喜来了！"崔老道就坡下驴："嗨，您见笑了，发什么财呀，还欠着仨月房钱没交呢，我这不赶着给人家送去吗？"推个由头，转身要走。宿歪嘴子笑道："哎哟，您瞧您忙的，那我可不耽误您了……"说着话从挑子里拿出一个挖耳勺，客客气气地递给崔老道："您拿上这个，给您家里的我大嫂子捎去，就当我谢谢她了。"崔老道莫名其妙，问宿歪嘴子："您谢她什么？"宿歪嘴子说："谢谢她掏钱养着我啊！"这个话可得两说着，倘若崔老道如数交了柜钱，那是一点毛病没有，因为他挣的钱有会头一份，等于会头指着他们家吃饭，他们两口子是会头的衣食父母。如果说装傻充愣不交柜钱，他老婆岂不成了偷人养汉的了？宿歪嘴子转过头去满世界一嚷嚷，他这个窝心王八就当定了，脑门子上非冒绿光不可！崔老道闯荡江湖一辈子，凭着一张铁嘴行走天下，谁跟他对得上话茬子？想不到菜里虫子菜里死，今天在河沟子里翻了船，由不得他不认栽了，二话没说，规规矩矩交还了欠债。

打发走了一干账主子，崔老道摇头叹气，今天挣的钱这就十去八九了，多亏还有昨天从蔡记书场卷来的，那也不算少了，大不了包饺子的时候，在羊肉馅儿里剁个西葫芦，把整个肉丸改成西葫芦羊肉的，照样可以解馋！推着挎车正要回家，对面又过来一位，单瞧模样就不是善茬儿，歪戴着一顶军帽，身穿破旧的军装，斜挎着枪套，趿拉着两只布鞋，左手拄着拐，横眉立目拦住了崔老道："别走，交钱了吗？"

崔老道叫苦不迭，今天出门忘了看皇历，怎么来了那么多要钱的？那个年头兵荒马乱、鸡犬不宁，谁吃了熊心豹子胆敢惹穿军装的？尤其是伤兵，从战场上败退下来，打不了仗吃不了饷，就指着连抢带讹过活。崔老道不敢怠慢，低声下气地问了句："军爷，您让我交什么钱啊？"

兵痞一只手在身上摸了半天，最后从兜里抻出张脏兮兮的草纸，上边压着个大红戳，在崔老道眼前一晃，脸上素得跟刚出完殡似的，厉声喝道："瞧见了吗？这是上面发的公文，如今战事吃紧，打从今儿个起，凡是沿街卖艺的，挣了钱必须上一份枪炮捐！"崔老道哪敢细看啊，一脸委屈地求告："军爷容禀，我是画符念咒的火居道，没卖艺啊。"兵痞一指贴在卦车上的水牌子，不耐烦地嚷嚷道："甭他妈废话，白纸黑字你自己写着了，赶紧掏钱！"

崔老道肠子都悔青了，心说："我这不自己挖坑自己跳吗？"挨了打谁疼谁知道，明摆着是来讹钱的，崔老道也不敢争辩，当逢乱世，哪有老百姓说理的地方？真说攥住了不给，砸了卦车不要紧，挨上三拳两脚几个大耳雷子都是轻的，搞不好再让人家一枪崩了，什么五行道法八九玄功，对上枪管子里喷出来的雷烟火炮，那也是螳臂当车啊！崔道爷是人在矮檐下，不得不低头，纵然有千般的不情万般的不愿，也只能老老实实地破财免灾。兵痞收了钱仍不走，还拿眼瞄着他。崔老道赔着小心问："军爷，您……还有别的事吗？"兵痞骂道："老小子你跟我耍心眼儿是吧？交齐了吗？你道袍里头鼓鼓囊囊的，难不成怀了崽子？"崔老道急忙拿手捂住："这可不是今天说书挣的！"兵痞冲崔老道一瞪眼："你说不是就不是吗？那钱上写日子了吗？你想让我费事儿是吗？"崔老道乱了方寸，再把这个钱拿出来，那不等于从他心尖子上剜肉吗？只得舍出脸去，鼻涕一把泪一把地苦苦哀求。兵痞可不吃这一套，一手拄着拐，另一只手上来就扯他的道袍。崔老道一看这还得了？光天化日这是要明抢啊？双手捂着钱袋子，连连往后躲闪。俩瘸子你争我夺，可就在南门口撕扯上了。有几个看热闹的闲人，离得八丈多远，不敢往前凑，生怕让兵痞讹上。那位说了，崔老道不是刚交了地头钱吗，会头怎么不管呢？还真不能怪人家，能当上会头的，自是官私两拿，黑白通吃，官府衙门也好，帮会锅伙也罢，会头烦人托窍，没有递不上话的。唯独管不了当兵的，因为那个年头到处打仗，你方唱罢我登场，城头变换大王旗，谁知道是哪路的兵啊？你想去找他的上峰告状，都不知道该去找谁。甭说管着江湖人的会头了，巡警遇到兵痞找麻烦，也就一个字——躲，这叫好汉不吃眼前亏！

崔道爷跟那个兵痞一争一抢不要紧，扯破了穿在身上的八卦仙衣，哗啦啦一下铜钱撒了满地。铜钱是圆的，掉地上骨碌骨碌四下乱滚。怎么这么寸，正巧来了一群打打闹闹的小叫花子，看见满地的铜钱，也不问有没有主儿，争先恐后上去哄抢，抓了在手中就往胡同里跑，转眼都跑没影儿了。兵痞也趁机在地上抓了几把钱，挂着拐一步一瘸地走了。可给崔老道心疼坏了，趴在地上以膝代步，跪爬着一枚一枚捡拾铜钱，捡完了一看，剩下这几个大子儿，刚够他一家老小一人买半个窝头的。

崔老道愣在当场，半天才缓过神来，仰天叹了三叹：一叹自己命浅福薄；二叹养家糊口之难；三叹想歇两天也歇不成了，明天一早还得撂地说书，接着给大伙说《窦占龙憋宝：九死十三灾》！